DAS BUCH

Woodville ist ein kleines beschauliches Örtchen im ländlichen Kent. Man trifft sich abends im Pub, wo man miteinander und vor allem übereinander schwatzt. Faye Bright, die Tochter des Wirts, ist besonders häufig Gegenstand der dörflichen Konversation. Irgendetwas scheint mit dem Mädchen nicht zu stimmen. Und in der Tat ist Faye anders als die anderen jungen Frauen des Ortes. Den Grund dafür findet sie selbst heraus, als sie beim Stöbern in den Habseligkeiten ihrer verstorbenen Mutter deren Tagebücher entdeckt und daraus Unglaubliches erfährt: Ihre Mutter war eine Hexe – und Faye ist ebenfalls eine. Als Woodville vom geheimnisvollen Rabenvolk, einer Armee von verfluchten und äußerst aggressiven Vogelscheuchen, angegriffen wird, kommen Fayes neue Fähigkeiten gerade recht. Mithilfe der Tagebücher ihrer Mutter, zwei schrulligen alten Damen und dem ortsansässigen Musikverein stellt sich Faye der größten Bedrohung entgegen, die Woodville je gesehen hat …

DER AUTOR

Mark Stay ist gebürtiger Londoner und arbeitete viele Jahre im Verlagswesen. In seiner Freizeit schrieb er an seinen eigenen Texten, inzwischen ist er als freischaffender Autor und Podcaster tätig. Mark Stay lebt in Kent.

Mehr über Mark Stay und seine Romane erfahren Sie auf: www.markstaywrites.com

Mark Stay

DIE HEXEN VON WOODVILLE

RABENZAUBER

BAND 1

Roman

WILHELM HEYNE VERLAG
MÜNCHEN

Titel der englischen Originalausgabe
THE CROW FOLK
(THE WITCHES OF WOODVILLE BOOK 1)
Deutsche Übersetzung von Sabine Thiele

MIX
Papier aus verantwor-
tungsvollen Quellen
FSC® C014496
FSC
www.fsc.org

Penguin Random House Verlagsgruppe FSC® N001967

2. Auflage
Deutsche Erstausgabe 04/2022
Redaktion: Joern Rauser
Copyright © 2021 by Unusually Tall Stories, Ltd
Copyright © 2022 der deutschsprachigen Ausgabe und der Übersetzung
by Wilhelm Heyne Verlag, München,
in der Penguin Random House Verlagsgruppe GmbH,
Neumarkter Straße 28, 81673 München
Printed in Germany
Umschlaggestaltung: DAS ILLUSTRAT, München,
unter Verwendung eines Motivs
von Shutterstock.com/Pixejoo
Satz: Leingärtner, Nabburg
Druck und Bindung: GGP Media GmbH, Pößneck

ISBN 978-3-453-32147-2
www.heyne.de

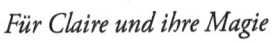

Für Claire und ihre Magie

Juni 1940

In Europa tobt der Krieg. Die unterlegenen British Expeditionary Forces, das Britische Expeditionskorps, und ihre Verbündeten haben sich aus Dünkirchen zurückgezogen, und Frankreich hat sich Hitlers Westfeldzug ergeben müssen. In Großbritannien sind die Lebensmittel rationiert, Kinder werden aus den Städten aufs Land geschickt, um den zu erwartenden Bombardierungen zu entgehen. Die meisten Männer sind an der Front, weshalb die Frauen zu Hause das Land am Laufen halten müssen. Die Women's Land Army – eine Organisation von Landarbeiterinnen – hilft auf den Farmen aus, die Wachleute der Air Raid Precautions suchen auf ihren Patrouillen den Himmel nach Luftangriffen ab, und der Women's Voluntary Service hilft mit seinen Freiwilligen überall, wo sie gebraucht werden. Männer, die zu alt für den Kriegsdienst sind, melden sich bei den Local Defence Volunteers (die sich bald in Home Guard umbenennen werden), einer Bürgerwehr, und bereiten sich auf die Invasion vor.

Währenddessen geschehen in einem ruhigen, abgelegenen Dorf in Kent seltsame Dinge …

Prolog

Ein Feld in England …

Der Himmel ist von rosa und gelben Streifen durchzogen. Auf einem Feld steht eine einsame Vogelscheuche. Mit ihrem zerschlissenen rot karierten Kleid, das früher einmal ein feiner Sonntagsstaat gewesen war, dem Sack, der als Kopf dient, den Knöpfen anstelle der Augen und der Naht aus kreuzförmigen Stichen anstelle eines Lächelns, bietet sie einen traurigen Anblick. Ein modriger, alter Schal liegt um ihre Schultern, und sie hängt wie vergessene Wäsche an ihrem Kreuz. Sie hat einen Namen, Suky, doch ihr Geist ist so leer wie ihre Taschen.

Über den bestellten Acker schallt das rhythmische Läuten einer Kuhglocke.

Eine Gestalt stapft durch die Furchen, schwingt die Kuhglocke wie ein Priester den Weihrauch, doch sie bewegt sich seltsam künstlich, abgehackt. Der staubige Frack bläht sich hinter ihr, der abgewetzte Zylinder sitzt schief auf dem Kopf. Dohlen wollen sie lautstark verscheuchen, doch die Gestalt geht unbeirrt weiter. Der Kopf: ein leuchtend orangefarbener Kürbis. Das Lächeln:

zwei Reihen geschnitzter Zacken. Die Augen: schwarze Dreiecke.

Die Dohlen sind klug genug, davonzuflattern und Suky mit ihm allein zu lassen. Er läutet noch einmal die Kuhglocke, damit sie auch wirklich nicht zurückkommen. Das Echo verklingt, nur noch das leise Rauschen des Windes ist zu hören. Die Luft ist sommerlich mild, die Erde trocken, der Himmel mittlerweile blutrot. Pumpkinhead verstaut die Kuhglocke in seinem Frack und kommt näher. Mit tänzelnden Schritten umrundet er Suky, dann legt er die Hände um ihren Sackleinenkopf und flüstert Worte in einer Sprache, die niemand mehr gehört hat, seit seine Art verbannt worden war.

Die Worte dringen in sie ein, durchströmen sie. Es dauert lange. Pumpkinhead ist geduldig.

Suky schaudert, ihre Strohfüllung raschelt. Als sie aufsieht, leuchtet ein Licht in ihren Knopfaugen.

»Geschafft«, sagt Pumpkinhead zu ihr. »Moment, ich helfe dir.« Er zieht ein Klappmesser aus dem Hutband des Zylinders und zerschneidet die Seile, die sie an dem Kreuz halten.

Suky sieht sich hektisch um. Ein verschrecktes Neugeborenes.

»Du bist frei, Schwester«, sagt er. »Wie wir alle.«

Klirren und Scheppern wird laut. Suky sieht zum Horizont, von wo sich ein gutes Dutzend Vogelscheuchen tanzend über das Feld nähert.

Sukys Sackleinenkopf knirscht, als sich die gestickten Kreuze zu einem Lächeln verziehen.

1

Wynters Buch der Rituale und der Magie

Faye Brights Vater hatte ihr einmal erzählt, dass die alte hohle Eiche den Mittelpunkt des Waldes bildete. Damals war sie sechs Jahre alt, und sie waren gerade mit Mr. Barnetts Hunden spazieren gegangen, als sie an der Eiche vorbeikamen. Fayes Vater sagte, es sei der älteste Baum des Waldes. Die kleine Faye erwartete fast, dass ein Märchenwolf dahinter hervorspähte.

Mittlerweile war Faye siebzehn. In Kent gab es keine Wölfe. Und bei der hohlen Eiche war sie so weit wie möglich entfernt von neugierigen Blicken. Dort würde sie das Buch zum ersten Mal aufschlagen.

Faye hatte es in einem Koffer mit altem Krimskrams gefunden, als sie und ihr Dad eine Ecke im Keller des Pubs entrümpelt hatten. Sie suchten gerade nach alten Aluminiumtöpfen für die »Saucepans for Spitfires«-Sammelaktion von Mrs. Baxter – Metallspenden für die Rüstungsindustrie –, als Faye den Koffer öffnete, der hinter den Ale-Fässern verborgen stand. Darin befand sich eine Kiste mit Briefen, eine Haarbürste mit Elfenbeingriff, ein paar billige Ketten und Ohrringe, eine rissige Grammophonplatte von Bessie Smiths »Graveyard Dream Blues« sowie das ledergebundene Buch.

Fayes Dad Terrence durchsuchte gerade eine Kiste mit stumpfem Besteck, weshalb sie das Buch aus dem Koffer nahm. Es wirkte unauffällig und mit dem roten Ledereinband wie ein Konto- oder Tagebuch aus dem Schreibwarenladen. Nirgendwo standen Autor oder Titel, weder auf dem Rücken noch auf der Vorderseite. Trotzdem sagte eine leise Stimme in Fayes Kopf, sie solle den Fund für sich behalten. Sie öffnete das Buch auf der ersten Seite. Beim Anblick der mit bläulicher Tinte geschriebenen Worte blieb ihr beinahe das Herz stehen.

Wynters Buch der Rituale und der Magie, von Kathryn Wynter.

Wynter. Der Mädchenname ihrer Mutter.

Darunter stand in dunklerer Tinte geschrieben:

Für meine geliebte Faye, wenn die Zeit gekommen ist.

Faye schloss den Koffer, versteckte das Buch in ihrer Latzhose und sagte zu Dad, sie müsse zum Glockenläuten. Dann machte sie sich eilig davon.

Faye wollte das Buch nicht im Pub näher in Augenschein nehmen, auch nicht im Dorf, sie wagte nicht einmal, in ihrem eigenen Zimmer einen Blick hineinzuwerfen. Sie musste so weit wie möglich von allen anderen Menschen entfernt sein, weshalb sie schnurstracks zu der hohlen Eiche in der Mitte des Waldes fuhr.

Zwar hatte man alle Straßenschilder abmontiert, um eventuelle Nazispione zu verwirren, aber Faye hätte den Weg auch mit verbundenen Augen gefunden. Sie radelte vom Dorf aus auf dem Reitweg an der Butterworth-Farm vorbei, über die römische Brücke in den Wald, bis der Weg im dichten Farngestrüpp endete. Dort lehnte sie ihr Fahrrad an eine Birke und ging zu Fuß weiter, wobei sie die ganze Zeit überlegte, wie eine Erklärung für das Buch in ihrer alten Schultasche aussehen könnte, sollte jemand sie darin lesen sehen.

Der alte Wald war mit den Jahren geschrumpft, Ackerbau, Straßen und Häuser hatten an ihm genagt. Jetzt war er nur noch ein paar Quadratmeilen groß und voller uralter Eichen, Eiben, Kiefern, Birken, Buchen und Erlen, die alle dicht beieinanderstanden.

Wenn man ihn weit genug durchstreifte, gelangte man zur Küste mit ihren Kalkklippen, doch verwurzelt war der Wald in Woodville. Das Dorf lag dicht an seinem Rand, und die beiden existierten in einer Art stillem Abkommen nebeneinander. Die Dorfbewohner nahmen sich nur, was sie brauchten, und der Wald ertrug ihre seltsamen, kleinen Rituale, wenn sie zum Beispiel in Gruppen mit Landkarten und Kompassen darin herumspazierten und sich verirrten, oder wenn ihre Hunde Eichhörnchen jagten und gegen die Bäume pinkelten. Das Mädchen in der Latzhose mit dem nussbraunen Haar und der großen, runden Brille ließ er nur zu gern in dem abnehmenden Licht der Dämmerung über die versteckten Wege laufen. Hätte der Wald gewusst, was noch kommen würde, hätte er es an dieser Stelle vielleicht aufgehalten, doch er war schon alt und damit behäbig geworden.

Faye überquerte auf den Trittsteinen den glitzernden Wode River und eilte das schlammige Ufer hinauf, wo sie einmal einen Axtkopf aus Feuerstein gefunden hatte. Der Dorfpfarrer, Reverend Jacobs, vermutete, dass er noch aus der Steinzeit stammte, als die ersten Menschen hier gesiedelt hatten. Er hatte den Axtkopf in der Kirche ausgestellt, neben ein paar sächsischen Tonscherben, die er beim Wandern mit den Pfadfindern gefunden hatte. Faye erwog kurzzeitig eine Laufbahn als Archäologin, doch vor zwei Jahren hatte einer der anderen Pfadfinder, Henry Mogg, zu ihr gesagt, dass Mädchen nicht zäh genug wären für Arbeiten im Freien, weshalb sie ihm vors Schienbein getreten hatte, um ihm das Gegenteil zu beweisen. Daraufhin war sie wegen Aufsässigkeit von den Pfadfindern ausgeschlossen worden.

Aber Faye kam sich ohnehin zu alt für sie vor. Sie war siebzehn und bereit für alles. Sogar für einen Krieg.

Die Sommersonne versank gerade hinter den Bäumen, als Faye auf die Lichtung mit der hohlen Eiche trat. Sie vergewisserte sich, dass niemand in der Nähe war und sah, wie ein Grünspecht zwischen den Bäumen davonflog. Dann setzte sie sich an den Fuß der jahrhundertealten Eiche, die sich wie eine neugierige Zuschauerin über Fayes Schulter lehnte. Die knotigen Wurzeln ragten aus dem Erdreich und umfingen sie wie ein Nest, während sie es sich bequem machte.

Faye blätterte durch die Seiten des ledergebundenen Buches.

»Donnerwetter, Mutter«, sagte sie voller Bewunderung.

Jede Seite war mit Bleistift- und Kohleskizzen von Symbolen, Runen und magischen Objekten bedeckt, zusammen mit Wasserfarbenzeichnungen merkwürdiger Wesen, die es in keinem Zoo gab. Dazwischen hatte sie mit Tinte Anmerkungen geschrieben. Einige waren gut lesbar, die meisten wirkten jedoch wie in einem Anfall erschrockener Eingebung hektisch hingekritzelt und verschmiert.

Ein solches Buch hatte Faye noch nie gesehen. Sie mochte Detektivgeschichten, in denen schlaue Köpfe Morde aufklärten. Dagegen war dies hier allerdings etwas völlig anderes. Hier las sie von Ritualen, Magie, Monstern, Dämonen und, aus welchem Grund auch immer, von einem Rezept für Marmeladenrolle.

Sie blätterte durch die Seiten, bis die Zeichnungen und Wörter verschwammen. Ein Stück Papier fiel heraus. Faye fing es auf und drehte es um.

»Was zum …«, murmelte sie und konnte kaum glauben, was sie da sah.

Acht handgeschriebene Zahlenreihen bedeckten den Zettel, durch die zickzackförmig blaue und rote Linien verliefen. Die wenigsten Menschen wüssten, was sie da vor sich hatten. Manche würden vielleicht einen Code vermuten, doch Faye erkannte das System sofort.

Es war eine Läutabfolge für Kirchenglocken.

Acht Reihen bedeuteten acht Glocken, und die roten und blauen Zickzacklinien kennzeichneten die jeweils aktiven Glocken. Seit sie zwölf war, läutete Faye jeden Freitag und Samstag in der Kirche St. Irene. Ihre Mutter war auch eine Glöcknerin gewesen.

Mum hatte ihre eigene Abfolge entwickelt.

Sie hatte sogar einen Namen. Am oberen Rand des Zettels hatte Fayes Mutter das Wort *Kefapepo* notiert. Es klang nicht nach einer Läutabfolge. Diese hatten zugegeben zwar seltsame Namen, doch normalerweise hießen sie Bob Doubles, Cambridge Surprise oder Oxford Treble Bob, aber nicht dieser Kefa-Unsinn. Die Anleitung war außerdem … eigenartig.

Faye versuchte, sie im Kopf nachzuläuten, doch irgendetwas stimmte nicht.

Magie, Rituale und Glockenläuten.

Und Marmeladenrollen.

Fayes Mutter hatte etwas dazugeschrieben: *Ich bezähme den Donner, ich peinige das Böse, ich vertreibe die Dunkelheit.*

»Wie bitte?«, murmelte Faye leise. »Oh Mum, wovon redest du denn nur?«

Faye war vier gewesen, als ihre Mutter gestorben war. Alt genug, um noch Erinnerungen an sie zu haben, auch wenn sie verschwommen waren. Wenn sie überhaupt nicht damit rechnete, fiel ihr plötzlich etwas ein. Der Geruch nach Rosmarin versetzte sie in die Zeit zurück, als sie Mum als kleines Kind im Garten geholfen hatte. Die Decke auf ihrem Bett erinnerte sie an Gutenachtküsse. Ihre Mutter – das bedeutete Geborgenheit und Glück.

Und genau deshalb war Faye so wütend auf sie.

Sie wusste ja, dass das falsch war. Es war nicht die Schuld ihrer Mutter gewesen, dass sie so jung gestorben war – Diphtherie war nicht wählerisch. Doch bei jeder Erwähnung ihrer Mutter begann Fayes Blut zu kochen. All die Jahre, die sie ohne sie aufgewachsen war, die vielen Geburtstage und Weihnachten und Sommer und alles, was sie nie gemeinsam erleben würden.

Deshalb hatte Faye mit ihr abgeschlossen. Mum war etwas aus der Vergangenheit, eine Fremde, eine undeutliche Erinnerung. Faye ging es damit gut, und sie lebte ihr Leben weiter.

Doch wie sich jetzt herausstellte, hatte sie sich da etwas

vorgemacht. Als ihr das Buch in die Hände gefallen war, hatte sie sich dummerweise einen leisen Funken Hoffnung erlaubt. Endlich hatte sie vielleicht einen Hinweis darauf, wer ihre Mutter wirklich gewesen war. Endlich würde diese große Lücke in ihrem Herzen gefüllt werden.

Wenn man nach dem Buch gehen konnte, war ihre Mutter entweder leider eine Hexe gewesen oder hatte nicht alle Tassen im Schrank gehabt.

Faye blätterte die Seiten von hinten nach vorne durch, dann von vorne nach hinten, fasziniert von den Wörtern und Bildern. Sie fragte sich, warum ihre Mutter das Buch wohl geschrieben und warum ihr Vater es nie erwähnt hatte. Nicht, dass er überhaupt viel von ihr sprach. Und wenn, dann wich er ihr aus oder wurde sentimental.

Regentropfen fielen auf das vergilbte Papier, und Faye sah nach oben. Der Himmel war dunkelblau. Es war Freitagabend. Sie war spät dran.

»Oh, verflixt!« Sie sprang auf, presste das Buch an die Brust und stürzte durch das Farndickicht zu ihrem Fahrrad zurück, einem Pashley Model A. Sie stopfte das Buch in ihre Tasche, warf diese in den Weidenkorb des Fahrrads, packte den Lenker und stieß sich ab. Das Pashley war ein Jungenrad – sie hatte es von Alfie Paine gebraucht gekauft, als er mit dem Zeitungsausliefern aufgehört hatte –, und sie musste ihr Bein über den Sattel schwingen, während sie schneller wurde.

Als sie über die alte römische Brücke raste, fuhr sie beinahe einen jungen Mann an, der ihr aus der anderen Richtung entgegenkam und einen Korb mit Holunderblüten in der

Armbeuge trug. Faye wich ihm aus, während er mit einem überraschten Aufschrei zurücksprang. Schlitternd kam sie im Unterholz zum Stehen, wobei ihre Tasche aus dem Korb fiel. Das Buch rutschte heraus und landete auf dem Weg.

»Bertie Butterworth, Himmel noch mal, was machst du denn um diese Zeit hier im Wald?« Faye stieg vom Rad ab, raffte Buch und Tasche an sich und schob beides zurück in den Korb.

»Ich, äh, nun, also, ich, äh …«

Bertie war ein bisschen jünger als Faye und hatte in der Schule ein Auge auf sie geworfen gehabt. Jetzt schwärmte er allerdings für Milly Baxter, die er während des Gottesdienstes immer sehnsüchtig anstarrte, zumindest war sich Faye da ziemlich sicher. Er arbeitete auf der Farm seines Vaters, weshalb seine Wangen von Sommersprossen übersät waren und seine Haare so wild wucherten wie eine Hecke. »Ich mache Holunderblütensirup«, erklärte er, sobald er die Sprache wiedergefunden hatte, und hielt ihr den Korb voller Holunder hin. »Dein Dad wollte übrigens welchen für das Pub. Komisch, oder?«

»Dad?« Faye kniff ein Auge zusammen, während sie ihr Rad auf den Weg zurückschob. »Hat er dich losgeschickt? Spionierst du mir hinterher, Bertie Butterworth?«

»Äh, nein«, stotterte Bertie. »Also, ja, doch, er hat mich losgeschickt, wegen der Blüten, aber ich spioniere dir nicht hinterher. Ich meine, ich habe jemanden gesehen und mich gefragt, ob du ein … Äh, nein, das ist albern.«

»Doch, red weiter. Für wen hast du mich gehalten?«

Bertie beugte sich vor, sein Blick zuckte nach links und

rechts, bevor er flüsterte: »Einen Nazispion, der mit dem Fallschirm abgesprungen ist, um das Dorf zu infiltrieren.«

Faye sah seinen offenen Mund und den ernsten Ausdruck in seinen Augen und konnte ein prustendes Lachen nicht unterdrücken. »Du Spinner. Was könnten die Nazis denn hier wollen?«

»Wir müssen wachsam sein«, sagte er, während sie nebeneinander hergingen. Bertie hinkte, weil er ein verkürztes Bein hatte. »Das haben sie letztens abends im Radio gesagt. Wenn die Nazis einfallen, dann genau hier.«

»Nun, hier sind aber keine Nazis. Nur ich und ein paar Eichhörnchen.«

»Und ein Buch.« Bertie neigte den Kopf, um einen besseren Blick auf den Inhalt des Fahrradkorbes zu erhaschen. »Was liest du da?«

»Nichts.« Faye schob das Buch hinter ihre Tasche. »Ein altes Rezeptebuch. Ich überlege, eine Marmeladenrolle zu machen, wenn du es unbedingt wissen willst.«

»Oh.« Bertie schien mit der Erklärung zufrieden zu sein, doch Faye sah, wie sich die Rädchen in seinem Kopf drehten. Jeden Moment würde er fragen, warum sie extra in den Wald gefahren war, um ein Buch zu lesen. Sie musste das Thema wechseln.

»Läutest du heute Abend?«

»Ach verflixt«, sagte Bertie bestürzt. »Wie spät ist es?«

»Schon spät«, erwiderte sie. »Steig auf, ich nehme dich mit.«

Bertie kletterte hinter Faye auf den Sattel, den Korb mit den Holunderblüten immer noch im Arm, und sie beugte sich auf den Pedalen vor. Der Regen wurde immer stärker. Faye ärgerte sich, dass sie die Zeit aus den Augen verloren hatte, doch sie hatte ein Buch mit magischen Zaubersprüchen gefunden, das ihre eigene Mutter geschrieben hatte. Bei der ersten Gelegenheit, die sich bot, musste Faye einen ausprobieren.

2

Engelsgleiche Klänge

Zum ersten Mal schriftlich erwähnt wurde das Dorf Woodville in den Chroniken von Wilfred von Cirencester, einem reisenden Schreiber, den Offa, der König von Mercien, entsandt hatte, um seine neuen Ländereien zu erfassen. Wilfred kam im Jahr 762 durch das Dorf und beschrieb es mit den Worten »hat seine beste Zeit hinter sich gelassen und müsste mal wieder ordentlich geputzt werden«, die Bewohner als »schwer von Begriff, fast schon unzivilisierte Wilde«. Das waren Wilfred von Cirencesters letzte Aufzeichnungen, die man zusammen mit einigen seiner blutbefleckten Habseligkeiten im Straßengraben fand, keine zwei Meilen von Woodville entfernt.

Um das Dorf herum finden Reisende dichte Waldgebiete vor, einige verstreute Farmen, ein paar Herrenhäuser, ein paar alte Festungen, einen Flughafen, sanft geschwungene Hügel, abbröckelnde Kalkklippen und Kiesstrände. Die Wode Road ist die einzige Straße, die ins Dorf und wieder hinaus führt, und nur wenige Menschen verirren sich zufällig hierher.

Faye trat auf der Wode Road kräftig in die Pedale, Bertie

kauerte auf dem Sattel hinter ihr und hielt sich an ihr fest, während er seinen Korb mit Holunderblüten an sich drückte. Der Regen strömte herab, und Faye hoffte, es würde vor der Sperrstunde noch aufklaren. Sie hatte versprochen, Mr. Paine nach Schließung des Pubs auf seiner Patrouille zu begleiten, und sie wollte im Dunkeln nicht allzu sehr frieren und nass werden. Sie kamen am Lebensmittelladen vorbei, an dem Schlachter, dem Bäcker, dem Postamt, dem Süßwarenladen, an der Teestube, dem Gemischtwarenladen, an drei Pubs, einer Schule, einer Bücherei und zwei Kirchen.

St. Irene war mit Abstand das älteste der beiden Dorfgotteshäuser. Die Kirche zu Unserer Lieben Frau war dagegen relativ neu und erst 1889 errichtet worden. Das Kirchenschiff von St. Irene stammte aus dem sechsten Jahrhundert und war aus römischen Ziegeln und Schindeln erbaut worden, die man von der Kirche nahm, die zuvor an dem Platz gestanden hatte. Weitere Abschnitte waren im Lauf der Jahrhunderte dazugekommen, zuletzt der Glockenturm im Jahr 1310. Die Kirche war nach der Heiligen Irene von Thessaloniki benannt, die mit ihren Schwestern gefoltert worden war, weil sie unter anderem verbotene Bücher gelesen hatte. Irenes Schwestern wurden hingerichtet, sie jedoch in ein Bordell geschickt, um die Übergriffe der Freier zu erdulden. Doch niemand fasste sie an, und laut der Überlieferung bekehrte sie mit ihren leidenschaftlichen Lesungen aus den Evangelien viele Freier zum Christentum. Eine andere Überlieferung erzählte, dass sie die Freier damit lediglich in ein anderes Bordell ein paar Häuser weiter getrieben habe. Wie auch immer, die Starrköpfigkeit der Heiligen Irene wirkte bei den Dorfbewohnern bis zum heutigen Tag nach. Niemand erwähnte, dass sie bei lebendigem Leib verbrannt worden war, als Strafe für ihre Weigerung, Kompromisse einzugehen. Doch die Bewohner von Woodville ließen sich eine gute Geschichte nicht von einem düsteren Ende verderben.

»Runter mit dir«, sagte Faye zu Bertie und bremste.

»Geh schon mal vor«, erwiderte er und streckte seine unterschiedlich langen Beine. »Ich komme nach.«

Faye lehnte das Fahrrad gegen den Glockenturm von St. Irene, schlüpfte durch die Tür und eilte die unebenen Steintreppen der Wendeltreppe nach oben. Sie hörte die Stimme des Tower Captains, Mr. Hodgson, wie er die anderen Glöckner auf die letzte Runde einer Bob-Doubles-Abfolge vorbereitete. »Achtung!«, rief er. Faye spähte durch den schmalen Steinbogen in die Glockenstube, während Mr. Hodgson die Hände um den gepolsterten Griff seines Seils legte, der Sally genannt wurde. »Sopran geht …« Er zog an dem Seil und brachte seine Glocke zum oberen Totpunkt. Dann, als sie fast schon läutete, fügte er hinzu: »Und sie ist weg.« Die Sopranglocke läutete, die anderen taten es ihr in rascher Folge nach.

Es war fast neun, Faye und Bertie hatten die ganze Übungsstunde verpasst. Der Turm schwankte sanft hin und her, während die Glocken läuteten, und Faye folgte der Bewegung, überlegte, ob sie zurück ins Pub gehen und ihrem Dad helfen sollte, doch die Glöckner würden sowieso gleich aufbrechen, da konnte sie sich ebenso gut sehen lassen und für ihre Abwesenheit entschuldigen.

Sie schob sich durch den Bogen in die Glockenstube, hielt sich dicht an der Mauer und winkte Mr. Hodgson kleinlaut zu, während er die Runden ansagte. Bertie tauchte hinter ihr auf, immer noch mit dem Korb im Arm und leicht außer Atem.

Sogar nach den besonderen Maßstäben von Woodville waren die Glockenläuter ein seltsamer Haufen. Aus Faye wurde niemand schlau, am wenigsten sie selbst. Miss Burgess mochte die Hühner in ihrem Garten lieber als Menschen, und ihre Fingernägel waren immer schmutzig. Miss Gordon war die Freundlichkeit in Person und eine Meisterin im Bogenschießen. Mrs. Pritchett war im Alter geschrumpft und musste sich zum Läuten auf eine Kiste stellen, doch ihr Geist war so scharf wie eh und je. Vervollständigt wurde die Gruppe von den Roberts-Zwillingen, zwei ältlichen Herren, beleibt und von freundlichem Wesen, die mit knappem Nicken und Murmeln kommunizierten. In der Glöcknerwelt waren sie als die Bob Doubles bekannt, was ein Insiderwitz war, der bei der jährlichen Hauptversammlung der County Society Gelächter auslöste und sonst überall höfliche Verwirrung. Angeführt wurden sie vom Tower Captain Mr. Hodgson, dem Pfadfinderleiter, der bei jedem Wetter knielange Kakishorts trug. Man munkelte sogar, man könne das Wetter anhand der Farbe von Mr. Hodgsons Knien vorhersagen. An diesem Abend hatten sie die Farbe von Cox-Orange-Äpfeln. Über Nacht würde es regnen und am Morgen vielleicht noch nieseln.

Die Runden waren zu Ende, und die Glöckner begannen mit dem Abschwingen der Glocken. Diesen Teil der Übungsstunde mochte Faye am liebsten. Nach den Runden mussten die Glocken sicher mit der Öffnung nach unten platziert werden, und die Glöckner brachten sie sanft in die richtige Position. Die Glocken läuteten dichter nacheinander, was Fayes Dad »einen vermaledeiten Lärm« nannte, »der sonst nirgendwo erlaubt wäre, wenn es nicht um die verdammte Kirche ginge«. Doch dann geschah etwas Wunderbares: Aus dem Chaos entstand ein harmonisches Summen. Es floss um sie herum, wurde von den alten Mauern des Turms zurückgeworfen, vibrierte in den Holzdielen und ließ die Fenster erzittern. Fayes Mum hatte immer sagt, es klänge wie der Gesang der Engel, und wenn die Glöckner alles richtig machten, war dieser Klang einzigartig.

Die Männer und Frauen hielten die Sallys weiter sanft mit der rechten Hand und ließen sie los, während sie das Seilende mit der linken zusammenrafften. Faye schloss genießerisch die Augen und badete im Summen der Glocken.

Die Harmonie wurde von einem Ruf von Mr. Hodgson unterbrochen. »Auslassen und zupacken nach der Drei. Eins … zwei … drei. Auslassen und zupacken!« Nach einem letzten Läuten verstummten die Glocken.

Faye öffnete die Augen und sah, wie Mr. Hodgson sie finster musterte.

»Und warum taucht ihr beiden jetzt erst auf?«, schnaufte er an Faye und Bertie gewandt.

»Tut mir leid, Mr. H«, antwortete sie, »der Tag ist mir irgendwie entglitten.«

»Ach ja? Hast du auch nur einen Moment an uns gedacht, wie wir hier stehen und auf dich warten? Wie wir wertvolle Zeit mit Däumchendrehen vergeuden, während wir schon längst hätten üben können, hm?« Mr. Hodgson fand es immer unbegreiflich, dass sich nicht jedermanns Tage ausschließlich um die Übungsstunde drehten. Doch selbst für seine Verhältnisse war er an diesem Abend ungewöhnlich schnippisch.

»Tut mir leid, Mr. H, ich bin so schnell gefahren, wie ich …«

»Oh, ganz bestimmt. Wo bist du gewesen?«

»Ich war … Ich hatte was zu erledigen. Saucepans for Spitfires, ein paar Töpfe abliefern. Am Sonntag bin ich pünktlich, versprochen.«

Die anderen murmelten leise und warfen sich verstohlene Blicke zu.

»Am Sonntag werden wir nicht läuten«, antwortete Mr. Hodgson mit zitternder Oberlippe. Die anderen sahen genauso bedrückt aus und befestigten schmollend ihre Seile.

»Was … Was ist denn los?«, fragte Faye. »Wer ist gestorben?«

»Es kam im Radio«, erzählte Bertie. »Die Nazis haben Paris besetzt. Schreckliche Neuigkeiten.«

»Es ist noch viel schlimmer, Bertie«, jammerte Mr. Hodgson. »Es dürfen keine Glocken mehr geläutet werden. Bis Kriegsende ist es verboten!«

»Verboten?« Fayes Stimme wurde eine Oktave höher. »Wer hat es verboten? Das können sie doch nicht machen? Oder?«

»Die Anweisung kam von der Diözese und dem Kriegsministerium. Bis auf Weiteres müssen alle Kirchenglocken schweigen«, sagte Mr. Hodgson. Er verdrehte die Augen und fügte hinzu: »Außer bei Fliegerangriffen.«

»Aber was ist mit dem Quarter Peal am Sonntag? Für Mum?« Ein Quarter Peal war ein fast einstündiger Zyklus, für den erfahrene Glöckner notwendig waren und der zu besonderen Anlässen geläutet wurde. Faye hatte noch nie an einem teilgenommen, doch sie war bereit, und Mr. Hodgson hatte ein Quarter Peal zum Todestag ihrer Mutter vorgeschlagen. Faye war sich nicht sicher gewesen – es störte sie, wenn andere Leute sie an ihre Mutter erinnerten –, doch der Tower Captain hatte darauf bestanden, und schließlich hatte sie nachgegeben.

»Es tut mir leid, das ist abgesagt«, erwiderte er.

»Nein, nein, das kann nicht sein. Das ist doch mein erstes. Das ist nicht fair. Eine Ausnahme für ein kleines Quarter Peal muss doch möglich sein, Mr. Hodgson. Bitte.«

»Eine Ausnahme? Warum glaubt ihr Jungspunde immer, dass die Regeln für euch nicht gelten, hm?«

»Ich möchte doch gar nicht gegen Regeln verstoßen, Mr. H, aber hören Sie, ich …« Faye senkte die Stimme und sah sich um, während die anderen sich nacheinander an den gefährlichen Abstieg über die Wendeltreppe machten. »Ich habe eine neue Abfolge gefunden.«

Mr. Hodgsons Gesicht zuckte vor Neugier. Neue Abfolgen waren nicht ungewöhnlich – er hatte selbst ein paar konzipiert –, doch er freute sich immer, wenn er etwas Unbekanntes ausprobieren konnte. »Ach ja? Woher?«

Faye bemerkte, wie sich Bertie an der schmalen Tür zur Glockenstube herumdrückte. »Bertie, könntest du Dad sagen, dass ich gleich komme?«

»Äh, oh, klar, natürlich«, stotterte Bertie errötend und ging seitlich durch die enge Tür zur Wendeltreppe.

Faye schämte sich ein wenig, weil sie Bertie weggeschickt

hatte, doch wenn er sah, was sie gleich herzeigen würde, würde er wissen, dass in Fayes Buch nicht nur ein Rezept für Marmeladenrolle stand. »Einen Moment, Mr. H«, sagte sie, löste die Schnallen an ihrer alten Schultasche, holte das Buch heraus und blätterte so lange, bis sie den Zettel fand. »Hier.« Sie gab ihm das Blatt Papier, und er verengte die Augen, während er die Abfolge im Kopf durchspielte.

»Die Kefo... Kefa...?«

»Kefapepo«, vervollständigte Faye. »Fragen Sie mich nicht, warum sie so heißt, denn das weiß ich nicht.«

»Sehr seltsam«, meinte Mr. Hodgson verwirrt und fasziniert. »In all den Jahren, in denen ich Glocken läute, ist mir so etwas tatsächlich noch nie untergekommen.«

»Nun, das war auch gar nicht möglich.«

»Wo hast du das her?«

»Die Abfolge ist von meiner Mutter.«

»Ah.« Mr. Hodgson bewegte die Lippen. »Das erklärt einiges.«

»Zum Beispiel?«

»Bitte verzeih, Faye, aber das hier ist einfach absurd. Die Glocken stoßen die ganze Zeit nur aneinander und verursachen leider nur Lärm. Wenn man jemanden hypnotisieren will, na gut, aber läuten kann man das eigentlich nicht. Und was steht da? *Ich bezähme den Donner, ich peinige das Böse, ich vertreibe die Dunkelheit.* Das ist wirklich äußerst merkwürdig. Wenn wir normal weitermachen könnten, hätte ich ein einfaches Quarter Peal mit zwölf-sechzig Plain Bob Triples vorgeschlagen, doch wie gesagt ... Bis auf Weiteres ist es uns ja verboten. Vielleicht sollten wir am besten warten, bis dieser

Kriegsunsinn vorbei ist, und uns dann an die Tradition halten, hm?«

»Aber, Mr. Hodgson …«

»Tut mir leid, Faye, wirklich.« Mitfühlend verzog Mr. Hodgson das Gesicht. »Deine Mutter war eine hervorragende Glöcknerin, aber leider müssen wir einen anderen Weg finden, um ihr Andenken zu ehren. Kein Glockenläuten, bis dieser vermaledeite Krieg vorbei ist.«

3

Das *Green Man*

Der Regen war stärker geworden und peitschte nun wild gegen die Mauern des Pubs, als Faye und die anderen Glöckner im *Green Man* eintrafen. Das Pub stammte aus dem Jahr 1360 und war seither durchgehend renovierungsbedürftig. Das Gebäude war fast so alt wie der Kirchturm, und das war kein Zufall. Glöckner waren der Kirche unterschiedlich stark zugeneigt – unter ihnen gab es eine überraschend hohe Anzahl von Agnostikern und Atheisten –, doch seit Jahrhunderten teilten sie eine echte Leidenschaft für Ale und Cider.

Das handgemalte Schild, das das von Blättern umgebene Gesicht des Grünen Mannes zeigte, schaukelte knarzend im Wind, als die Gruppe eilig durch die Tür und zur Bar drängte. Niemand hinderte sie daran. Zwei alte Männer spielten in einer Ecke Domino, und vor dem Kamin schlief ein Bluthund. Für Woodvilles Verhältnisse war es ein ruhiger Freitagabend, der prasselnde Regen und die Verdunkelung ließen die meisten Stammgäste zu Hause am Feuer und beim Radio bleiben.

Fayes Brille beschlug in der Wärme des Kaminfeuers, und sie war froh, dass die Tränen so nicht zu sehen waren, die sie auf dem Weg vom Kirchturm hierher vergossen hatte. Sie schniefte, blinzelte und spähte durch den Nebel zur Bar, hinter der ihr Vater Terrence Gläser spülte.

Das Leben als Gastwirt hatte seine Spuren hinterlassen, sein Gesicht war vom ständigen Tabakqualm im Pub ledrig und verwittert. Sein Haaransatz wich zurück, weiße Locken saßen auf seinem Kopf wie Wolken am Horizont, doch sein Geist war so scharf wie eh und je. Das hier war sein Pub, und er kannte jeden Dorfbewohner mit Vor- und Nachnamen. Sein Blick zuckte zu Faye, als sie hereinkam, und er spähte durch den Boden eines Pintglases zu ihr wie Nelson durch ein Teleskop.

»Ahoi! Da kommen die besten Kampanologen des Dorfes«, sagte er und bezeichnete die Gruppe vergnügt mit einem Begriff, den nur solche Menschen verwendeten, die das Wort in einem Wörterbuch gefunden hatten und damit ihren Glöcknerfreunden mitteilen wollten, dass sie es kannten.

»Und die durstigsten«, meinte Faye. Der Riemen ihrer Tasche, in der schwer das Buch lag, schnitt in ihre Schulter. »Einen Moment, ich helfe dir gleich«, sagte sie und eilte in den schmalen Flur hinter der Bar. Sie vergewisserte sich, dass ihr Dad ihr nicht zusah, als sie die Tasche in die kleine Nische bei dem Glas mit dem Trinkgeld schob, wo man sie nicht sehen würde. Doch sie musste erst noch einen letzten Blick auf das Wunder darin werfen. Faye nahm das Buch heraus und schlug es auf einer Seite voller Runen und magischer Symbole auf, auf die auch eine Hexe auf einem Besenstiel gezeichnet war.

»Was hast du denn da, Mädchen?«, fragte plötzlich eine

Stimme. Faye klappte das Buch zu und sah, dass Archibald Craddock leise aus der Toilette gekommen war, ohne zu spülen oder sich die Hände zu waschen. Man sah seinem Körper den lebenslangen Genuss von Ale, Pie und Kartoffelbrei sowie die viele Zeit an der frischen Luft an. Auf seinem kahlen Kopf saß eine Kappe, und er trug einen langen Mantel, der knitterte, als er sich an ihr vorbeiquetschte. Aus seinem Grinsen sprachen drei Pints.

»Ein Buch«, antwortete sie und schob es hinter das Glas. »Es heißt *Geht niemanden was an, Archibald Craddock,* und es ist von mir selbst. Es wird sicher ein großer Erfolg werden.«

Einen Moment lang wirkte Craddock, als wollte er sie zur Seite schieben und nach dem Buch greifen, doch letztlich interessierten ihn kindische Sachen doch zu wenig, und Lesen erst recht nicht. Stattdessen hustete er eine Alkoholwolke aus, zerzauste Faye die Haare und kehrte zu seinem Stammplatz am Ende des Tresens zurück.

Faye atmete tief durch, säuberte die Brille an ihrer Bluse, zog die Haarspange zurecht, versteckte das Buch in der Tasche und nahm ihren Platz an den Zapfhähnen neben ihrem Vater ein.

»Terrence, haben Sie schon die schrecklichen Neuigkeiten gehört?«, fragte Mr. Hodgson und hob die Arme, als stünde er auf der Kanzel.

»Die Nazis haben Paris eingenommen, Mr. H«, antwortete Terrence. »Schlimme Geschichte.«

»Nein, nein, nein, darum geht es überhaupt nicht«, jammerte Mr. Hodgson und schlug mit der Faust auf den Tresen.

»Äh … Man überlegt, ob man das Pint einen Penny teurer machen will, um die Kriegsanstrengungen zu finanzieren?«

»Nein! Die Kirchenglocken dürfen bis auf Weiteres nicht geläutet werden, außer bei Fliegerangriffen. Es kam im Radio. Haben Sie das nicht gehört?«

»Oh.« Terrence arbeitete in dem Pub, seit er laufen konnte. Vor langer Zeit schon hatte er Faye beigebracht, dass es einfacher war, den Gästen ihre Tiraden zu lassen und ihnen dann ein oder zwei Pints zu verkaufen. Ihnen zu widersprechen oder sie darauf hinzuweisen, dass die Glocken ein öffentliches Ärgernis waren, wäre nur schlecht fürs Geschäft. »Oh, das ist … ja schrecklich. Nicht wahr, Faye?«

»Komm schon, Dad, tu nicht so, als wäre das nicht der glücklichste Tag deines Lebens.«

»Das stimmt nicht, Mädchen. Ich weiß doch, wie viel das ganze Gebimmel deiner Mutter bedeutet hat – und dir auch. Wolltest du nicht diesen Sonntag ein extralanges Gebimmel für sie läuten?«

»Ein Quarter Peal.« Fayes Stimme brach. »Das ist jetzt abgesagt.«

»Oh, das tut mir leid, Faye«, sagte Terrence und legte seiner Tochter die Hand auf die Schulter. »Nein, wirklich. Du hast dich doch darauf gefreut, nicht wahr?« Faye war von dem plötzlichen und ehrlichen Mitgefühl ihres Vaters überrumpelt und fürchtete, an Ort und Stelle in Tränen auszubrechen. Natürlich musste er den Moment aber auch gleich wieder kaputtmachen. »Heißt das, ich kann ausschlafen?«

»Dad«, wies sie ihn zurecht, während sie Mr. Hodgson ein Pint von seinem üblichen Getränk zapfte.

»Ich kann natürlich nicht behaupten, dass ich darüber glücklich bin«, sagte Mr. Hodgson. »Aber wir haben eine Verpflichtung und müssen uns daran halten.«

Die anderen Glöckner grummelten zustimmend. Bertie verkündete: »Wie Mr. Churchill gesagt hat, wir dürfen uns niemals ergeben.«

»So ein Schwachsinn«, ertönte Craddocks raue Stimme vom anderen Ende der Bar herüber, und alle drehten die Köpfe zu ihm.

Faye sah, wie Bertie kreidebleich wurde. Der Junge starrte in sein Pint und wartete, dass sich ein Loch in der Erde auftat und ihn verschlang. Mr. Hodgson dagegen erhob das Wort mit der Tapferkeit eines Mannes, der 1914 heldenhaft in der Schlacht von Mons gekämpft hatte.

»Wie bitte?«, fragte der Tower Captain.

»Ich habe gesagt, das ist Schwachsinn, Blödsinn, Unfug, Mist«, erwiderte Craddock und sah nicht auf. »Uns nie ergeben, so ein Quatsch. Bei Dünkirchen haben sie uns geschlagen, und die Franzmänner sind heute unterlegen. Die Polen, die Holländer, Belgien, die hat er schon einkassiert, und wir werden die Nächsten sein. Hitlers Blitzkrieg kann nicht aufgehalten werden, und Mussolini und die Italiener haben uns auch gerade den Krieg erklärt.« Craddock nahm einen langen Zug von seiner selbst gedrehten Zigarette. »Wir hätten uns nie einmischen sollen.«

»Das ist Hochverrat«, sagte Mr. Hodgson. »Ich sollte dich anzeigen.«

»Das ist gesunder Menschenverstand, du alter Trottel«, entgegnete Craddock hinter einer Rauchwolke. »Wir sollten jetzt aufhören und ein Abkommen eingehen, bevor sie noch mehr von unseren Jungs in den Tod schicken. Und wir sollen in der Zwischenzeit das Land mit Frauen, Krüppeln und Weichlingen bestellen.«

»Und wozu gehören Sie?«, fragte Faye und lächelte ihn an.

Bertie prustete und wurde rot, die anderen Glöckner sahen sie jedoch erschrocken an.

Der große Mann knurrte und stand auf, sein Barhocker scharrte mit einem Geräusch wie ein verwundetes Tier über den Boden. »Was hast du gesagt …?« Er ging auf Faye zu, die Dielen knarzten unter seinem Gewicht.

»Ganz ruhig, Archie«, sagte Terrence. »Sie hat es nicht so gemeint.«

»Oh doch.« Faye blieb standhaft, fragte sich allerdings, ob der Tresen zwischen ihr und Craddocks massiger Gestalt ausreichen würde.

»Faye, lass es gut sein.« Terrence kannte Craddocks Jähzorn und seine schnellen Fäuste schon sein ganzes Leben lang. Faye hatte die Geschichten natürlich alle gehört, jedoch noch nie miterlebt, wenn Craddock einen ausgewachsenen Wutanfall bekam und eine Bar in Stücke schlug. Dafür reichte manchmal schon ein verschüttetes Bier.

Faye verschränkte die Arme vor der Brust und sagte mit fester Stimme: »Ich meine ja nur, dass Sie vielleicht auch gegen die Nazis kämpfen sollten, wenn es Ihnen so nicht gefällt.«

»Er ist doch zu alt«, platzte Bertie heraus.

Terrence warf ihm einen aufgebrachten Blick zu. *Und du hältst jetzt auch die Klappe!*

Craddock drehte sich zu Bertie. »Ich bin beim letzten Mal in den Krieg gezogen«, antwortete er, und der Junge wurde immer kleinlauter. »Ich habe meinen Beitrag geleistet, und ich mache das nicht noch mal. Ich bleibe hier mit den Frauen, den Krüppeln, den Weichlingen … und den Hexen.«

Schuldgefühle durchzuckten Faye, und sie konnte sich gerade noch davon abhalten, einen Blick zu dem Buch hinter dem Glas zu werfen. Doch Craddock sah weder sie an noch das Buch. Er hatte sich zu der Frau gedreht, die neben den beiden alten Männern und ihrem Dominospiel saß. Faye sträubten sich die Haare. Sie hätte schwören können, dass die Frau einen Moment zuvor noch nicht da gewesen war, doch jetzt saß sie in dem Sessel unter einem alten Foto von Hopfenpflückern.

Charlotte Southills Haar war watteweiß, ihr Gesicht blass, die Lippen blutrot geschminkt. Sie rauchte eine Tonpfeife und las in einem schwarzen Buch ohne Titel. Das Kaminfeuer spiegelte sich in ihren großen Augen, als sie Craddocks wütendem Blick mit einem rätselhaften Lächeln begegnete.

Craddock versuchte, Charlotte niederzustarren. Sein Gesicht zitterte, Schweißtropfen bildeten sich auf seiner Oberlippe. Die Frau klappte sanft ihr Buch zu, stand auf und glitt zur Bar, so schlank wie eine Rose in ihrem pelzgesäumten Mantel. Fayes Brille beschlug erneut.

Charlotte Southill legte mit Nachdruck ein paar Münzen auf den Tresen. Sie kam nicht oft in den *Green Man,* doch wenn sie einmal da war, trank sie immer ein Gläschen Gin. Faye nickte und schenkte ihr ein.

»Guten Abend, Miss Charlotte«, sagte Terrence fröhlich. »Habe Sie gar nicht gesehen.«

Charlotte schwieg und starrte weiter Craddock an.

Der Wilderer lehnte sich so dicht zu Charlotte, dass Faye sich schon fragte, ob er sie küssen wollte. »Ich habe keine Angst vor dir.« Abfällig verzog er die Lippen und fügte hinzu: »Hexe.«

Also kein Kuss. Faye stellte den Gin vor Charlotte ab.

Charlottes Hand wirkte verschwommen, als sie danach griff.

Craddock zuckte zusammen.

Nicht stark. Sein Auge zuckte, sein Arm ebenso, doch alle sahen es. Die Glöckner stießen einander an. Charlottes Lächeln wurde breiter, während sie den Gin in einem Zug austrank.

Craddock zog seinen Mantel enger, murmelte etwas Unverständliches und stapfte in den Regen hinaus, wobei er die Tür hinter sich zuschlug.

Einen Moment lang war nur das Knacken des Feuers zu hören, dann bestellte Miss Burgess ein halbes Pint Pale Ale, und wieder erfüllte ein freundliches Stimmengewirr den Raum.

Fayes Gedanken wirbelten durcheinander, während sie sich an jedes bisschen Klatsch über Charlotte Southill zu erinnern versuchte. Dass sie eine Hexe sein sollte, war ein bekanntes Gerücht. Andere behaupteten, sie stamme von rumänischen Zigeunern ab, und das lächerlichste Gerücht kam von Mr. Loaf, dem Bestatter, der vermutete, dass Charlotte über dreihundert Jahre alt war, eine direkte Nachfahrin der Wahrsagerin Mother Shipton, die die Pest überlebt hatte und einen Unsterblichkeitspakt mit dem Teufel eingegangen war.

Mr. Loaf wäre allerdings wenig erfreut, wenn er wüsste, dass er näher an der Wahrheit dran war als die meisten anderen.

»Noch einen?«, fragte Faye.

Charlotte sah Faye nicht direkt an, eher die Luft um sie herum, bewegte den Kopf wie ein Hund, der eine Witterung aufgenommen hatte. Dann sah sie Faye in die Augen, und der Tabak in ihrer Pfeife glühte rot auf. Rauch drang aus Charlottes Mund und Nasenlöchern und trieb zu Faye hinüber. Bei normalem, beißendem Pfeifenrauch tränten Fayes Augen, doch dieser hier war wärmer, süßer, mit einem Hauch Honig.

»Und was hast du heute so getrieben?«, fragte Charlotte mit rauer Stimme.

»Ach, Sie wissen schon, dies und das, Saucepans for Spitfires, habe meinen Beitrag geleistet.« Faye atmete etwas von dem Rauch ein und musste husten. Sie sah zu ihrem Dad. Er unterhielt sich mit den Glöcknern und servierte Pints. Er bemerkte nicht, dass Faye und Charlotte miteinander sprachen.

»Sonst noch etwas?«, fragte Charlotte.

Faye machte große Augen und war verwirrt, weil die alte Frau plötzlich solches Interesse an ihr zeigte. »Äh ... nein«, antwortete sie und dachte panisch: *Sie weiß es! Sie weiß von dem Buch. Aber woher?*

»Irgendetwas Besonderes?« Charlotte zog wieder an ihrer Pfeife, stieß noch mehr von dem nach Honig riechenden Rauch aus. Sie hob eine Augenbraue, und Faye überkam das überwältigende Bedürfnis, ihr alles über das Buch zu erzählen – wie sie es gefunden hatte, was darin stand – und dazu noch alle widersprüchlichen Gedanken über ihre Mutter. Fayes Geist war vernebelt und weich wie ein Daunenkissen.

Sie schüttelte den Kopf, doch ihre Lippen kribbelten, ihre Umgebung verschwamm, und sie konnte nur Charlottes Gesicht klar erkennen. Faye musste sich mit aller Kraft konzentrieren, damit sie nicht mehr antwortete als: »Ich bin spazieren gegangen.«

Charlotte verengte die Augen und lächelte wieder. »Wie reizend.« Enttäuscht fügte sie hinzu: »Du bist es nicht. Hab einen schönen Abend.«

Charlotte zog ein letztes Mal an ihrer Pfeife, schlug die Kapuze über den Kopf und steuerte auf die Tür zu.

Der Nebel in Fayes Gehirn lichtete sich, es knackte in ihren Ohren, und der Hund am Feuer begann zu bellen. Die Realität kehrte zurück, als ob sie aus einem Tagtraum erwachte. Die Stimmen um sie herum wurden deutlicher, und sie hörte, dass jemand mit ihr sprach.

»Man kann über Charlotte sagen, was man will«, meinte Mr. Hodgson, trommelte mit den Fingern auf den Tresen und zeigte dann auf Faye, »aber zu deiner Mutter war sie immer äußerst freundlich. Die beiden waren wie Pech und Schwefel.«

»Nein«, erwiderte Faye und wandte sich ihrem Dad zu, der Mr. Hodgson einen finsteren Blick zuwarf. »Das wusste ich nicht. Dad, wann wolltest du mir das eigentlich erzählen?«

»Äh, was?«, polterte Terrence und sah aus, als wollte er Mr. Hodgson am liebsten ermorden.

»Am besten fängst du jetzt sofort damit an«, sagte Faye.

4

Mrs. Teachs mitternächtliches Rendezvous

Schlimm treffen wir bei Mondenlicht, Mrs. Teach?«

Philomena Teach marschierte in den Kreis aus aufrecht stehenden Steinen, als gehörte er ihr. Tatsächlich zog sie überall die Blicke auf sich, ganz gleich, wo sie auftauchte. Sie war eine üppige Frau mit der Figur einer reifen Birne und größer als die meisten Männer. Sie bewegte sich mit königlicher Eleganz, hocherhobenem Kinn und dem Hauch eines anzüglichen Lächelns auf den runden Wangen. An den meisten Tagen trug sie ein atemberaubendes Kleid und Sling-Pumps. Heute allerdings hatte sich Mrs. Teach wegen des Regens und der Kälte vernünftige Schuhe angezogen, ihren Wollmantel vom Women's Voluntary Service und einen Hut.

»Wenn du mit mir sprechen möchtest, dann klopf doch einfach an meine Tür«, sagte sie zu der Frau, die auf sie wartete. »Mir Nachrichten in den Briefkasten zu werfen und mich mitten in der Nacht an okkulte Orte zu bestellen, muss einer einsamen Witwe doch zu denken geben. Also, was willst du, Herrgott noch mal?«, fragte sie barsch. Mrs. Teach sprach normalerweise tadellos und drückte sich ausgesprochen gewählt aus, doch ab und zu brach ihre gewöhnliche Herkunft aus der Gegend der Themsemündung in Gestalt eines Fluchs durch.

Charlotte Southill stand an dem Opferstein, der flach in der Mitte des Steinkreises lag. Mrs. Teach nahm ihren Platz auf der anderen Seite ein. Beide Frauen waren vor langer Zeit übereingekommen, dass sie besser Abstand voneinander hielten. Die Steine waren nicht so mächtig wie die in Stonehenge, jedoch viel älter. Sie befanden sich in einer Ecke des Waldes, in die sich nur selten Wanderer verirrten, weshalb sie ein hervorragender Treffpunkt für alle waren, die etwas zu verheimlichen hatten.

»Wie soll ich es formulieren?« Charlotte zündete ein Streichholz an und hielt die Flamme an den Tabak in ihrer Tonpfeife. »Hast du …« Sie nahm ein paar Züge. »Hast du getan, was du nicht tun darfst?«

»Mir gefällt dein Ton nicht.«

»Das mag sein, die Frage ist allerdings immer noch ohne Antwort. Hast du?«

»Nein, ganz gewiss nicht.«

Charlotte hüllte sich in eine Rauchwolke. »Jemand hat es aber getan«, sagte sie.

»Nun, ich war es nicht. Wie kommst du dazu, mir das zu unterstellen?«

»Entschuldige bitte, aber dir eilt da so ein gewisser Ruf voraus.«

»Einmal, das war alles.« Mrs. Teachs Augen glänzten vor Tränen, und ihre Stimme brach. »Ein kleiner Fehler, der dazu auch noch lange her ist.«

»Lass das Theater, Philomena. Dagegen bin ich immun.«

»Ja, das bist du, nicht wahr? Und weißt du auch, warum? Weil du eine herzlose …«

»Etwas ist auf unsere Seite gelangt.«

Mrs. Teach schniefte. »Von woher kommt es?«

»Von unten.«

»Oh. Mist.«

»Ja.«

»Bist du sicher?«

»Es ist, als hätte jemand eine Tür offen gelassen, und ich spüre die Zugluft«, antwortete Charlotte. »Es ist mächtig und unter uns, und das hat es nicht allein geschafft.«

»Wenn aber weder du noch ich dafür verantwortlich sind, wer dann?«, fragte Mrs. Teach und schnappte nach Luft. »Oh, glaubst du, Kathryns Tochter ist es gewesen?«

»Faye? Nein.« Charlotte schüttelte den Kopf. »Ich habe heute Abend mit ihr gesprochen. Sie ist immer noch ein Kind. Naiv. Ohne Kräfte. Ich glaube nicht, dass sie etwas damit zu tun hat.«

»Was hast du zu ihr gesagt? Sie sollte doch nicht wissen …« Mrs. Teach verstummte, als sie den Tabakrauch einatmete. »Oh, du bist unverbesserlich. Hast du versucht, die Gedanken des armen Mädchens zu lesen?«

»Ich habe vielleicht einen kurzen Blick hineingeworfen.«

»Charlotte, du solltest es besser wissen und nicht im Kopf einer jungen Dame herumstochern. Wer weiß schon, was du darin finden könntest?«

»Es gab nichts zu finden. Das Mädchen ist strohdumm.«

»Auf mich hat sie immer recht schlau gewirkt.«

»Vielleicht, aber sie hat keine der Fähigkeiten ihrer Mutter geerbt.«

»Wer könnte es dann sein?«

»Das will ich herausfinden. Ich werde am Morgen darüber meditieren. Die Gedanken auf die Reise schicken und sehen, worauf ich stoße. Es gibt da ein Ritual, das ich ausprobieren möchte.«

In Gedanken versunken nickte Charlotte und fügte hinzu: »Ich brauche eine Kröte.«

»Ich könnte eine Lesung versuchen, vielleicht …«

»Du bist noch auf Bewährung«, unterbrach Charlotte sie scharf.

Mrs. Teach ballte die Hände zu Fäusten und grub die Fingernägel in die Handflächen. »Warum schleifst du mich dann zu dieser gottlosen Stunde hier heraus zu den Steinen, wenn du meine Hilfe gar nicht willst?«

»Ich musste dir die Frage stellen.« Charlotte zuckte mit den Schultern. »Und dir dabei in die Augen sehen.«

Mrs. Teach trat auf den Opferstein zu und starrte Charlotte aufgebracht an. »Und wer gibt dir das Recht dazu?«

»Vera Fivetrees.«

»Ach wirklich?«

»Ja, und du hast es mir in gewisser Weise auch gegeben. Als du unsere Gesetze missachtet hast.«

»Eines Tages«, sagte Mrs. Teach mit zitternder Stimme, »wird dir das Herz hoffentlich einmal so wie mir gebrochen. Erst dann wirst du eine Ahnung haben, was ich durchgemacht habe. Aber was sage ich? Dafür bräuchtest du ja erst einmal ein Herz.«

Charlotte verzog die roten Lippen zu einem Lächeln. »Ich habe ein Herz, Philomena. Und ich bin klug genug, es für mich zu behalten.«

»Danke, dass du meine Zeit verschwendet hast«, sagte Mrs. Teach, drehte sich um und machte sich auf den Weg in Richtung Dorf. Charlotte sah ihr nach und fragte sich beiläufig, wo sie um diese Uhrzeit eine Kröte herbekommen könnte.

5

Licht aus

Licht aus!«

»Ihr könnt mich mal!«

Regen trommelte auf Fayes stählernen Helm, während sie mit Mr. Paine, dem Zeitungshändler, durch die dunklen Straßen von Woodville spazierte. Die beiden waren auf Luftschutz-Patrouille und mussten dafür sorgen, dass nachts aus keinem Haus Licht nach draußen drang. Die Regierung hatte verkündet, dass sich die Piloten der deutschen Luftwaffe nicht nur an den Lichtern aus Städten und Dörfern orientierten, sondern diese Ziele auch bombardierten. Die Verordnung sollte Leben retten, doch nicht jeder freute sich darüber, sich nachts hinter Verdunkelungsvorhängen zu verstecken, was zu einigen angespannten Wortwechseln führte.

»Ich habe gesagt: Licht aus!«, wiederholte Mr. Paine.

»Und ich habe gesagt: Ihr könnt mich mal!«, rief eine Stimme aus dem Haus an der Ecke der Bogshole Road.

»Ich möchte nicht rüberkommen müssen«, brüllte Mr. Paine zurück. »Dafür kann ich Ihnen eine Geldstrafe aufbrummen.« Die Verdunkelungsvorhänge des betreffenden Hauses wurden zugezogen, und es wurde wieder dunkel. Das Dorf war nachts normalerweise recht belebt, selbst nach der Sperrstunde, doch die Verdunkelung erstreckte sich auch auf Autos, Taschenlampen, sogar Fahrradlichter, weshalb die Leute mit vorgezogenen Vorhängen zu Hause blieben. Es war so dunkel, dass Mrs. Brown ihre Pferde weiß anstrich, nachdem eins von einem Auto angefahren worden war. Faye malte sogar die Schutzbleche ihres Fahrrads weiß an, auch wenn es nutzlos war.

»Das war das Haus von Mr. und Mrs. Mogg«, sagte Faye, deren Augen sich wieder an die Dunkelheit gewöhnt hatten. »Er wird sich beschweren, wenn er Sie das nächste Mal sieht.«

»Das wird ihm auch nichts helfen.« Mr. Paine war ein großer Mann, der beim Gehen hin und her schwankte. Er sprach mit tiefer Stimme, gerunzelter Stirn und geschürzten Lippen, weshalb man Freddie Paine leicht für einen Dummkopf halten konnte, wenn man ihn nicht kannte. Er war jedoch das genaue Gegenteil, und Faye mochte sein ausgeprägtes Pflichtgefühl. »Erinner mich daran, dass ich den Vorfall später im Logbuch vermerke. Zitronenbrausebonbon?« Mr. Paine hielt ihr eine kleine braune Papiertüte hin, doch sie antwortete nicht. Sie dachte immer noch an das, was sie zuvor im Pub erfahren hatte.

Mum, Fayes Mum, Kathryn Bright, geborene Wynter war mit einer Hexe befreundet gewesen.

Und nicht mit irgendeiner Hexe – nicht, dass Faye andere gekannt hätte –, sondern mit Charlotte Southill, über die man sich zuflüsterte, dass sie einem die Milch sauer werden ließ, wenn man sie nur komisch ansah.

Faye hatte ihren Vater bis zur Sperrstunde mit Fragen gelöchert, doch er hatte nichts mehr herausgerückt. Sie wandte sich an Mr. Hodgson, der Terrence' subtile Hinweise verstand und plötzlich behauptete, er sei müde und müsse ins Bett, wobei er sein Bier halb ausgetrunken zurückließ. Das hatte es noch nie gegeben, und Bertie war von Mr. Hodgsons Verhalten so verwirrt, dass er sich fragte, ob er durch einen deutschen Spion ersetzt worden war, worüber man dann den restlichen Abend eifrig diskutierte.

Bei der letzten Runde kam Mr. Paine mit seinem ARP-Helm vorbei, um Faye zur Patrouille abzuholen. Sie setzte ihren eigenen Helm auf, steckte das silberne Abzeichen der Air Raid Precautions an ihren Jackenaufschlag, schlang sich die Tasche mit der Gasmaske über die Schulter und ging mit dem schwerfällig laufenden Zeitungshändler hinaus in die Nacht.

Vom *Green Man* aus gingen sie die Wode Road entlang bis zum Wachposten. Am Ende ihrer Schicht würden sie das ganze Dorf abgelaufen haben.

»Aufwachen, Schlafmütze«, sagte Mr. Paine und schüttelte die Tüte mit den Bonbons unter Fayes Nase.

Das Geräusch riss sie aus ihren Gedanken. »Oh, tut mir leid, vielen Dank.« Sie nahm eines der kleinen gelben Bonbons und steckte es sich genüsslich in den Mund. Noch ein Grund, mit dem Besitzer des Zeitungs- und Süßwarenladens auf Patrouille zu gehen.

»Danke, dass du heute Abend einspringst, Faye«, sagte Mr. Paine. »Der Hexenschuss des armen Kenneth wird allmählich chronisch. Du bist ein echter Gewinn für die ARP.«

»So komme ich wenigstens raus und ... LICHT AUS!«, rief sie über die Straße, wo Reverend Jacobs im Fenster seines Pfarrhauses saß und bei Kerzenlicht eine Predigt schrieb. Er eilte zum Fenster, winkte entschuldigend und zog die Vorhänge vor. »Und ich darf Menschen anschreien, also genau das, was ein Mädchen nach einem langen Tag braucht.«

»Du hast richtig gehandelt«, sagte Mr. Paine und saugte hörbar an seinem Zitronenbonbon. »Ich habe gehört, was bei den Local Defence Volunteers passiert ist.«

»Nichts ist bei den LDV passiert«, protestierte Faye.

»Ich habe gehört, man hätte dich ausgelacht.«

»Sie haben nicht gelacht.« Faye biss sich auf die Lippe und errötete bei der Erinnerung. Gleich nach Dünkirchen hatte man über das Radio neue Mitglieder für die Bürgerwehr gesucht. Man brauchte Freiwillige, um das Land zu verteidigen, falls die Deutschen in das besetzte Frankreich einfielen. Faye war eine der Ersten, die sich anschließen wollten. »Sie haben eher abfällig gegrinst. Haben gesagt, sie nehmen keine Mädchen auf.«

»Warum wolltest du überhaupt dabei sein?«, fragte Mr. Paine und zerbiss sein Zitronenbonbon. »Ein Haufen alter Männer, die mit Besen Soldaten spielen.«

»Bertie haben sie mitmachen lassen. Er ist zwar zu jung, aber sie haben ihn aufgenommen, weil er ein Junge ist und dabei sein will, und er kann gut Tee kochen. Er sagt, man bekommt eine Waffe.«

»Sie haben Morris Marshalls Schrotflinte und Harry Newtons alte Donnerbüchse. Die anderen haben Besen und eine Armbinde, mit der sie sich für unglaublich wichtig halten. Die sind dem Nazi-Blitzkrieg wohl kaum gewachsen. Weißt du, wie man sie nennt? Die alten Verachtenswerten, die Schauen-Ducken-Verschwinden-Brigade, die allerletzten Freiwilligen, Dads Armee – LICHT AUS! Bei den ARP bekommst du wenigstens zwei Pfund die Woche, einen Stahlhelm und ein silbernes Abzeichen.«

»Und Zitronenbonbons mit Brause.«

»Nur, wenn du brav bist.«

»Bertie hat gesagt, dass ich mal seine Waffe ausprobieren darf, wenn er eine bekommt.«

»Erwarte dir nicht zu viel.«

»Ich möchte mich einfach nur nützlich machen«, sagte Faye. »Aber niemand will mich dabeihaben.«

Faye war mit fünfzehn Jahren von der Schule abgegangen und half ihrem Vater seither im Pub. Sie kam mit den meisten Leuten gut aus, war vernünftig, konnte ausgezeichnet rechnen und liebte nichts mehr als einen spannenden Detektivroman aus der Bücherei mit ein paar guten Twists.

Sie hatte keine besondere Lust zu heiraten und Kinder zu bekommen, auch wenn das von Frauen in ihrem Alter erwartet wurde. Kleider standen ihr nicht, und die Jungs verdrehten nicht die Köpfe nach ihr. Viel lieber trug sie ihre Latzhose mit ordentlichen Taschen und robuste Stiefel. Manchmal überlegte sie, ob sie Lehrerin werden sollte, doch keine der Lehrkräfte, die sie bisher kennengelernt hatte, waren wie sie, deshalb würde sie wahrscheinlich auch nicht dazupassen.

Dad sagte, sie solle sich nicht zu viele Sorgen machen, was nett von ihm war, auch wenn sie den Verdacht hatte, dass er darauf hoffte, sie würde ihr ganzes Leben hinter der Bar arbeiten und das Pub irgendwann übernehmen, wenn er in Rente ging.

Faye wollte den Menschen einfach nur helfen, auch wenn manche fanden, sie stecke überall ihre Nase hinein. Egal, worum es ging – ein undichtes Dach, ein platter Reifen oder das Abholen der Lebensmittelration –, Faye meldete sich freiwillig. Leider war »Mädchen für alles« kein anerkannter Beruf, weshalb Faye sich einer Aufgabe nach der anderen widmete und dabei immer ihr Bestes gab.

Sie kamen zum Wachposten, einem kleinen Betonunterstand am Ende der Wode Road, der von Sandsäcken umgeben war. Faye und Mr. Paine stellten sich unter, und er goss Tee aus seiner Thermosflasche in zwei Blechtassen.

Stille lag über dem Dorf. Die Häuser und Läden waren von Sandsäcken gesäumt, die Fenster kreuzförmig mit Klebeband abgeklebt, damit im Fall eines Bombenabwurfs weniger Scherben durch die Gegend flogen. Alle Vorhänge waren fest geschlossen. Der Regen hörte auf, die Wolkendecke lichtete sich. Faye liebte diese nächtlichen Patrouillen. Die Sterne standen ohne das Licht der Straßenlampen klar und deutlich am Himmel. Sie suchte nach dem Großen Wagen und dachte an das, was Mr. Hodgson über Charlotte und ihre Mutter gesagt hatte. *Wie Pech und Schwefel.*

»Mr. Paine.« Faye biss sich auf die Lippe. »Haben Sie meine Mutter gut gekannt?«

»Ich kenne jeden in diesem Dorf, Faye. Das ist der Vorteil, wenn man Zeitungshändler ist. Früher oder später kommen sie alle zu mir. Jeden Montag hat deine liebe Mutter vorbeigeschaut und sich eine Ausgabe der *Woman's Weekly* und einen Cadbury-Schokoladenriegel geholt. War immer höflich und freundlich und hat jedes Mal passend bezahlt. So etwas vergisst man nicht.«

»Hat sie sich je … seltsam verhalten?«

»Inwiefern seltsam?«

»Anders irgendwie. Komisch. Keine Ahnung. Wie eine … Hexe.«

Mr. Paine schlürfte nachdenklich seinen Tee. »Nein«, antwortete er.

Faye blähte die Wangen. Jetzt wusste sie es. Ihre Mutter war eine normale Frau gewesen, die Zeitschriften und Schokolade gekauft hatte und …

»Bis auf dieses eine Mal«, fuhr Mr. Paine fort. »Hat mir damals ganz schön Angst eingejagt.«

»Was ist passiert? Und was meinen Sie damit, sie hat Ihnen Angst eingejagt?«, fragte Faye. »Was hat sie denn getan, dass Ihnen ganz anders wurde?«

»Nichts Schlimmes, verstehst du, aber … es war schon seltsam.«

»Inwiefern?«

Mr. Paine stand auf und schraubte die Thermosflasche wieder zu. »Teepause ist vorbei«, verkündete er und marschierte Richtung Gibbet Lane.

»Inwiefern, Mr. Paine?« Faye eilte ihm nach. »Bitte, erzählen Sie es mir.«

Der Zeitungshändler wurde langsamer und kratzte sich am Ohr. »Ich war noch ein Junge«, sagte er schließlich, »und habe den Hopfenpflückern geholfen, die zur Ernte hergekommen

waren. Ein Spatz war in einem Sack voller Hopfen einge-
schlossen, und das arme Ding ist panisch geworden. Sein
Herz ist stehen geblieben, und vor unseren Augen ist er tot
umgefallen. Steif wie ein Brett, hat die Füße in die Luft gestreckt.« Mr. Paine hob die Hände wie erstarrte Klauen,
schloss die Augen und ließ die Zunge seitlich aus dem Mund
hängen. »Deine Mum – sie war damals nicht viel älter als du
jetzt – ist in der Nähe, hört den Aufruhr, kommt zu uns, holt
den Spatz heraus, hält ihn in der Handfläche und flüstert ihm
etwas ins Ohr. Und das verflixte Ding war plötzlich wieder
lebendig und ist davongeflogen. Sie wollte kein Lob dafür,
keinen Dank, nicht einmal ein Bier. Sie eilte davon, als hätte
sie etwas angestellt ... Als hätte sie etwas Verbotenes getan.
Die eine Hälfte der Hopfenpflücker hielt sie für den heiligen
Franz von Assisi, die andere Hälfte dachte, sie sei eine ...« Mr.
Paine blieb stehen. Faye hatte das Gefühl, dass er die Geschichte unzähligen anderen Leuten schon erzählt hatte, immer
mit derselben Pointe, aber noch nie der Tochter der Haupt-
person.

»Na los, sagen Sie es schon.« Faye verschränkte die Arme.

»Ich glaube nicht, dass ich das sollte.«

»Eine Hexe?«

»Das hast du jetzt gesagt, nicht ich. Ich selbst glaube ja,
dass der Vogel einen Schock hatte und sich in der warmen
Hand deiner Mutter wieder erholt hat. Sie war eine reizende
Frau, deine Mutter. Immer höflich und freundlich – und hat
wie gesagt immer passend gezahlt.«

»Kannte sie Miss Charlotte gut?«

»Miss Charlotte? Warum willst du etwas über sie wissen?

Sie ist eine zweifelhafte Person, wenn du verstehst, was ich meine.«

Faye verstand ihn nicht, blieb aber beharrlich. »Und? Hat sie meine Mum gekannt?«

»Nicht besonders gut«, antwortete er. »Ich habe gehört, dass es ein Zerwürfnis gab. Aber löcher mich nicht nach Einzelheiten, die weiß ich nicht. Warum fragst du nicht deinen Vater?«

»Das habe ich. Er wechselt dann immer das Thema.«

»Weißt du, Faye«, sagte er, »in diesem Dorf ist alles seltsam, merkwürdig, komisch und mysteriös. Wusstest du, dass sich der Fluss im Sommer 1911 plötzlich rot verfärbt hat? Beim Kloster gibt es einen Weg, auf dem ein Wagen den Abhang nach oben rollt, wenn man ihn unbeaufsichtigt lässt. Man vermutet, dass ein Kompass völlig durchdreht, wenn man ihn in die Mitte des Steinkreises im Wald hält. Seltsam, merkwürdig, komisch und mysteriös ist es hier andauernd, Faye. Erst diese Woche hat Larry Dell gesagt, dass ihm jemand alle Vogelscheuchen von seinen Feldern gestohlen hat.« Mr. Paine trank noch einen Schluck Tee.

»Larry Dell ... Ist das der mit der Kohlfarm? Der mit der Delle im Kopf?«

»Genau. Ich habe ihn letzten Freitag im *Heart and Hand* gesehen ...«

»Was haben Sie denn im *Heart and Hand* gemacht?« Faye mochte es nicht, wenn die Dorfbewohner in andere Pubs als das ihres Dads gingen.

»Dartabend. Also, wo war ich?«

»In einem anderen Pub.«

»Wo war ich bei meiner Geschichte?«

»Jemand hat Larry Dells Vogelscheuchen gestohlen.«

»Genau. Und hier kommt der seltsame, merkwürdige, komische und mysteriöse Teil. Er hat gesagt, wer auch immer die Vogelscheuchen mitgenommen hat, hat die Holzkreuze stehen gelassen. Es ist, als wären die Vogelscheuchen einfach abgesprungen und davongelaufen. Und gestern habe ich von Doris' Jungen gehört, Herbert.«

»Er ist gerade auf See, nicht wahr?«

»Seit Kurzem hat er Landurlaub. Er saß gerade im Zug nach Hause, auf der Fahrt von Portsmouth, und du glaubst nicht, was er gesehen hat, als der Zug in Therfield einfuhr.«

Faye zuckte mit den Schultern. »Larry Dells Vogelscheuchen?«

Mr. Paine lächelte, öffnete den Mund, doch dann neigte er den Kopf zur Seite und lauschte.

»Was ist los?«, fragte Faye.

Mr. Paine bedeutete ihr mit erhobenem Finger zu schweigen und flüsterte: »Da ist jemand.«

Faye formte lautlos mit den Lippen: »Wo?«, und Mr. Paine deutete dorthin, wo die Gibbet Lane in einen Reitweg mündete, der in den Wald führte. Aus dem Dunkeln ertönte das rhythmische Geräusch von festen Schuhen auf Kopfsteinpflaster, und die Schritte kamen auf sie zu.

Erst heute war mit der zweiten Post ein Flugblatt eingetroffen, das den Titel hatte: *Wenn die Invasoren einfallen.* Und Bertie hatte Faye alle möglichen Geschichten erzählt, wie die deutschen Fallschirmspringer mit Maschinengewehren und Granaten zu Überraschungsangriffen absprangen. Fayes Herzschlag beschleunigte sich, und sie wünschte, sie hätte Morris Marshalls Schrotflinte oder Harry Newtons alte Donnerbüchse in der Hand. Selbst ein Besen wäre besser als nichts.

»Wer ist da?«, bellte Mr. Paine. Keine Antwort. Faye sah, wie er die Fäuste ballte. »Wer ist da?«, wiederholte er.

Die Schritte kamen immer näher.

6

Eine kurze Begegnung

Philomena Teach marschierte durch den finsteren Wald. Die meisten Menschen hätten in der erdrückenden Dunkelheit Angst gehabt, doch Mrs. Teach hatte nichts zu fürchten. Der Wald war ihr alter Freund. Manche Wege kannte nur sie, und einen davon ging sie gerade auf das Dorf zu.

Das Treffen mit Charlotte hatte sie aufgebracht. Wie konnte sie ihr nur vorwerfen, gegen die Regeln verstoßen zu haben, als wäre sie ein ungezogenes Schulmädchen? Wie konnte sie es nur wagen! Mrs. Teach hatte erwogen, Charlotte die Wahrheit zu sagen, doch die hochnäsige Kuh hatte deutlich vermittelt, dass sie Mrs. Teachs Hilfe nicht benötigte, deshalb konnte sie ihr mal den Buckel herunterrutschen.

Falls Charlotte allerdings recht hatte und aus der Unterwelt etwas eingedrungen war … nicht auszudenken. Niemand bei Verstand war so dumm, die Tür für irgendwen – irgend*etwas* – von da unten zu öffnen. Mrs. Teachs eigenes kleines Missgeschick war ein absoluter Unfall gewesen, und sie hatte sofort Maßnahmen ergriffen, um ihren Fehler zu korrigieren.

Der Weg führte zum Waldrand, wo die Bäume lichter standen, Klippen zum Meer hin abfielen und der Himmel und das Meer sich zu einem stillen Vorhang aus Dunkelheit vereinigten. Wellen schlugen auf den Kiesstrand weit unter ihr. Der Kalksteinweg war uneben, und sie musste aufpassen, während sie zur Gibbet Lane spazierte. Der Kalksteinweg ging in einen Reitweg über und schließlich in Kopfsteinpflaster. Ihre Schritte waren deutlich zu hören.

Es war nicht ihre Schuld, dass etwas auf diese Seite gekommen war. Hatte nichts mit ihr zu tun. Ja, sie hatte einmal einen Fehler begangen, doch Trauer und Liebe waren damals die Beweggründe gewesen. Sie hatte nichts Böses gewollt. Sie wusste, sie hatte gegen die Regeln verstoßen, doch diese Regeln waren ungerecht, und sie hatte immer noch getrauert, und sie wollte doch nur …

»Wer ist da?«, bellte eine Stimme aus der Dunkelheit.

»Gütiger Himmel.« Mrs. Teach hielt sich die Brust. Sie riss sich aus ihren wütenden Gedanken und merkte, dass sie mittlerweile am Ende der Gibbet Lane angekommen war. Zwei dunkle Gestalten mit ARP-Helmen standen dicht nebeneinander, die eine sehr viel größer als die andere. Der vertraute Anblick eines freundlichen Lieferanten von Zigaretten und Süßigkeiten. »Freddie? Freddie Paine, sind Sie das? Sie haben mich zu Tode erschreckt, Sie Idiot.«

»Oh, tut mir leid, Mrs. Teach.« Mr. Paine schob seinen Helm zurück. »Man kann heutzutage nicht vorsichtig genug sein. Ich hoffe, ich habe Ihnen keinen allzu großen Schrecken eingejagt.«

»Einen Schrecken eingejagt, Freddie? Einen Schrecken?

Zehn Jahre hat mich das gekostet. Gute Nacht euch beiden.« Sie wollte gerade zu ihrem Haus gehen, als sich eine zweite Stimme zu Wort meldete.

»Dürfte ich fragen, was Sie so spät am Abend noch draußen gemacht haben, Mrs. Teach?«

Erst nach einem Moment erkannte sie die Sprecherin. »Faye? Faye Bright?« Mrs. Teach musste sich auf die Lippen beißen, damit sie nicht herausplatzte: *Über dich habe ich gerade gesprochen.* Stattdessen ging sie einen Schritt auf das junge Mädchen zu, dessen Gesicht bläulich in dem blassen Mondlicht schimmerte. »Schau dich an, wie du deinen Beitrag leistest. Wie schön. Du bist eine Inspiration für die anderen jungen Frauen. Also, es wird ein bisschen kühl, ich gehe mir dann mal einen Kakao machen …«

»Tut mir leid, Mrs. Teach«, beharrte Faye, »aber Sie haben meine Frage nicht beantwortet.«

Genau wie ihre Mutter, dachte Mrs. Teach. Kathryn Wynter hatte auch nie gewusst, wann sie besser den Mund gehalten hätte. Hatte immer unverschämte Fragen gestellt, immer ihre Nase in Dinge gesteckt, die sie nichts angingen. Das war einer von vielen Gründen gewesen, warum Mrs. Teach die Frau gemocht hatte.

»Wir müssen verdächtiges Verhalten melden, deshalb«, fuhr Faye fort. »Und man könnte es verdächtig finden, wenn jemand mitten in der Nacht durch den Wald streift, wenn Sie verstehen, was ich meine. Bitte nehmen Sie es mir nicht übel.«

»Schon gut, junge Dame. Also, wenn es euch nichts ausmacht, es ist ein bisschen frisch und …«

Mr. Paine stellte sich ihr in den Weg. »Bitte beantworten Sie die Frage, Mrs. Teach«, sagte er.

In ihrer Jugend hatte Mrs. Teach viele Hauptrollen in der Amateurtheatergruppe des Dorfes gespielt und gute Besprechungen im Gemeindeblatt bekommen, doch inzwischen war es fast dreißig Jahre her, dass sie auf der Bühne gestanden hatte. Sie war angenehm überrascht, wie einfach sie ihre schauspielerischen Fähigkeiten wieder zum Leben erwecken konnte. Mrs. Teach brach so überzeugend in Tränen aus, dass man ihr im West End stehend applaudiert hätte. »Überall sehe ich ihn«, brachte sie zwischen Schluchzern heraus. »Ich musste einfach aus dem Haus, wenigstens für kurze Zeit. Die vielen Erinnerungen ...«

»Oh, oh, das tut mir so leid, Mrs. Teach.« Faye eilte zu ihr und nahm ihre Hand. »Wie lange ist es her? Drei Monate?«

»Drei Monate, drei Wochen, zwei Tage, Liebes«, antwortete Mrs. Teach mit einem Schniefen. »Aber wir müssen weitermachen, nicht wahr? Es gibt größere Sorgen auf der Welt als mich und meinen Ernie.«

Sie nutzte die Gelegenheit und musterte das Mädchen aus der Nähe. Hinter dieser großen Brille verbarg sich ein scharfer Verstand. Charlotte machte einen Fehler, wenn sie das Mädchen nicht ernst nahm. Mrs. Teach hätte ihr gern ein paar Fragen gestellt, doch Mr. Paine nahm sie am Ellbogen und führte sie in Richtung ihres Hauses.

»Kommen Sie, Mrs. Teach«, sagte er mit seiner tiefen, trägen Stimme. »Wir bringen Sie nach Hause.«

»Oh, das ist zu freundlich«, erwiderte sie. »Was würden wir ohne so tapfere Leute wie euch machen, die auf uns aufpassen?« Mrs. Teach ließ zu, wie eine gebrechliche Frau nach Hause geleitet zu werden, doch sobald sie allein war, klatschte sie in die Hände und marschierte mit frischer Entschlossenheit in die Küche, um sich einen Kakao zu kochen. Sie schaltete das Licht ein, und sofort rief eine Stimme von draußen: »Licht aus!«

7

Die Kundgebung des Krähenvolkes

Wolken brodelten am Himmel, Blitze warfen lange Schatten, die über den Waldboden zuckten.

Craddock schlüpfte zwischen die Bäume am Waldrand, ein stummer Umriss, der seine Fallen überprüfte. Ein Hase für den Topf. Oder vielleicht für einen der Trottel im Dorf? Seit die Lebensmittel rationiert waren, verdiente er sich mit Schwarzmarkthandel ein bisschen was dazu. Wenn der Schlachter einem jede Woche nur hundert Gramm Fleisch geben durfte, und wenn man die Nase voll hatte von paniertem Cornedbeef, dann waren ein Kaninchen oder ein Hase eine willkommene Abwechslung. Im Dorf gab es genügend, die mehr als üblich dafür zahlten.

Er schob den Hasen in seinen Sack, den er sich über die Schulter warf. Er war immer noch wütend darüber, wie man zuvor im Pub mit ihm gesprochen hatte. Aufgeblasene Wichtigtuer wie dieser Glockenläuter Hodgson oder vorlaute kleine Weibsstücke wie diese Faye oder Hexen wie diese Charlotte, die konnten ihn mal. Sollten sie doch ihre eigenen Tiere jagen. Der Hase gehörte ihm.

Craddock kam an einem Dachs vorbei, der aus dem Teich trank. Ein weiterer Blitz erleuchtete die Scheunen der Newton-Farm. Lampenlicht flackerte in einem Gebäude, und Craddock fragte sich, was zur Hölle Harry Newton so spät in der Nacht noch zu tun hatte. Schon einige Scheunen waren hier in der Gegend wegen einer vergessenen Öllampe abgebrannt, weshalb Craddock besser mal nachschauen ging. Leise löste er sich aus dem Schutz des Waldes und eilte den Weg entlang, trat über blutige Federn hinweg, wo sich ein Fuchs eine Taube geschnappt hatte.

Die Scheune gehörte einem Freund, doch sein Jägerinstinkt ließ ihn vorsichtig sein. Er erstarrte, als er Jubeln und donnernden Applaus aus dem Gebäude hörte. Geduckt schlich er sich an, und die Stimmen wurden deutlicher.

»Viel zu lange haben wir unter ihrem Joch gelitten. Wir werden ihren Spott nicht länger hinnehmen.« Eine Männerstimme sprach, die mächtig eingebildet und wie jemand klang, der auf der Straße Reden schwang. »Jetzt haben wir unsere Freiheit.« Wieder ertönte Jubeln.

Kommunisten?, fragte sich Craddock. *Bolschewiken? Oder Nazis?* Er dachte an den letzten Winter, als ein Kerl Flugblätter an den Haustüren verteilt und die Dorfbewohner gedrängt hatte, sich einer faschistischen Organisation anzuschließen. Constable Muldoon hatte den Irren mit seinem Fahrrad aus dem Dorf gejagt und seinen Knüppel dabei wild geschwungen. Woodville wollte mit einem solchen Unsinn nichts zu tun haben, wie hatte also jemand eine ganze Scheune voller Revolutionäre versammeln können? Er spähte durch eine Ritze in der Holzwand.

Er konnte nur die Beine des Sprechers sehen, der auf einer Bühne aus Heuballen stand und Craddock den Rücken zukehrte. Der Mann stand inmitten von flackernden Öllampen und sprach zu etwa zwanzig Anwesenden in der Scheune, deren Gesichter Craddock in dem blendenden Lampenlicht nicht erkennen konnte.

»Aber für wie lange?«, fragte der Sprecher gerade. »Sie werden sie uns nehmen wollen, Brüder und Schwestern, jawohl, das werden sie. Wie lange können wir unsere Freiheit noch bewahren?«

Craddock wich zurück und schlich zur Vorderseite der Scheune, um mehr sehen zu können.

»Wir müssen von hier weggehen«, rief eine Frau, »und eine neue Heimat finden.«

»Nein, das hier ist unser Land«, entgegnete eine andere Stimme.

»Ja, Brüder und Schwestern«, sagte der Sprecher. »Wir haben über dieses Land gewacht, und es gehört rechtmäßig uns. Wir müssen es uns zurückholen.«

Craddock beschloss, dass es nun reichte. Er riss das Scheunentor auf und platzte hinein. »Was zur Hölle ist …«

Es verschlug ihm die Sprache, als sich alle Köpfe zu ihm drehten.

Manche waren gesichtslose Strohbündel unter Schlapphüten, andere hatten Amselgesichter aus grobem Stoff mit gelben Schnäbeln, die meisten aber bestanden aus Sackleinen mit Knöpfen und ein paar Fäden als Augen und Mund. Sie alle schienen einem Albtraum entsprungen.

Vogelscheuchen.

Lebendige Vogelscheuchen, die sprechen konnten.

Craddock war ein einfacher Mann. Ein Jäger, der den Kreislauf aus Leben und Tod kannte, dem die Gesetze der Natur nur allzu vertraut waren und der wusste, wie hart und unerbittlich sie sein konnte. Aber er verfügte nicht einmal annähernd über genug Fantasie, um zu begreifen, was er da sah. Daher ignorierte er die Tatsache, dass er mit einer Scheune voller Vogelscheuchen sprach, und befahl ihnen stattdessen, von dem privaten Grund zu verschwinden. »Das hier ist Harry Newtons Scheune. Was macht ihr hier?«

»Ich kenne diesen Mann.« Eine Vogelscheuche löste sich aus der Menge, deutete mit dem Finger anklagend auf Craddock. Ihr Kopf bestand aus einem Sack, sie trug ein rot kariertes Kleid. Sie zog ihren Schal enger um die Schultern, während sie mit ihren Knopfaugen zu dem Sprecher auf den Heuballen starrte.

Dessen Kopf sah wie ein Kürbis aus, aber das konnte nicht sein, denn niemand hatte einen Kopf wie ein Kürbis. Auch wenn der hier wirklich wie ein Kürbis aussah.

»Sprich, Schwester Suky«, forderte der Kerl sie auf.

»Ich habe ihn nachts gesehen, ja genau, das habe ich«, sagte Suky, und ihr gestickter Mund bewegte sich. »Ein Wilderer ist das. Er fängt Hasen und Kaninchen und andere Tiere in Fallen. Craddock, so heißt er. Wilfred Craddock.«

»Wilf?« Craddock hätte nicht gedacht, dass er noch sprachloser sein könnte, doch jetzt hielt ihn dieses Mädchen für seinen Großvater. Der war auch ein Wilderer gewesen, zugegeben, aber schon lange tot und unter der Erde.

»Man kann ihm nicht trauen. Er darf nicht entkommen, er

wird uns verraten, ich sage es euch.« Suky packte Craddocks Arm.

Er schüttelte sie ab, doch sie packte ihn wieder, und Craddock ließ sich nicht einfach von einer Frau anfassen, weshalb er ihr mit dem Handrücken eine Ohrfeige verpasste.

Ihr Kopf wirbelte um hundertachtzig Grad herum. Hatte er ihr das Genick gebrochen? Craddock pulsierte das Blut in den Adern, während er sich bereit machte, sich den Weg nach draußen freikämpfen zu müssen.

Ein knackendes Geräusch ertönte. Zuerst dachte Craddock, es sei das Scheunentor, doch es klang eher, als würde Holz so weit verdreht, bis es beinahe brach. Kalte Furcht ergriff ihn, als Suky ihren Kopf langsam wieder zurückdrehte.

Craddock mochte ja wirklich nicht viel Fantasie haben, doch allmählich wurde ihm einiges klar, und ihm gefiel gar nicht, was er da sah. »Ich ... Ich kenne dich nicht«, sagte er und wich zurück, »und das hier geht mich überhaupt nichts an.«

Die Vogelscheuchen hatten einen Kreis um ihn gebildet und kamen immer näher.

»Ich werde niemandem etwas sagen«, beteuerte er und ärgerte sich, weil seine Stimme zitterte. »Ihr könnt mir vertrauen. Ich werde nichts verraten. Ihr könnt die Leute hier in der Gegend nach mir fragen. Man kennt mich im Dorf.«

Der Kreis aus Vogelscheuchen wurde enger. Ein paar streckten die Hand aus, strichen über seinen langen Mantel.

»Ach ja?«, sagte der Mann mit dem Kürbiskopf. »Man weiß also, dass du wilderst? Stiehlst? Treibst du dich mit Dieben herum? Versuchst du dich an den dunklen Künsten? Verkehrst du mit Hexen?«

»Hexen?« Craddock schlug die Hände weg, die über seinen Mantel strichen. »Ich habe nichts mit Hexen am Hut.«

»Aber du weißt von ihnen?« Die dreieckigen Augen des Kürbiskopfmannes verengten sich irgendwie. »Erzähl mir davon. Sag mir ihre Namen. Verrat mir, wo ich sie finde, und du kannst gehen.«

»Ach, jetzt auf einmal?« Craddock sträubte sich. »Den meisten Menschen hier kann man nicht mal zutrauen, dass sie ihre eigenen Stiefel schnüren können, und ich habe zwar nichts zu schaffen mit Hexen oder sonst wem, aber ich werde niemanden an Sie verraten, Sir. Wenn Sie glauben, ich lasse mir von einem Trottel mit einem Kürbis auf dem Kopf sagen, wann ich wohin zu gehen habe, dann sind Sie auf dem Holzweg.« Craddock ließ den Sack mit dem toten Hasen fallen und ballte die Fäuste. »Also, wenn ihr hier fertig seid, dann verschwindet, bevor ich …« Er bemerkte ein kaum wahrnehmbares Nicken von dem Kürbiskerl, bevor sich die Vogelscheuchen auf ihn stürzten. Craddock fiel auf die Knie, als behandschuhte Hände seine Arme mit überraschend großer Kraft ergriffen. Eine packte seinen Kragen und zwang seinen Kopf nach unten. Craddock riss brüllend die Arme hoch, warf sie zurück und befreite sich. Zwei Vogelscheuchen versuchten, ihm den Weg zu versperren, doch Craddock verpasste der einen einen Schlag und schob die andere beiseite, dann rannte er durch das Scheunentor hinaus in den Sturm.

Nach ein paar Schritten hörte er Schreie hinter sich, und die Vogelscheuchen strömten aus der Scheune und ihm hinterher. Die Jagd war eröffnet.

Craddock rannte in den Wald. Der Regen hatte aufgehört, auch wenn immer noch Blitze den Himmel erleuchteten und Donner grollte. Er wagte einen Blick zurück zu seinen Verfolgern.

Die Vogelscheuchen bewegten sich schnell, ihre Arme und Beine zuckten wild durch die Luft, knochenlos und unmenschlich, während sie immer näher kamen.

Craddock stolperte und stürzte in einen Graben. Einen Moment lang wurde ihm schwarz vor Augen, als er mit dem Hinterkopf auf einen Stein aufschlug. Er strampelte und suchte nach etwas, um sich daran hochzuziehen, als eine Vogelscheuche mit einem fröhlichen Grinsen auf ihn sprang und auf seinen Kopf einschlug.

Craddock trat sie weg und kam auf die Füße, doch zwei weitere Vogelscheuchen kamen hinzu und ließen fuchtelnd weitere Schläge auf ihn einprasseln.

Craddock wusste, wie man sich in einem Pub prügelte oder auf der Straße, auch gemäß der Queensberry-Boxregeln, aber dieser unbarmherzige Wahnsinn der Vogelscheuchen war ihm neu. Sie gebärdeten sich furchtlos und brutal und warfen ihn wieder zu Boden. Das Sackleinengesicht der fröhlichen Vogelscheuche kam immer näher, sie kicherte irre.

Etwas bohrte sich in Craddocks Hintern. Er wusste, was es war und wie es ihn retten könnte, und er versuchte, die Schläge zu ignorieren, während er nach der Schachtel in seiner hinteren Hosentasche tastete.

Die fröhliche Vogelscheuche drehte den Kopf bei dem Geräusch eines Zündholzes auf der Phosphoroberfläche, doch es war zu spät, schon leckten die Flammen über ihr Gesicht.

Sie heulte auf und versuchte, sie auszuschlagen. Die anderen wollten ihr helfen, wichen dann jedoch aus Angst vor dem Feuer zurück.

Craddock hinkte in die Dunkelheit davon. Hinter ihm rannte die fröhliche Vogelscheuche blind herum und heulte wie eine Banshee, ein lodernder Feuerball zwischen den Bäumen.

8

Tieffliegende Spitfires erschrecken Goliath

Faye wusste nicht genau, wann sie am Abend zuvor endlich zu Hause gewesen war, aber es musste weit nach Mitternacht gewesen sein, da Dad schon im Bett war. Es dauerte lange, bis sie einschlafen konnte, weil sie noch die ganze Zeit an die merkwürdigen Ereignisse des Tages denken musste. Als sie aufstand, um zu frühstücken, war ihr Vater bereits unterwegs. Er hatte ihr eine Nachricht auf dem Küchentisch hinterlassen:

Tieffliegende Spitfires haben Goliath erschreckt.
Hole ihn aus einem Graben.

Goliath war das Pferd der Brauerei, ein freundlicher Riese, der zweimal in der Woche den Wagen mit einer Pyramide aus Bierfässern zog. Ein sanftmütiges Tier, das Äpfel und Karotten mochte und dem die auf dem Flugplatz startenden und landenden Flugzeuge eine Heidenangst einjagten. Es kam durchaus vor, dass er wild über ein Feld davongaloppierte und die Ale-Fässer vom Wagen rollten. Faye wusste, dass ihr

Dad nicht dabei helfen *musste*, Goliath aus einem Graben zu locken. Er ging ihr aus dem Weg. Zumindest so lange, bis er glaubte, sie müsse vergessen haben, dass ihre Mutter mit einer Hexe befreundet gewesen war.

Doch wenn er dachte, Faye würde das Thema fallen lassen, hatte er sich geirrt.

Sie schlang ihren Porridge hinunter, erledigte hastig ein paar Hausarbeiten, verlor schließlich die Geduld und sprang auf ihr Fahrrad. Sie musste eine Hexe befragen.

Faye lenkte das Rad durch die Pfützen, die nach dem gestrigen Sturm noch auf den Straßen standen. Woodville strahlte in der Morgensonne. Tudor-Häuser neigten sich über strohgedeckte Cottages und Kopfsteinpflaster. Vor jeder Haustür hingen Körbe mit roten, rosafarbenen, weißen und lilafarbenen Petunien. Sogar die Makel des Krieges – Sandsäcke an jeder Ecke, Eimer voller Sand und Wasser zum Löschen von Bränden, die Klebebandkreuze auf den Fenstern – wirkten nach der letzten Nacht seltsam normal und beruhigend.

Der Schlachter und der Bäcker hatten geöffnet, und die Dorfbewohner standen ordentlich vor den Läden an, die Lebensmittelkarten in der Hand. Faye lächelte und winkte allen zu, die sie kannte, und sie kannte jeden. An jedem anderen Tag wäre sie für einen Schwatz stehen geblieben, doch heute hatte sie andere Pläne, und Charlottes Cottage lag tief im Wald versteckt. Was eine lange Fahrt bis zum Ende des Weges bedeutete, gefolgt von einem längeren Fußmarsch.

Am Ende der Wode Road wich sie einer Reihe von Schulkindern mit Gasmasken aus, die mit ihrem Lehrer gerade eine

Luftschutzübung durchführten. Dabei sah sie, wie Doris Finchs Milchwagen samt dem weißen Pferd von der Straße abbog und das Dorf hinter sich ließ.

Doris lebte in einem Cottage an der Ecke der Allhallows Lane. Nach dem Tod ihres Mannes Kenny hatte sie die Milchlieferungen übernommen. Sie war ausgesprochen beliebt im Dorf, immer pünktlich und lächelte fröhlich, egal, wie das Wetter war. Das hatte man von Kenny nicht sagen können, der seine Kunden und seine Familie ziemlich unfreundlich behandelt hatte. Die Andeutung, Kennys plötzlicher Tod durch Lungenentzündung vor zwei Jahren wäre das Beste, was Doris hätte passieren können, mochte zwar nicht besonders freundlich sein, doch man konnte nicht leugnen, dass sie lebendiger wirkte, seit man ihn auf dem Friedhof von St. Irene bestattet hatte.

Ihr Sohn Herbert, der in seiner Navy-Uniform und mit keck sitzender Mütze richtig adrett aussah, saß auf der Ladefläche und blätterte durch die Sportseiten des *Daily Mirror*. Faye dachte an die Geschichte, die Mr. Paine gestern Abend angefangen hatte zu erzählen, und sie trat in die Pedale, um die beiden einzuholen.

»Morgen, Herbert«, rief sie und winkte, als sie fast gleichauf mit dem Wagen war. Die leeren Flaschen klirrten auf der Ladefläche.

Der Junge senkte die Zeitung und lächelte, wobei er eine Zahnlücke enthüllte. »Faye Bright, was für eine Überraschung.« Es war nicht ganz das unbeschwerte Lächeln, das er im letzten Herbst zur Schau getragen hatte, als er in den Krieg gezogen war, doch seine fröhliche Natur war noch immer zu erkennen.

Er war nur zwei Jahre älter als Faye, sah in seiner Uniform aber sehr erwachsen aus. »Wie geht's deinem Dad?«

»Gut«, antwortete Faye, die auf den Pedalen stand und das Rad rollen ließ. »Bist du auf Heimaturlaub?«

Herberts Lächeln verblasste ein wenig. »Nur ein paar Tage. Ich bin gerade auf dem Rückweg. Der Zug fährt bald.«

»Dad hat gesagt, dass du auf einem großen Kriegsschiff auf dem Atlantik stationiert warst. Das ist sicher aufregend gewesen.«

Herbert lächelte weiter, senkte jedoch den Blick. »Manchmal schon.«

Faye hatte in der Zeitung von den schrecklichen Schlachten auf dem Atlantik gelesen, und Herbert war vermutlich mittendrin gewesen. Sie sollte vielleicht lieber das Thema wechseln. »Ich habe mich gestern mit Mr. Paine unterhalten«, sagte sie.

»Oh, wie geht's dem großen Mann?«

»Alles bestens, er kann sich nicht beschweren. Wir waren letzte Nacht auf ARP-Patrouille, und er hat erwähnt, dass du bei der Herfahrt vor ein paar Tagen im Zug etwas Seltsames gesehen hast.«

»Verd…« Herbert schlug die Zeitung zusammen und wandte sich zu seiner Mutter auf dem Kutschbock. »Mum, hast du es eigentlich jedem in diesem verflixten Dorf erzählt?«

Doris drehte den Kopf. »Mach mir keine Vorwürfe. Du bist derjenige … Oh, hallo, Faye!«

»Hallo, Mrs. Finch.«

»Wie geht's deinem Dad?«

»Alles bestens, er kann …«

Herbert unterbrach die Höflichkeiten barsch. »Wem hast du es noch erzählt?«

»Ich weiß es nicht mehr, Herbert, und mir war auch nicht bewusst, dass es ein Geheimnis war.«

»Also allen auf deiner Runde.«

»Nicht *allen*«, erwiderte Mrs. Finch und warf Faye ein verschmitztes Lächeln zu.

»Oh, großartig. Ich kenne diesen Blick, Mutter«, sagte Herbert. »Nur die Schwerhörigen und die Toten wissen also nichts davon. Alle werden denken, dass ich einen Vogel habe.«

»Nein, das werden sie nicht«, entgegnete Mrs. Finch. »Du warst nach der langen Reise erschöpft, das ist alles.«

Faye trat in die Pedale, um nicht zurückzufallen. »Was hast du gesehen, Herbert?«, fragte sie.

»Gar nichts«, wehrte er ab und versteckte sich hinter seiner Zeitung.

»Vogelscheuchen«, erzählte Mrs. Finch. »Er hat Leute gesehen, die wie Vogelscheuchen gekleidet waren, und eine von ihnen hatte einen Kürbis auf dem Kopf. Nein, wie hast du es formuliert? Nicht *auf* dem Kopf. *Als* Kopf.«

»Lass es gut sein, Mum.«

Mrs. Finch fügte hinzu: »Er hat gesagt, dieser Kürbiskopf hätte gelächelt und ihm zugewinkt, während er vorbeifuhr.«

»Mu-um.«

»Dieser Kürbis, war der wie eine Maske? Oder ein Scherzartikelhut?«, fragte Faye.

»Nein, ein Kürbis«, versicherte Mrs. Finch. »Ein ganz normaler Kürbis als Kopf.«

»Mum!«

»Ich sage ihr nur, was du mir erzählt hast«, beharrte Mrs. Finch. »Er war kreidebleich, als ich ihn am Bahnhof abgeholt habe. Als hätte er einen Geist oder so etwas gesehen.«

»Es war gar nichts«, wehrte Herbert ab. »Ich habe gedöst und wahrscheinlich geträumt, und ich werde dir nie wieder etwas erzählen, Mutter.«

An der Kreuzung am Ende von Fish Hill lenkte Mrs. Finch den Milchkarren Richtung Therfield, der nächsten Stadt, in der sich der Bahnhof befand.

Faye bremste und kam an der Kreuzung zum Stehen. »Tschüss, Herbert, pass auf dich auf!«, rief sie ihm nach. Er winkte und lächelte schwach.

Faye packte den Fahrradlenker und schauderte bei der Vorstellung einer lebendigen Vogelscheuche mit einem Kürbis als Kopf. Der arme Junge hatte Halluzinationen. Außerdem wurden Kürbisse doch erst im Herbst reif. Während sich das klappernde Geräusch der Pferdehufe entfernte, kam Faye ein anderes Pferd entgegen.

Mr. Glover von der Brauerei führte Goliath, zusammen mit Fayes Dad, der tief Luft holte, als er sie erblickte.

»Ah, du hast ihn also gefunden.« Faye legte das Fahrrad an den Straßenrand und streichelte Goliath über die Nase. »Hallo, Großer«, sagte sie, und das Brauereipferd warf zur Begrüßung den Kopf hoch. »Haben dich diese lauten Spitfires erschreckt, hm? Ach herrje. Guten Morgen, Mr. Glover, hallo, Dad.«

»Morgen, Faye«, sagte Mr. Glover fröhlich. Er war so groß wie rund, hatte Koteletten und trug eine Schiebermütze. Er nahm sein gelbes Halstuch ab und tupfte sich die Stirn. »Der dumme Kerl stand unter der Eisenbahnbrücke und hat gezittert wie Espenlaub.«

»Ach, der Arme.« Faye schlang die Arme um Goliaths Hals. Er schüttelte sie ab, die Aufmerksamkeit war ihm unangenehm.

»Wie du willst.« Faye trat einen Schritt zurück.

»Hast du alle deine Aufgaben erledigt?« Fayes Dad begrüßte sie zurückhaltender.

»Natürlich.« Was zumindest fast stimmte.

»Und was hast du jetzt vor?«

»Dies und das«, sagte sie schulterzuckend. »Ich habe gerade Herbert Finch verabschiedet.«

»Hast du davon gehört?« Mr. Glover grinste. »Er sagt, er hätte einen Mann mit einem Kürbis als Kopf gesehen. Hat man so was schon mal gehört?«

»Nicht wahr?«, sagte Faye und ließ ihren Vater nicht aus den Augen. »Glauben Sie denn nicht an Magie, Mr. Glover?«

»Nein, das ist doch alles alter Quatsch. Märchen für die Kinder. Für mich ist die einzig wahre Magie das Geheimnis, wie aus Hopfen, Gerste, Hefe und Wasser Bier wird. Das ist ein echtes Wunder.«

»Sie glauben nicht an Hexen und so was?« Faye ignorierte den stählernen Blick ihres Vaters.

»Äh, nein, natürlich nicht.« Mr. Glover zögerte, sah zwischen Faye und Terrence hin und her und spürte eine Missstimmung zwischen Vater und Tochter.

»Kannten Sie meine Mutter, Mr. Glover?«, fragte Faye.

Terrence schüttelte kaum merkbar den Kopf.

»Na… natürlich«, antwortete Mr. Glover zurückhaltend, unsicher, worauf Faye mit ihrer Frage hinauswollte.

»War sie eine …« Faye wollte das Wort aussprechen, schaffte es dann aber doch nicht. Glaubte sie wirklich, dass ihre Mutter eine Hexe gewesen war? Dass sie zaubern und auf einem Besen fliegen konnte? Gestern Abend im Wald, im Dunkeln war es ihr noch so plausibel erschienen. Doch was hatte ihre Mutter denn genau getan? Ein Buch mit seltsamem Inhalt geschrieben. Sie war nett zu Menschen gewesen. Hatte einem unter Schock stehenden Vogel geholfen. Je mehr Faye darüber nachdachte, desto lächerlicher klang es. Sie spürte, dass Mr. Glover darauf wartete, dass sie die Frage vollendete. Sie riss sich blinzelnd aus ihren Gedanken und rückte ihre Brille zurecht. »War sie eine … nette Frau?«, sagte sie schließlich lahm.

»Oh, deine Mutter war ganz reizend«, antwortete Mr. Glover und schlug sich auf den Bauch. Terrence atmete erleichtert aus. »Die Freundlichkeit in Person, sie hat immer gelächelt und jederzeit Rat gewusst. Sie hat meiner Mutter mit allem *da unten* geholfen, wenn du verstehst, was ich meine.«

Faye wusste es nicht genau, ließ den Mann aber weitersprechen.

»Viele haben sie tatsächlich für eine Art Hexe gehalten, aber ich glaube das nicht.«

Dann geschahen vier Dinge rasch hintereinander.

Terrence sah aus, als wolle er Mr. Glover auf der Stelle töten.

Fayes Herz setzte einen Schlag lang aus.

Drei Spitfires donnerten im Formationsflug über ihnen hinweg, das Dröhnen ihrer Merlin-Motoren zerriss den Himmel.

Und der arme Goliath wieherte sofort verängstigt, stieg und galoppierte die Therfield Road hinunter.

»Herrgott noch mal«, rief Mr. Glover. »Diese Flieger sind eine verfluchte Landplage«, brüllte er, während er dem Pferd hinterherrannte.

Terrence zögerte, hin und her gerissen zwischen dem Wunsch, Mr. Glover zu helfen und seine Tochter zu warnen.

»Sag Mr. Glover«, meinte Faye, »dass er Goliath vielleicht einfach Watte in die Ohren stopfen sollte.« Sie stieg auf ihr Rad und fuhr in Richtung Wald davon.

9

Eine Kröte, eine Ziege und eine Hexe

Als der Wald zu dicht wurde, lehnte Faye ihr Rad gegen einen Baum und ging zu Fuß weiter. Die Brombeeren blühten rosa und weiß und würden bald Früchte tragen. Faye wusste noch, wie sie mit ihrer Mutter hier körbeweise wilde Brombeeren gesammelt hatte, um daraus Marmelade zu kochen. Sie war damals erst vier Jahre alt gewesen, aber sie konnte sich immer noch erinnern, wie sie und ihre Mutter sich die klebrigen Finger abgeleckt hatten. An diesem Tag waren sie Hand in Hand nach Hause gegangen. Fayes Bauch verkrampfte sich bei der Erinnerung, und die vertraute Wut kehrte zurück. Wie viele solcher Tage hatte man ihr gestohlen?

Wenn Mum tatsächlich eine Hexe gewesen war, war sie jedenfalls keine von den Hexen, die Faye aus Büchern oder Kinofilmen kannte. Faye und die Glöckner waren einmal nach London zur Whitechapel-Glockengießerei gefahren und am Nachmittag hatten sie sich im Kino *Der Zauberer von Oz* angesehen. Die Hexe in dem Film war grün und hatte eine spitze Nase. Fayes Mum hatte eierschalenweiße Haut mit Sommersprossen, und ihr Lächeln konnte den düstersten Tag erhellen.

Es war schwül geworden, und Mückenschwärme umkreisten Faye, während sie sich unter ihnen hindurchduckte. Der Trampelpfad wurde immer schmaler, und schon bald stapfte Faye durch kniehohe Farne. Gelegentlich schlug ihr ein Zweig ins Gesicht, bis sie die Lichtung erreichte, wo Miss Charlottes Cottage stand.

Es war eine gedrungene Hütte aus Holzstämmen unter einem Torfdach mitten im Wald, die nicht aufgespürt werden wollte.

Eine Axt lehnte an einem Hackklotz. Ein Klohäuschen stand in der Nähe, Kräuter wuchsen in Beeten. Weißer Rauch stieg sanft aus dem Kamin auf, und der Duft nach Anis lag in der Luft, der wohl von dem Geißfuß stammte, der im Schatten wuchs.

Faye stand am Rand der Lichtung, ballte die Fäuste und biss sich auf die Lippe. Es war so weit. Endlich würde sie die Wahrheit über ihre Mutter erfahren. Sie schniefte, marschierte zu der kleinen Holztür des Cottages und hob die Hand, um zu klopfen.

»Geh weg.«

Faye zuckte bei Charlottes unverkennbarer rauer Stimme zusammen, und sie suchte nach Gucklöchern, fragte sich, woher die Hexe überhaupt wissen konnte, dass sie vor der Tür stand.

»Ich bin hinter dir, Mädchen.«

Faye wirbelte herum und sah, wie Charlotte aus dem Wald auf das Cottage zukam, in den Armen einen Korb voller Pilze und Kräuter. Eine schwarz-grüne Kröte saß auf ihrer Schulter – wie der Papagei eines Piraten. Die Kröte quakte, und

Faye war überzeugt, dass sie ihr einen hochnäsigen Blick zuwarf.

»Guten Morgen«, sagte Faye und versuchte so zu klingen, als wäre sie ganz zufällig hier und wollte nur mal eben vorbeischauen. »Hätten Sie kurz Zeit?«

»Nein.« Charlotte stapfte an Faye vorbei, ging ins Cottage und schloss die Tür hinter sich. Mit einem lauten Geräusch wurde der Riegel vorgeschoben.

Faye stand da und fühlte sich fehl am Platz. Sie wackelte mit den Zehen und überlegte, ob sie einfach umdrehen und nach Hause zurückgehen sollte, doch es war ihr freier Morgen, sie sollte eigentlich eine Million anderer Dinge tun, und sie war schließlich nicht den ganzen Weg umsonst hergekommen.

»Also dann«, murmelte sie leise und klopfte energisch an die Tür.

»Verschwinde!«, rief Charlotte von drinnen. Die Kröte quakte abschätzig.

»Dad hat mir erzählt, dass Sie meine Mum gekannt haben.«

»Ein bisschen.«

»Das ist mehr, als ich sie jemals gekannt habe«, erwiderte Faye. »Sie waren mit ihr befreundet?«

»Ich würde ja gern mit dir in Erinnerungen schwelgen«, sagte Charlotte in einem Ton, als würde sie sich lieber mit Benzin übergießen und anzünden. »Aber ich habe dringende Dinge zu erledigen. Lass mich in Ruhe, Kind.«

»Es ist nur ...« Faye fragte sich, ob sie ihr alles erzählen sollte. Schließlich war Charlotte wahrscheinlich der einzige Mensch im Dorf, der sie vielleicht verstehen konnte. »Ich habe ein Buch gefunden. Es war im Keller versteckt, in einem Koffer mit den Sachen meiner Mum. Ich habe das staubige Ding wegen des Ledereinbands erst für ein Kontobuch gehalten oder eine Bibel, aber dann habe ich es aufgeschlagen, und auf der ersten Seite stand *Wynters Buch der Rituale und der Magie* von Kathryn Wynter, das war ihr Mädchenname, weshalb ich glaube, dass sie angefangen hat, es zu schreiben, bevor sie Dad kennengelernt hat. Und sie hat immer weitergeschrieben, denn es ist voller Notizen und Zeichnungen, mit Bildern von Pflanzen und Kräutern, und sie hat ihre eigene Glockenabfolge erfunden. Und dann sind da noch komische Wesen und irgendwas über Magie und Zaubersprüche, und es steht sogar ein Rezept für Marmeladenrollen darin. Und jetzt frage ich mich, ob sie wirklich an das alles in dem Buch geglaubt hat oder ein bisschen plemplem war. Und da sie Sie kannte ... Nun, Sie verstehen bestimmt, was ich sagen will, oder?«

Faye spitzte die Ohren und wartete auf eine Antwort. Nur die Geräusche des Waldes waren zu hören. Vogelgezwitscher, Eichhörnchen, die auf der Suche nach Nüssen herumhuschten, das Rascheln der Blätter im Wind.

»Hallo?«, rief Faye.

Ein Quaken ertönte aus dem Cottage.

Faye kochte. Wie unhöflich konnte diese Frau eigentlich sein? Faye war den ganzen weiten Weg hierhergekommen auf der Suche nach Antworten, und sie würde sie verflixt noch eins auch bekommen. Sie ging um das Cottage herum und fand ein hohes Fenster. Vorsichtig stellte sie sich neben einem Kohlbeet auf die Zehenspitzen, wischte die Feuchtigkeit von der Fensterscheibe und spähte durch das verzogene Glas.

Der Raum war düster, mit einer niedrigen Decke, die auf Holzpfeilern ruhte. Auf den weiß verputzten Wänden waren seltsame Zeichen zu sehen, die wie die Runen in dem Buch ihrer Mum aussahen. In jeder Ecke lagen Kleidungsstücke, Staub wirbelte durch die Luft. Auf einem unbezogenen Bett lag Charlotte und schlief fest. Sie war nackt, ihre Haut milchweiß. Sie hatte die Hände über den Brüsten verschränkt, und auf ihrem Bauch saß die Kröte. Das Tier drehte den Kopf und sah Faye an.

Quak.

Faye sprang zurück und schlug sich errötend die Hand vor den Mund.

Mäh.

Faye wirbelte herum und sah eine weiße Ziege, die sie anstarrte.

»Sie ist vollkommen nackt!«, erzählte Faye der Ziege, doch die senkte nur den Kopf und trat mit dem Huf in die Erde. »Schon gut, ich weiß, wann ich nicht willkommen bin.«

Die Ziege starrte sie nur mit uralter Intelligenz an.

»Na gut.« Faye drehte um und ließ das Cottage hinter sich. Ihre Entschlossenheit wich aus ihr wie Luft aus einem undichten Ballon. Es war dumm gewesen, so etwas über ihre Mutter zu denken. Sie war eine Idiotin, dass sie an Magie glaubte. Was hatte sie denn gefunden? Eine nackte seltsame Frau, die zusammen mit Kröten schlief und unleidliche Ziegen hielt. Selbst wenn dieser Magiequatsch wahr sein sollte, wollte Faye nichts damit zu tun haben, vielen Dank auch.

Eine gelb gestreifte Libelle schwebte über dem Schilf, dann huschte sie davon, erschreckt von dem atemlosen Mann, der ein Schilfrohr packte und es aus dem Wasser zog.

Craddock brach das hohle Rohr entzwei, blies hinein, um es zu säubern, schob es fest zwischen die Lippen und ließ sich unter die Wasseroberfläche des Teichs gleiten. Er hatte einmal gesehen, wie John Wayne das in einem Film getan hatte.

Craddock holte durch das Rohr Luft und würgte, als er Dreck einatmete. Er kam wieder an die Oberfläche, unterdrückte den Husten und verfluchte John Wayne.

Etwas bewegte sich im Wald, und Craddock zog sich weiter ins Schilf zurück. Er hielt den Atem an, als er die Umrisse der Vogelscheuchen sah, die sich suchend nach ihm umsahen.

Die ganze Nacht lang hatten sie ihn gejagt, waren überall aufgetaucht, wohin er auch gelaufen war. Sie hatten ihn immer mehr eingekreist und ihm alle Fluchtmöglichkeiten genommen. Craddock war stark, doch auch er musste sich ausruhen, und diese furchtbaren Kreaturen wurden niemals müde.

Eine Vogelscheuche mit schlappem Strohhut watete in den Teich hinein, und Craddock erstarrte. Er war erschöpft, ihm tat alles weh, und die nassen Kleider klebten an der ausgekühlten Haut.

Die Vogelscheuche watete an ihm vorbei, doch weitere folgten ihr, und Craddock unterdrückte ein Zittern.

10

Starenflug

Faye schlug einen längeren Weg nach Hause ein, schob ihr Rad einen dicht mit Nesseln bewachsenen Pfad am Wode River entlang. Zwei Schwäne leisteten ihr Gesellschaft und glitten entspannt über das Wasser. Faye war überzeugt, dass sie sie anstarrten.

»Guten Morgen«, sagte sie und nickte ihnen zu.

Einer der Schwäne nickte zurück. Der andere fauchte seinen Partner an, als wollte er ihn wegen der Antwort zurechtweisen.

Faye blieb stehen und neigte den Kopf. »Macht das noch mal«, sagte sie zu den Schwänen.

Die beiden Vögel flatterten und paddelten, bis sie sich spritzend aus dem Wasser erhoben und davonflogen. Faye sah ihnen nach, bis sie nur noch winzige Punkte am Horizont waren.

»Dann eben nicht.« Faye fragte sich, ob die Vögel sie wirklich verstanden hatten. Natürlich nicht. Wieder einmal ging die Fantasie mit ihr durch. Das war ihr Fluch. Zu viel lebhafte Fantasie. Sie musste lernen, auf dem Boden zu bleiben. Faye schob ihr Rad mit gesenktem Kopf und über den Lenker gebeugt weiter.

Natürlich war es keine Hilfe, dass sie in Woodville wohnte. Mr. Paine hatte recht. In dem Dorf passierten wirklich viele seltsame, merkwürdige, komische und mysteriöse Dinge. Aber das hieß noch lange nicht, dass es Magie auch wirklich gab. Weil man nackt mit einer Kröte auf dem Bauch schlief und zu allen unfreundlich war, verlieh einem das nicht gleich übernatürliche Kräfte. Für Faye war es einfach nur der Beweis, dass jemand nicht alle Tassen im Schrank hatte.

Trauer überkam sie. Ihre liebe verstorbene Mutter war wahrscheinlich genauso verrückt gewesen wie Miss Charlotte. Wenn sie zu Hause war, würde sie das Buch wegräumen. Zurück in den Koffer legen zu den anderen Überresten aus dem Leben ihrer Mutter, zusammen mit der Wut und der Trauer. Faye wollte lieber ihre verschwommenen Erinnerungen an Wärme, Lachen und klebrige Finger bewahren.

Rauch stieg ihr in die Nase, und sie sah auf. An einer Flussbiegung hatten sich die Local Defence Volunteers um zwei weiß glühende Feuerschalen versammelt. Schwarzer Qualm wirbelte in die Luft.

Die LDV hielten schon wieder eine Übung ab. Diese Truppe aus alten, keuchenden Enthusiasten in Form zu bringen war keine leichte Aufgabe. Jeden zweiten Tag marschierten sie mit Besen anstatt Gewehren durch das Dorf, übten im Gemeindesaal den Kampf Mann gegen Mann oder warfen selbst gefertigte Molotowcocktails auf alte Scheunen.

Heute war eine Brandschutzübung dran.

Bertie stand knietief im Wasser und bediente eine Pumpe,

an die ein Schlauch angeschlossen war, den Mr. Baxter, der Eisenwarenhändler, umklammert hielt. Mr. Marshall, der Captain des Bowls-Teams, brüllte alle an, was bedeutete, dass er glaubte, den Oberbefehl zu haben.

»Mehr Druck, Junge«, rief er Bertie zu. »Gib dir ein bisschen Mühe.«

Bertie, dessen Wangen hochrot waren und der wie eine Dampfmaschine keuchte, pumpte stärker. Am anderen Ende des Schlauchs spritzte langsam das Wasser heraus.

»Ziel damit auf den Ursprung des Feuers«, befahl Mr. Marshall lautstark, und Mr. Baxter hielt den Schlauch mit vor Konzentration zwischen die Lippen geschobener Zunge auf eine der brennenden Feuerschalen. Das Wasser spritzte weiterhin nur sporadisch aus dem Schlauch und traf kaum die Schale. Das Feuer flackerte unbeeindruckt weiter.

Faye sprang auf ihr Rad und fuhr zu den Männern, wobei sie Bertie zuwinkte. »Morgen, Bertie!«

»Oh, guten Morgen, Faye«, sagte er angespannt, während er noch stärker pumpte, um sie zu beeindrucken.

»Viel besser, Bertie, mein Junge, sehr viel besser.« Triumphierend stieß Mr. Marshall die Faust in die Luft, als das Wasser über die Flammen sprudelte.

»Brauchen die Herren Hilfe?«, fragte Faye.

»Hier findet eine Brandschutzübung statt, fahr weiter, junge Dame, fahr weiter.« Mr. Marshall scheuchte sie davon, doch Faye stellte die Füße auf den Boden und genoss die Vorführung. »Brauchst du Hilfe, Bertie?«, rief sie, doch bevor der Junge auch nur Atem holen konnte, schaltete sich Mr. Marshall schon ein.

»Ich muss darauf bestehen, dass du sofort weiterfährst«, bellte er. »Das ist eine gefährliche Übung und nichts für Ungelernte.«

»Ich habe ja versucht, eingelernt zu werden, aber ihr habt mir gesagt, dass ihr mich nicht dabeihaben wollt«, erwiderte Faye und verschränkte die Arme. »Ich schaue einfach nur zu. Ich werde nicht im Weg stehen.«

Mr. Marshall hob einen Finger und wollte Einspruch erheben, wurde dann jedoch durch das Geräusch von Pferdehufen abgelenkt, die sich der Biegung näherten.

Lady Aston erschien hoch zu Ross, zusammen mit drei weiteren Mitgliedern ihrer Woodville-Reiterpatrouille. Ihre Ladyschaft hatte sie im März ins Leben gerufen, nachdem sie in der Zeitung erschreckende Illustrationen von bis zu den Zähnen bewaffneten deutschen Fallschirmspringern gesehen hatte. Der Artikel beschrieb die Bedrohung durch Truppen, die vom Himmel auf ländliche Gegenden absprangen und Granaten auf nichts ahnende Menschen unter ihnen warfen, bevor sie mit ihren Maschinengewehren Chaos und Verwüstung anrichteten. Lady Aston wollte sich das nicht bieten lassen und stattete ihre Angestellten und Pächter umgehend mit Armbinden, Tweedjacketts, Melonen und Feldstechern aus. Jeden Tag und jede Nacht ritten sie von Hayward Lodge los – dem ansehnlichen Landsitz Ihrer Ladyschaft – und patrouillierten übers Land, mit gelegentlichen Tee- und Essenspausen.

»Guten Morgen, Männer«, rief sie Mr. Marshalls Truppe zu. »Braucht ihr Unterstützung?«

»Wir kommen zurecht, vielen Dank, Eure Ladyschaft«, antwortete Mr. Marshall errötend.

»Hervorragend.« Lady Aston entdeckte Faye. »Hallo, Faye! Genießt du auch die Vorführung?«

»Oh ja!«, erwiderte Faye strahlend.

Die Local Defence Volunteers wanden sich unbehaglich, als sie plötzlich ein Publikum hatten.

»Ich dachte, du hättest gesagt, hier wäre es ruhig«, sagte Mr. Baxter.

»Halt die Klappe, Gerald«, erwiderte Mr. Marshall scharf.

»Dieses ganze Kommen und Gehen, hier ist es ja wie am Piccadilly Circus«, fuhr Mr. Baxter fort.

»Sei ruhig, das ist ein Befehl«, grollte Mr. Marshall.

»Ich habe mich verpflichtet, meinen Beitrag zu leisten und kein verfluchter Straßenkünstler zu werden.«

»Also gut. Der Schlauchdienst ist hiermit beendet. Tritt beiseite und lass es jemand anderen versuchen.«

»Das ist unfair. Ich habe doch kaum angefangen.«

»Das hast du von deinem Ungehorsam. Jetzt tritt beiseite, oder ich muss dir einen Verweis erteilen.«

Mr. Baxter schmollte und weigerte sich, den immer noch sprudelnden Schlauch abzugeben. »Das mache ich nicht«, sagte er.

»Soll ich aufhören, Mr. Marshall?«, rief Bertie aus dem Fluss, wo er immer noch eifrig den Pumpenschwengel betätigte.

Mr. Marshall ignorierte den Jungen und wollte Mr. Baxter den Schlauch entreißen, der ihn aber beharrlich festhielt und dabei Lady Aston und ihr Pferd mit frisch gepumptem Flusswasser bespritzte.

»Gute Güte!«, rief Lady Aston, als ihr Pferd stieg, mit den Vorderhufen ausschlug und Mr. Marshall erschreckte, der nach hinten taumelte und gegen eine Feuerschale prallte und sie dabei umstieß. Weiß glühende Kohlen fielen heraus, und die trockenen Maisstängel auf dem Feld fingen sofort Feuer. Bevor sich Mr. Marshall wieder aufgerappelt hatte, breiteten sich die Flammen schon rasant aus.

»Feuer!«, schrie Faye, sprang von ihrem Rad und schob mit dem Fuß Erde auf die Flammen, doch sie tanzten schneller von Stängel zu Stängel, als sie treten konnte. Jeder hier wusste, dass ein Feld die Lebensgrundlage eines Farmers war, vor allem jetzt im Krieg, und die LDV-Mitglieder kamen ihr sofort zu Hilfe. Sie häuften Erde auf die Flammen, konnten das Feuer jedoch nicht eindämmen.

Mr. Baxter tat sein Bestes, um die Kontrolle über den Schlauch zurückzugewinnen, aus dem immer noch Wasser spritzte, doch er zielte zu schlecht. Mr. Marshall schritt ein, und die beiden kämpften um den Schlauch, während sich das Feuer weiter ausbreitete.

»Gentlemen, ich muss doch bitten«, sagte Lady Aston, die zwar völlig durchweicht war, jedoch Haltung bewahrte. »Das ist *überaus* ungebührlich.«

Mr. Marshall schob Mr. Baxter beiseite und zielte mit dem Schlauch auf die brennenden Maisstängel. »Schneller, Bertie, mehr Wasser.«

Bertie pumpte mit aller Kraft, doch allmählich wurde er müde, und seine Arme schmerzten. Faye rannte in den Fluss, um ihm zu helfen.

»Kommt schon, Männer!«, rief sie, und weitere LDV-Männer stürzten zu der Pumpe.

Ihr Einsatz war allerdings ein wenig allzu enthusiastisch,

weshalb schon kurz darauf der Schwengel mit einem Knacken abbrach. Bertie hielt ihn in die Höhe.

»Oh, verflixt und zugenäht«, sagte er. »Mr. Marshall, ich ...«

Alle sahen zu Mr. Marshall, der den tropfenden Schlauch in der Hand hielt und hinter dem die Flammen loderten. Sie konnten nichts tun. Das Feuer war zu groß, das Feld verloren.

Über ihnen ertönte ein Geräusch wie ein auf der Leine flatterndes Bettlaken. Es wurde dunkel. Faye blinzelte in die Morgensonne und sah den Formationsflug eines Starenschwarms über den Bäumen. Der Schwarm verbreitete sich und zog sich vollkommen synchron zusammen, und Faye lächelte bei dem Tanz der Vögel. Sie hatte schon ein paarmal das Glück gehabt, einen sich sammelnden Starenschwarm zu sehen, doch immer nur in der Abenddämmerung. Tausende Vögel flogen hin und her und bildeten immer neue Formen am Himmel, zerstreuten sich wie Wellen an einem Felsen, fanden wieder zusammen und stießen schließlich geschlossen auf das Feuer hinunter. Die Vögel wirbelten ebenso um die Flammen herum wie der Tornado, den Faye in *Der Zauberer von Oz* gesehen hatte. In Sekundenschnelle war das Feuer gelöscht, die Schalen qualmten nur noch, und die Vögel stiegen wieder auf, bevor sie wie Feuerwerk auseinanderstoben und über die Felder davonflogen.

Alle standen herum, sahen sich an und versuchten das, was sie gerade gesehen hatten, ihrem Gehirn begreiflich zu machen.

Lady Aston brach als Erste das Schweigen. »Da hatten wir aber Glück«, sagte sie.

»Nicht wahr?«, stimmte Mr. Marshall zu.

»Das ist übrigens ein weit verbreitetes Phänomen«, meldete sich Mr. Baxter zu Wort. »Wenn ich mich recht erinnere, habe ich von einem ähnlichen Vorfall in der Zeitung gelesen.«

Faye sah gespannt zu Bertie hinüber, während die LDV-Männer sich daranmachten, das Chaos zu beseitigen. »Ich kann doch nicht die Einzige sein, die das gesehen hat, oder?«, fragte sie ihn. »Das war nicht natürlich. Das war ... irgendetwas anderes.«

Bertie schürzte die Lippen. »Und was?«

Faye senkte die Stimme. »Magisch.«

Bertie runzelte die Stirn. »Es war tatsächlich ziemlich hübsch«, stimmte er ihr halb zu.

»Nein, nicht magisch wie *hübsch*. Sondern magisch wie Magie. Seltsame Dinge, die eigentlich überhaupt nicht möglich sein sollten.«

Bertie verzog verwirrt das Gesicht. »Aber Magie gibt es nicht, Faye.«

»Nein. Nein, natürlich nicht. Mr. Marshall«, fragte Faye und hob die Hand. »Was werden Sie in Ihrem Bericht schreiben?«

»Hm?« Mr. Marshall sah zu Faye, als wäre er gerade aufgewacht. »Wie bitte? Was machst du denn im Fluss, Mädchen?«

Faye suchte nach einer Antwort, doch Mr. Marshall war bereits abgelenkt. Lady Aston und ihre Reiter verabschiedeten sich, als sei nichts passiert, und die Männer traten beiseite, um sie vorbeizulassen. Das Feuer und die Stare waren schon vergessen.

»Bertie.« Faye packte seinen Arm. »Sag es ihnen. Sag ihnen, was wir gerade gesehen haben.«

»Hm?« Bertie blinzelte und lächelte abwesend. »Tut mir leid, ich habe nicht aufgepasst.«

»Die Vögel, Bertie, die Vögel.«

Bertie sah Faye mit offenem Mund an, dann spähte er nach oben in den Himmel. »Vögel? Was für Vögel?«

»Ach, vergiss es.« Faye ließ ihn los. Bis zu den Knien nass und hochgradig verwirrt watete sie aus dem Fluss, stieg auf ihr Rad und fuhr zurück ins Dorf.

Das Krähenvolk hatte Craddock nicht gefunden. Sie hatten den Wald abgesucht, die Teiche und den Fluss. Suky überprüfte gerade eine Hecke, als ein Junge auftauchte, der einen Ball trat. Das Kind, ein kleiner Fratz von vielleicht fünf Jahren mit einem wilden Schopf hellroter Haare, blieb abrupt stehen und starrte sie an.

Sukys Fadenmund knarzte, als sie ihn zu einem freundlichen Lächeln verzog.

Das Kind rannte davon, schrie nach seiner Mutter und ließ den Ball zurück.

Pumpkinhead redete ihr gut zu. »Das Kind wird es seinen Eltern erzählen, und die werden ihm nicht glauben. Sie werden ihm den Hintern versohlen und ihn ohne Abendessen ins Bett schicken, weil er Dinge erfunden hat.«

Suky tat der Junge leid, doch das sagte sie nicht laut. »Wir können diesen Craddock nicht finden«, antwortete sie stattdessen. »Er muss ein Meister im Versteckspiel sein.«

»Er ist ein Jäger, ein Wilderer«, sagte Pumpkinhead. »Ihn zu finden war von Anfang an nicht leicht. Ich frage mich, ob wir eine neue Strategie versuchen sollten.«

»Was wäre das, mein Pumpkinhead?«

»Kennst du den Weg ins Dorf? Nirgendwo stehen Schilder.«

»Ich kenne ihn, mein Pumpkinhead«, erwiderte Suky. Sie sah hinter die Hecke, und die Gegend kam ihr vertraut vor, wie aus einem Traum. »Ich weiß nicht genau, wieso, aber ich kenne ihn.«

11

Mrs. Teachs Warnung

Als Faye das Dorf erreicht hatte, war sie fast wieder trocken, bis auf die Stelle, an der ihre Latzhose sich hinter den Knien bauschte. Was für ein vergeudeter Morgen. Erst wurde sie von einer nackten Hexe verscheucht und dann noch von den Local Defence Volunteers wie eine Irre behandelt, nur weil sie gesagt hatte, was sie mit ihren eigenen Augen gesehen hatte. Faye kam zu dem Schluss, dass sie die Wahrheit über ihre eigene Mutter nur erfahren würde, wenn sie ihren Vater an einen Stuhl fesselte und ihn ins Kreuzverhör nahm. In der Zwischenzeit hatte sie aber noch einiges zu erledigen, und das Wichtigste war das Abholen der wöchentlichen Essensration. Hundert Gramm Speck oder Schinken, dreihundertfünfzig Gramm Zucker und hundert Gramm Butter. Es gab Gerüchte, dass Backfett als Nächstes rationiert werden würde, weshalb Faye sicherheitshalber die doppelte Menge kaufte.

Sie kam gerade mit dem Speck aus der Fleischerei, als sie die Witwe Teach in ihrer Uniform des Women's Voluntary Service am Ende der Schlange entdeckte, die sich ihre Lebensmittelkarte und den Einkaufskorb an die Brust drückte.

»Schön, dich bei Tageslicht zu sehen, junge Dame«, sagte Mrs. Teach mit einem Glucksen, und ihre Wangen röteten sich zart.

»Oh, guten Tag, Mrs. Teach. Tut mir leid wegen gestern Abend. Wir müssen diese Fragen stellen, sie gehören zu unserer Ausbildung«, antwortete Faye, auch wenn das nur die halbe Wahrheit war. Gestern Abend war sie einfach nur neugierig gewesen.

»Kein Problem, Liebes, überhaupt kein Problem. Wir müssen schließlich auf der Hut sein. Hat Mr. Paine unser Zusammentreffen in seinem kleinen Buch vermerkt?«

»Ja.«

»Hm«, sagte Mrs. Teach in einem Ton, in dem mitschwang, dass sie ihm später einen Besuch abstatten würde, damit er den Eintrag wieder entfernte. »Er hat natürlich völlig recht. Jegliches auffällige Verhalten muss notiert werden. Hast du dich heute im Wald verirrt, Faye?«

Faye erstarrte. Woher wusste sie das?

»Deine Schuhe, Liebes.« Mrs. Teach sah nach unten, und Faye folgte ihrem Blick. Ihre Turnschuhe waren von getrocknetem Schlamm überzogen. Mrs. Teachs leuchtend grüne Sling-Pumps – eine gewagte Wahl zu ihrer dunkelgrünen Uniform – sahen brandneu aus, und Faye fragte sich, wie sie sich das leisten konnte. »Außerdem rieche ich Holzrauch und Anis. Warst du bei unserer örtlichen Hexe?«

Faye blieb beinahe das Herz stehen. Sie wusste es. »Äh … nun, ja. Ich …«

»Schon gut, Liebes, wir waren alle schon mal bei ihr. Es kann ein bisschen verwirrend sein, zur Frau zu werden, und wir suchen dann überall nach Antworten.« Mrs. Teach beugte sich näher zu Faye, die ihren süßen, sommerlichen Geruch nach Holunderblüten einatmete. Man munkelte im Dorf, dass sie ein paar Tropfen Holundertau in ihr Badewasser gab, um sich ihr junges Aussehen zu bewahren. »Frauenprobleme?«, fragte sie flüsternd.

»Nicht direkt«, antwortete Faye stotternd und sah sich hastig um. Hoffentlich konnte niemand sie hören.

»Sie ist auch nur dafür gut.« Das freundliche Lächeln, das Mrs. Teach normalerweise zur Schau trug, verschwand, und ihre Augen verloren etwas von ihrem üblichen Funkeln. »Sie hat versucht, meinem Ernie zu helfen, aber er ist trotzdem gestorben.«

Faye hatte Ernie Teach gemocht. Verglichen mit der üppigen Mrs. Teach, war er ein kleiner Mann gewesen, und immer fröhlich – einer dieser Männer, die alles reparieren konnten. Probleme mit der Elektrik? Ernie Teach ließ die Lampen wieder leuchten. Kaputter Motor? Ernie Teach brachte das Auto zurück auf die Straße. Undichtes Rohr? Ernie Teach richtete es blitzschnell. Unbefriedigte fleischliche Gelüste? Ernie erfüllte alle Bedürfnisse.

Letzteres war natürlich nur ein Gerücht, doch man erzählte sich, dass Ernie Teach neben seinen vielfältigen Talenten auch ein einfühlsamer und großzügiger Liebhaber gewesen sein soll. Man erzählte sich außerdem, dass Mrs. Teach den armen Mann eines Nachts im letzten Frühjahr überfordert und sein Herz ihn im Stich gelassen hatte.

»Möge er in Frieden ruhen, Mrs. Teach.«

»Ja.« Mrs. Teach griff sanft, aber entschlossen nach Fayes

Handgelenk. »Halt dich von Charlotte fern, junge Dame, um deines inneren Friedens willen. Sie bedeutet nur Ärger. Vertrau mir, ich weiß es. Und wenn es etwas anderes als Frauenprobleme sind ...?« Mrs. Teach ließ die Frage unvollendet in der Luft hängen.

»Wie zum Beispiel ...?« Faye schürzte unschuldig die Lippen.

»Alles, was ...« Mrs. Teach hob eine Augenbraue. »Merkwürdig ist. Komisch. Mysteriös. *Magisch*.« Das letzte Wort flüsterte sie, und Faye beugte sich zu ihr.

»Ja?«

»Behalt es für dich.«

Faye wollte so tun, als hätte sie keine Ahnung, wovon Mrs. Teach da redete. So würde sich zumindest ein normaler Mensch, der sich noch nie mit Magie beschäftigt hatte, verhalten. Doch Faye hatte dasselbe Gefühl bei Mrs. Teach wie bei der Ziege vor Charlottes Cottage. Als könnte die Witwe auf die Traurigkeit und die Zweifel hinter ihrem Lächeln blicken.

»Warum denn?«, brachte Faye heraus.

»Normale Leute sehen nur, was sie sehen wollen. Vergiss das nicht. Wenn man die Menschen zu oft aus ihrem täglichen Tagtraum reißt, wenden sie sich gegen einen. Deine Mutter hat das am eigenen Leib erfahren.«

»Meine Mutter?«

»Der Nächste!« Der Ruf des Schlachters brach den Zauber, und Mrs. Teachs rosiges Lächeln kehrte zurück.

»Einen wunderschönen Tag, meine Liebe. Und wenn du mal vernünftigen Rat brauchst, komm gern bei mir vorbei. Ich kann Teeblätter lesen.«

»Ich ... äh ... Das werde ich tun. Danke, Mrs. Teach.«

Mrs. Teach schwebte in den Schlachterladen wie eine Hollywood-Diva und begrüßte alle mit Luftküssen.

Faye legte benommen die Speckration in den Fahrradkorb und wollte gerade nach Hause fahren, als ein entferntes schlagendes Geräusch durch das Dorf hallte. Der Postbote, der Milchmann, die Kinder in ihren roten Blazern und Schiebermützen, die in einer Reihe aus der Schule kamen – alle blieben stehen und sahen sich nach der Quelle des sich nähernden Tumults um. Das Geräusch war rhythmisch. Fast melodisch.

Terrence eilte mit einem Hammer in der Hand die Wode Road hinab. Er hatte sich vorgenommen, die Hängekörbe wieder zu befestigen, die der Sturm in der Nacht zuvor gelöst hatte, und Faye wollte ihn schon schimpfen, dass er seine Arbeit vernachlässigte, als sie seinen verwirrten Gesichtsausdruck sah. Bei dem Geräusch von aufeinander schlagenden Stöcken fragte sich Faye, ob die Morris-Tänzer vielleicht gerade einen Auftritt hatten. Terrence nahm sein rot und weiß getupftes Halstuch ab und wischte sich den Schweiß von der Stirn.

»Vogelscheuchen«, sagte er atemlos. »Ein ganzer Haufen.«

12

Der Marsch des Krähenvolkes

Gerade wollte Faye ihren Vater fragen, ob er verrückt geworden war, als sie eine Bewegung hinter ihm sah. Die Kirche St. Irene stand am höchsten Punkt der Wode Road. Zwischen den Grabsteinen tanzten und wirbelten Gestalten herum, hüpften aus den Schatten. Faye versuchte, sie zu zählen. Es war nicht einfach, weil sie sich bewegten, doch es waren bestimmt zwanzig. Manche klatschten in die Hände, andere schlugen Stöcke gegeneinander, eine quetschte ein altes, angeschlagenes Akkordeon, eine andere drückte eine Hupe, während sie die Straße hinunterhüpften und -tanzten.

Bis auf einen. Ein Mann mit einem Kürbis als Kopf marschierte voran und schlug einen Stock gegen eine Kuhglocke.

Das Blut pulsierte in Fayes Ohren, während er näher kam. Herberts Kürbismann gab es also wirklich, und er war hier, und er hatte seine Vogelscheuchen mitgebracht. Der Kürbis war keine Maske, kein Scherzartikelhut, sondern tatsächlich sein Kopf. Er war größer als die anderen, über zwei Meter, und Faye fragte sich, ob er auf Stelzen lief, oder ob die dürren Beine auch echt waren.

»Bisschen früh im Jahr für ein Erntedankfest, oder?«, sagte Terrence aus dem Mundwinkel, als er sich neben Faye stellte. »Vielleicht ist das eine Zirkustruppe?«

»Ich glaube nicht, dass das ein Zirkus ist, Dad«, antwortete Faye mit trockenem Mund. Ihr fiel auf, dass die Vogelscheuchen alle bis zu den Knien nass waren, als wären sie durch einen Teich gewatet.

Die Vogelscheuchen scharten sich um die Gestalt mit dem Kürbiskopf, sprangen zwischen die Dorfbewohner, die so taten, als würden sie die Regeln dieses seltsamen Schulhofspiels kennen. Manche klatschten unsicher lächelnd mit, die meisten warteten jedoch zurückhaltend ab, was als Nächstes passieren würde. Faye dachte daran, was Mrs. Teach ihr gerade gesagt hatte. *Die Leute sehen nur, was sie sehen wollen.*

Die meisten Vogelscheuchen waren mit Stroh ausgestopft und hatten Köpfe aus Sackleinen, von denen manche wie Amselköpfe geformt waren, mit gelben und orangefarbenen Schnäbeln. Bei einer diente ein alter Lederfußball als Kopf, eine andere hatte ein lächelndes Sonnenblumengesicht mit angenähten gelben Blütenblättern. Wieder eine andere sah wie ein Blechmann aus, mit einer Mülltonne als Körper, Farbtöpfen als Füßen und Eimern als Armen.

Der Kürbiskopfmann hielt die Parade an dem großen Kreuz an, dem Denkmal für den Weltkrieg. Er marschierte die Stufen hinauf und überragte von dort alle. Er hob die Arme. Der Lärm verstummte, die Vogelscheuchen ließen sich mit einem dumpfen Geräusch zu Boden fallen, bis auf den Blechmann, der wie ein Unfall in einer Dosenfabrik klang.

Alle lagen ausgestreckt vor ihm, leblos wie Lumpenpuppen.

»Einwohner von Woodville«, sagte der Kürbiskopfmann, und Faye war es ein Rätsel, wie sich sein gezackter, geschnitzter Mund bewegte. »Wisset, dass ihr mit dem Krähenvolk nicht länger umgehen könnt, wie es euch beliebt. Wir sind frei.«

Die Dorfbewohner sahen einander verwundert an. Faye packte den Lenker ihres Fahrrads. Ein uralter Teil ihres Gehirns riet ihr höflich, schnell zu verschwinden, doch sie war genauso fasziniert von diesen seltsamen Neuankömmlingen wie die anderen Dorfbewohner. Die lächelten verträumt, freuten sich offenbar über die Ablenkung und fragten sich zweifellos, ob es noch ein Puppentheater und Jongleure geben würde.

Alle bis auf eine.

Faye bemerkte Mrs. Teach, die im Eingang zur Fleischerei stand und den Kürbiskopfmann böse anstarrte, als wäre er der Teufel höchstpersönlich.

»Diese Kostüme sind hübsch, nicht wahr?«, flüsterte Terrence Faye ins Ohr. »Clevere Masken. Wie in einem Film.« Dann sah er, was in ihrem Fahrradkorb lag. »Oh, du hast den Speck nicht vergessen. Braves Mädchen.«

Faye kniff die Augen zusammen, um den Mann mit dem Kürbiskopf besser erkennen zu können. Wenn er eine Maske trug, dann konnte sie nicht verstehen, wie sie funktionierte. Seine Dreiecksaugen bewegten sich, er runzelte die Stirn, und sein Lächeln wurde breiter, als er nach einer der wie tot auf dem Boden liegenden Vogelscheuchen die Hand ausstreckte.

»Schwester Suky«, sagte er und hob langsam die Hand. »Sprich.« Fayes Ohren knackten, und eine Vogelscheuche mit einem Schal um die Schultern in einem rot karierten Kleid erhob sich langsam wie eine Fadenpuppe. Ihre Knie waren steif, die Arme hingen schlaff herab. Als sie aufrecht stand, durchlief sie ein Schauder, und sie sprang nach vorn. *Wie hatte sie das gemacht?* Ein paar Dorfbewohner klatschten dem Trick bewundernd Beifall.

Suky verschränkte die Hände vor dem Körper und wandte sich an die Zuschauer. Ihr hölzerner Hals knarzte wie eine quietschende Tür. »Einen von euch suchen wir«, verkündete Suky. »Einen Wilderer.«

Die Dorfbewohner warfen sich verstohlene Blicke zu.

»Er hat mir ins Gesicht geschlagen und meinen Hals herumgedreht, jawohl, das hat er getan«, fuhr Suky fort, »und er hat zwei von unseren Geschwistern verstümmelt. Er hat unseren fröhlichen Bruder verbrannt und noch Schlimmeres getan.«

»Craddock?« Faye sprach leise zu ihrem Vater, doch in diesem Moment verstummte die Welt, und ein Windstoß trug ihr Flüstern durch das Dorf an alle Ohren.

Sie errötete vor Scham, als die anderen Dorfbewohner missbilligend nach Luft schnappten. Niemand mochte Verräter.

»So ... So laut hatte ich es überhaupt nicht sagen wollen.« Faye biss sich auf die Lippe. »Tut mir leid.«

»Ja.« Der Kürbiskopfmann kam die Treppen des Denkmals hinunter und auf Faye zu. Sie hätte am liebsten laut aufgeschrien und sich hinter ihrem Vater versteckt, doch sie blieb stehen. »Craddock«, sagte er und streckte seine behandschuhte Hand nach ihr aus. »Das ist er. Gib ihn uns.«

»Das steht mir nicht zu«, antwortete Faye und versuchte, das Zittern in ihrer Stimme zu unterdrücken. »Aber wenn ich ihn sehe, werde ich ihm ausrichten, dass Sie nach ihm gefragt haben. Mir gefällt übrigens Ihre Maske. Haben Sie die selbst gemacht? Wie funktioniert sie?«

»Sag mir«, Pumpkinhead ignorierte ihre Fragen, »duldet ihr in diesem Dorf Hexen?«

Fayes Wangen brannten, und ihre Brillengläser beschlugen. »Wen meinen Sie damit?«, brachte sie heraus, sobald sie sich wieder gefasst hatte.

»Ja, Großmaul«, sagte Terrence und deutete mit dem Daumen Richtung Straße. »Wenn du nicht höflich sein kannst, dann verschwinde.«

»Ich frage nur«, Pumpkinhead hob den Kopf, als würde er etwas wittern, »weil hier Magie in der Luft ist.«

Faye wurde bei diesem ganzen Gerede von Magie und Hexen schwindelig, und sie dachte an das Buch ihrer Mutter. Und dann versuchte sie, nicht an das Buch ihrer Mutter zu denken, nur für den Fall, dass dieser Kürbiskerl Gedanken lesen konnte.

»Dieser Ort stinkt geradezu danach.« Pumpkinhead lächelte. »Ja, in der Luft, in den Straßen, den Bäumen, den Häusern … Und ich rieche es auch an dir, Faye Bright.«

»Woher … Woher kennen Sie meinen Namen?«, fragte Faye atemlos. Dieser Kerl konnte tatsächlich Gedanken lesen.

»Er steht auf deiner Lebensmittelkarte«, sagte Terrence und hielt Fayes Juniorlebensmittelkarte hoch, die bei dem Speck im Fahrradkorb lag. Ihr Name war in Blockbuchstaben auf die Vorderseite geschrieben. Terrence gab sie ihr, und sie schob sie in eine Tasche. Der Wirt straffte die Schultern und sah Pumpkinhead an. »Ich schlage vor, dass du dich auf den Weg machst, Kumpel. Wir schauen mal, was wir wegen Mr. Craddock machen können.«

Suky trat dazwischen. »Bei Sonnenaufgang, morgen«, sagte sie mit lauter und klarer Stimme zu den Dorfbewohnern. »Wir sehen uns beim Kloster.«

»Enttäuscht uns nicht«, fügte Pumpkinhead übertrieben fröhlich hinzu, dann hob er die Arme. »Brüder und Schwestern.«

Die Vogelscheuchen erhoben sich wie zuvor Suky, mit schlaffen, knochenlosen Gliedern.

Einen Herzschlag lang hingen sie in der Luft.

Dann stürzten sich alle gleichzeitig auf die Dorfbewohner, wedelten mit den Armen, schüttelten die Köpfe, johlten und heulten wie Affen. Die Dorfbewohner suchten panisch schreiend nach Deckung.

Faye ließ ihr Fahrrad fallen und hielt ihren Vater fest, sah zu, wie Pumpkinhead selbstbewusst durch das Chaos schritt und nur bei Mrs. Teach vor der Fleischerei stehen blieb, um vor ihr den Hut zu ziehen. Man musste ihr zugestehen, dass sie nur furchtlos und trotzig das Kinn hob und die Arme vor der Brust verschränkte. Pumpkinhead grinste, dann gesellte er sich zu den anderen Vogelscheuchen, die in den Seitenstraßen verschwanden. Ihre Schreie hallten noch nach, schließlich herrschte unheilvolle Stille.

Faye drehte sich zu ihrem Vater. »Was zum Donnerwetter war das denn gerade?«

13

Der Spott der Vögel

Das Krähenvolk tanzte und sang den ganzen Weg zurück zur Therfield Abbey durch den Wald, während Pumpkinhead mit seiner Kuhglocke den Takt vorgab.

Suky drehte sich und tanzte mit den anderen, sie freute sich einfach, nicht mehr mitten auf einem Feld an einem Kreuz zu hängen. Sie hatte nur nach vorn starren und sich fragen können, was sich hinter dem Wald befinden mochte, der so düster und abweisend aussah. Jetzt war es wie eine Offenbarung. Sie spürte den Herzschlag von Spitzmäusen, die durch das Unterholz huschten, das Flattern von Flügeln über ihr und um sie herum. Sie entdeckte Buchfinken, die in Astgabeln nisteten und ihre Küken mit zappelnden Larven fütterten.

Die Vögel sangen für sie, zogen über dem Blätterdach ihre Kreise zur Musik. Suky drehte sich, und die Vögel drehten sich mit ihr. Suky hob die Arme, und sie schraubten sich nach oben. Suky spreizte die Finger, und sie stoben wie Blätter in einem Windstoß auseinander, dann kamen sie wieder zusammen und ahmten ihre Bewegungen nach.

»Siehst du das, mein Pumpkinhead?«, rief Suky, während sie durch den Wald hüpfte. »Bin ich nicht schlau?«

»Lass dich nicht mit den Vögeln ein, Schwester Suky«, sagte Pumpkinhead und hörte auf, gegen die Kuhglocke zu schlagen. »Sie sind die Feinde der Vogelscheuchen.«

»Aber, mein Pumpkinhead, das war doch, als wir sie für die Männer mit den Farmen von den aufgewühlten Feldern abgeschreckt haben«, erwiderte Suky und tanzte um ihn herum. »Wir sind nicht mehr ihre Sklaven, wie du gesagt hast, weshalb können wir dann nicht mit den Vögeln befreundet sein? Wir sollten …«

Pumpkinhead nahm sanft ihr Handgelenk und brachte sie zum Stehen. »Lass dich nicht mit den Vögeln ein«, wiederholte er mit seinem gezackten Lächeln, doch seine Augen waren nie schwärzer erschienen. »Hast du mich verstanden, Schwester?«

»J… ja, mein Pumpkinhead.« Suky hob den Kopf und sah, wie die Vögel in die Baumkronen flatterten. »Es tut mir so leid, wirklich. Ernsthaft.«

»Du musst dich nicht entschuldigen.« Pumpkinhead streichelte ihr Sackleinengesicht, dann rief er den anderen zu: »Brüder und Schwestern, hört auf zu feiern.« Das Krähenvolk versammelte sich um ihn. »Noch näher, Brüder und Schwestern, kommt noch näher, damit ihr mich hören könnt. Gut, gut, so nahe ihr könnt. Fasst euch alle an den Händen. So ist es richtig.«

Suky nahm die Hand einer Vogelscheuche mit einem Strohhut, und sie spürte, wie sich Pumpkinheads behandschuhte Hand um ihre Finger schloss. Ein erregter Schauder überlief sie. Das Krähenvolk war vereint.

»Hört zu, meine Geschwister«, sagte Pumpkinhead gedämpft und sah nach oben, wo einige Spatzen von dem zerfallenen, steinernen Kreuzgang des alten Klosters zu ihnen herunterspähten. »Hört ihr den Spott der Vögel? Ihr Krächzen und Johlen und Zwitschern? Wie oft haben sie uns in der Vergangenheit verhöhnt?«

Suky wollte schon etwas einwenden, doch die anderen nickten zustimmend.

»Was wäre, wenn ich euch sagen würde, dass wir sie zum Schweigen bringen könnten, wir alle gemeinsam?« Pumpkinhead drückte Sukys Hand fester, und sie fühlte sich irgendwie merkwürdig. Leichter. Als würde sie schweben. Ihr Sichtfeld verschwamm wie Wasser in einem Teich. »Hört zu, Brüder und Schwestern, lauscht meinen Worten, vereint sind wir stärker, vereint sind wir mächtiger, vereint werden wir …«

Seine Stimme wurde leiser. Sukys Welt wurde dunkel, und sie wusste nicht mehr, wo sie selbst aufhörte und wo Pumpkinhead begann.

Suky erhob sich hoch über die Ruinen des Klosters, die Welt neigte sich unter ihr. Sie war ein Vogel! Sie alle waren Vögel, ihre Brüder und Schwestern und Pumpkinhead. Sie waren eins und flogen zusammen, getragen von den Schwingen der Vögel, ließen sich von ihrem Geist mitnehmen, stiegen auf und schossen wie der Traum eines Kindes herab.

Und da entdeckten sie ihn.

Craddock. Erschöpft stapfte er im Wasser am Flussufer entlang. Er steuerte auf das Kloster zu. Er kam auf sie zu, und es wäre nur eine Frage der Zeit, bis sie ihn erwischten. Suky empfand eine wütende Befriedigung, die nicht die ihre war. Und dann spürte sie noch etwas. Eine Präsenz. Sie war größer als Pumpkinhead. Sogar noch größer als die Vögel. Ein weiser Geist, nicht so alt wie ihr Meister, aber vielleicht genauso mächtig. Diese Präsenz läutete wie eine Glocke in Sukys Ohren. Sie machte Pumpkinhead Angst, und diese Angst strömte kalt und steif in Suky hinein. Seine Wut ließ sie schwindeln, und als er ihr freien Lauf ließ, spürte sie, wie unzählige kleine Herzen zu schlagen aufhörten. Um sie herum wurde es dunkel.

14

Das Herz des Dorfes

Woodville hatte einen einwandfreien Gemeindesaal. Nach einem Brand im Jahr 1932 hatte man ihn neu aufgebaut, und er diente als Veranstaltungsort für Dorfratsangelegenheiten, die Amateurtheatergruppe des Dorfs, Hochzeitsempfänge und Kinderfeiern. Er hatte Strom, Parkplätze für zwei Wagen und sogar eine dieser komfortablen Innentoiletten. Bei richtigen Notfällen gab es für die Dorfbewohner allerdings nur einen Ort, an dem sich mit kühlem Verstand diskutieren ließ.

Das *Green Man* war das wahre Herz des Dorfes, und ein Großteil der Dorfbewohner hatte sich dort zur Mittagszeit versammelt, um über die bizarren Ereignisse zu palavern, die sie gerade mitangesehen hatten. Seit Silvester war das Pub nicht mehr so voll gewesen. Faye hielt die Stellung an der Bar, während Terrence nach unten in den Keller ging, um zwei Fässer zu wechseln.

»Fahrendes Volk, nehme ich an. Auf der Durchreise«, sagte Bertie Butterworth und erntete vage zustimmendes Gemurmel aus der Menge. Nach dem kleinen Abenteuer am Morgen im Fluss war er wieder getrocknet.

»*Enttäuscht uns nicht,* haben sie gesagt.« Faye verschränkte die Arme. »Das klingt in meinen Ohren wie eine Drohung, und Drohungen können wir nicht ausstehen, nicht wahr, Leute?« Die Local Defence Volunteers jubelten Beifall. Sie waren auch wieder trocken und erinnerten sich nur noch an eine kleine Auseinandersetzung zwischen Mr. Marshall und Mr. Baxter, wenn man sie nach der Brandschutzübung am Morgen fragte. Bei Bertie war es dasselbe. Faye sprach ihn darauf an, als er seinen Cider bestellte, und er zog Nase und Stirn kraus, erinnerte sich dunkel, dass etwas Komisches passiert war, auch wenn er nicht mehr genau wusste, was eigentlich. Warum erinnerte sie sich als Einzige, wie die Stare das Feuer gelöscht hatten? Faye konnte verstehen, wenn die alten Männer den Vorfall vergaßen. Sie dachten nur an Dünkirchen und den Krieg. Seit dem Rückzug kauten sie darauf herum, und wenn sie nicht aktiv gegen die Nazis kämpfen konnten, dann war ein Haufen Fremder, die als Vogelscheuchen verkleidet waren und Drohungen ausstießen, ein guter Ersatz. Doch Bertie sollte sich eigentlich daran erinnern.

»Ignoriert sie«, sagte er, eine Stimme der Vernunft, was ihm einige Buhrufe von seinen Bürgerwehrgefährten einbrachte. »Warum einen Streit vom Zaun brechen? Sie sind sicher schon bald wieder weg.«

»Ich glaube nicht, dass sie weggehen werden, Bertie.« Faye fixierte ihn leicht angesäuert, und der Junge zögerte, schlürfte seinen Cider und wusste nicht, warum sie auf einmal so böse auf ihn war. »Und ich glaube auch nicht, dass sie zum fahrenden Volk gehören«, fuhr Faye fort und hätte am liebsten geschrien, dass die Fremden doch ganz eindeutig Vogelscheuchen waren. Aber sie dachte an Mrs. Teachs Worte, dass die Menschen nur das sahen und hörten, was sie wollten. Sie fing Mrs. Teachs Blick auf. Die ältere Frau beobachtete sie vom Ende der Bar aus, wo sie einen Sherry trank. »Und dieser Name – Suky. Ich bin mir sicher, dass ich ihn schon mal gehört habe. Kennt hier jemand eine Suky?« Die Dorfbewohner sahen sich an und zuckten um die Wette mit den Schultern. »Sie nennen sich das Krähenvolk. Was heißt das?« Noch mehr Schulterzucken.

»Ein Zirkus, vermute ich«, sagte Terrence, als er aus dem Keller zurückkam. »Als Junge wäre ich beinahe mit einem Zirkus mitgefahren.«

»Einem Zirkus?« Faye sah ihren Vater mit zusammengekniffenen Augen an. »Wann war das?«

»Er kam ins Dorf, als ich ein wenig älter war als du. Ich hatte was mit einer Frau, die ihre Knöchel hinter ihre Ohren ...«

»Dad!«

Bertie verschluckte sich prustend an seinem Cider, und die anwesenden Männer lachten rau. Mrs. Teach, die seit dem Abzug des Krähenvolks ungewöhnlich ruhig gewesen war, hob anerkennend eine Augenbraue und nippte an ihrem Sherry.

Faye sprach lauter. »Können wir bitte zum Thema zurückkommen? Eine marodierende Truppe Vogelscheuchen hat gerade verlangt, dass wir ihnen den armen Mr. Craddock ausliefern.«

»Das sind Zigeuner, Faye«, sagte Terrence streng. »Es ist nicht nett, sie Vogelscheuchen zu nennen.«

»Der arme Mr. Craddock?«, schnaubte Mrs. Teach und brach ihr Schweigen. »Ich sage dir was, junge Dame, er ist nicht arm, und er verdient unser Mitgefühl auch nicht. Er ist ein Unmensch. Ein brutaler Wüstling. Er ist ein Halunke, und hier in diesem Raum gibt es niemanden, der nicht schon eine unerfreuliche Begegnung mit dem Mann gehabt hätte.«

»Das stimmt«, sagte Miss Burgess. »Als meine Matilda krank war, hat er gesagt, ich solle ihr den Hals umdrehen und fertig.«

»Ach herrje«, meinte Terrence, während die Pubbesucher angewidert nach Luft schnappten. »Moment mal, wer ist Matilda?«

»Eines meiner Hühner.«

»Er hat meinen Mr. Tinkles getreten«, rief Miss Gordon. »Hat ihn ein flohzerfressenes Mistvieh genannt.« Mitfühlendes Murmeln wurde laut, auch wenn die meisten Anwesenden schon kleine, braune, stinkende Geschenke von Miss Gordons Katze bekommen hatten.

»Er hat ein anzügliches Gerücht in Umlauf gebracht«, begann Mr. Hodgson, und die Pubbesucher hielten erwartungsvoll den Atem an. »Es betraf meine Knie.«

»Er hat die Luft aus den Reifen meines brandneuen Austin-Leichenwagens gelassen«, verkündete Mr. Loaf, der normalerweise fröhliche Bestatter. »Hat gesagt, er stünde ihm im Weg, aber ich weiß nicht, was er damit bezweckt hat, schließlich hat das den Wagen erst recht unbeweglich gemacht. Die Beerdigung von Mr. Gregg musste dann eine Stunde später abgehalten werden. Das war äußerst bedauerlich.«

»Ich habe einmal gesehen, wie er mit Kenny Finch wegen Clotted Cream in Streit geraten ist und den Milchkarren umgestoßen hat«, erzählte Mr. Paine und saugte an seinem Pfefferminzbonbon. »Zwei alte Ekel gegeneinander. Ich sage es ungern, aber es war tatsächlich sehr amüsant anzuschauen.«

»Er hat sich immer über die Körpergröße meines Ernies lustig gemacht«, steuerte Mrs. Teach mit abwesendem Blick bei. »Abgebrochener Riese, Wicht, Winzling. Jedes Mal, wenn er meinen Ernie gesehen hat, kam eine neue Beleidigung, aber mein Ernie hat das alles mit einem Lächeln weggesteckt. Auch wenn er vielleicht kein hochgewachsener Mann war, war mein Ernie doch ein großer, ein wirklich großer Mann, das kann ich euch versichern.«

Keiner wusste, wo er hinschauen sollte. Alle kannten die Gerüchte über Ernie.

»Noch einen Sherry, Mrs. Teach?«, bot Terrence an.

Die Witwe schob ihm ihr Glas hin.

»Ich möchte gern das Beste von den Menschen denken«, sagte Bertie hinter seinem fast ausgetrunkenen Ciderglas hervor, »aber wenn altes Ekel eine olympische Disziplin wäre, dann würde Mr. Craddock Gold, Silber und Bronze zugleich gewinnen.«

»Und er hat mir gestern eine scheuern wollen, aber das ist kein Grund, dass wir einen Nachbarn so leichtfertig ausliefern an diese …« Faye sah zu ihrem Vater hinüber. *Zigeuner.*«

»Es geht uns einfach nichts an«, bemerkte Mrs. Teach. »Wenn sie ein kleines Missverständnis mit Mr. Craddock hatten, dann sollen sie das unter sich ausmachen. Wir sollten neutral bleiben, wie die Schweiz.«

»Wie Hitlers kleines Missverständnis mit Polen? Und mit Frankreich? So eines?« Faye spürte den tadelnden Blick ihres Vaters – *widersprich nie einem Gast* –, doch sie konnte das nicht so stehen lassen. »Und was ist, wenn sie beschließen, auch ein kleines Missverständnis mit Ihnen zu haben, Mrs. Teach, hm? Soll ich dann auch wegschauen? Wir haben uns hier noch nie Drohungen gefallen lassen, und ich verstehe nicht, warum wir jetzt damit anfangen sollten. Vor allem bei diesen Vogelscheuchen.«

»Zigeunern«, korrigierte Terrence sie.

»Vogelscheuchen, Dad. Eine von ihnen hatte einen riesigen Kürbis als Kopf. Ich habe es gesehen, und ihr alle auch. Es ist mir egal, ob er echt ist oder nicht, aber wenn sie sich anziehen wie Vogelscheuchen und sich aufführen wie Vogelscheuchen, dann nenne ich sie auch so. Was werden wir jetzt also unternehmen?«

»Was können wir denn da schon tun«, meinte Terrence mit gezwungenem Lachen. Faye begriff erst nicht, warum er lachte, aber dann fiel ihr ein, dass er das früher bei unzufriedenen Gästen auch schon getan hatte. Er hatte ihr immer gesagt, wenn jemand ein bisschen zu gereizt wurde, sollte man erst einmal versuchen, das Thema zu wechseln und einen Witz zu machen. Man sollte einfach so tun, als hätte man die Beleidigung oder Drohung nicht gehört, dann fühlte sich auch niemand verpflichtet, sein wütendes Versprechen von Handgreiflichkeiten einzulösen. Das war ein alter Trick, aber er hatte ihn noch nie bei seiner Tochter angewandt. Er versuchte sie wie irgendeinen gewöhnlichen Kneipenschläger zum Schweigen zu bringen. »Aber Bertie kann doch bestimmt noch einen Cider vertragen.« Terrence schob Faye Berties leeres Glas zu.

»Oh, vielen Dank!« Bertie grinste.

»Prost!«

»Prost.«

Faye sah ihren Vater böse an, doch der zwinkerte ihr nur zu und wandte sich an die Pubbesucher.

»Mrs. Teach hat recht. Jeder hier im Raum ist schon mit Archibald Craddock aneinandergeraten«, sagte Terrence. »Und wer sagt denn, dass sie ihn nicht schon längst erwischt haben? Hat ihn heute jemand gesehen? Nein, ich nämlich auch nicht. Und wenn er irgendeinen Ärger mit diesen Zigeunern hat ...«

Faye seufzte, gab auf und zapfte Bernie einen kleinen Cider.

»... so wie man Craddock kennt, liefert er sich irgendwo in einer Scheune einen Boxkampf mit ihnen. So schafft er Sachen aus der Welt. Nach den Queensberry-Regeln. Sollen sie es doch offen und ehrlich unter sich klären, wir mischen uns da nicht ein.«

»Hört, hört«, sagte Mrs. Teach. »Man steckt seine Nase nicht in anderer Leute Angelegenheiten, Faye. Eine Dame tut so etwas nicht.«

Angesichts der Heuchelei der neugierigsten Frau des Dorfes schnaubte Faye. »Ich frage mich, Mrs. Teach, warum ausgerechnet Sie nicht wollen, dass irgendwer mal genauer nachforscht?«

»Ich weiß nicht, was du damit meinst.«

»Ich habe gesehen, wie der Kerl mit dem Kürbiskopf kurz vor Ihnen den Hut gezogen hat, als er gegangen ist«, antwortete Faye. »Wirkte so, als kenne er Sie.«

»Ich bin nicht für das Verhalten anderer Menschen verantwortlich.«

»Es muss aber doch einen Grund geben, warum er ausgerechnet Sie gegrüßt hat.«

»Vielleicht weiß er, wenn er eine Dame vor sich hat.«

»Vielleicht …«

»Schluss jetzt, Faye, das reicht«, dröhnte Terrence, nahm seine Tochter bei den Schultern und drehte sie von Mrs. Teach weg. »Sammel bitte die leeren Gläser ein und spül sie. Ich glaube, wir müssen alle …«

Etwas schlug dumpf auf dem Hausdach auf.

Alle sahen einander an, um sich zu vergewissern, dass die anderen das Geräusch auch gehört hatten.

Rums!

Alle sahen nach oben.

Rums-rums-rums!

Immer schneller ertönten die Schläge, und bei jedem Mal machte Fayes Herz einen Satz. Die Leute murmelten und drängten sich aneinander, und dann schrie jemand draußen auf der Straße. Faye eilte hinter der Bar hervor, schob sich durch die Menge, zog die Tür auf und stürzte ins Freie.

Mrs. Pritchett, eine ältere Dame, führte gerade ihre zwei Yorkshire-Terrier spazieren. Die Hunde winselten, und die alte Frau zitterte mit vor Schreck weit aufgerissenen Augen.

Überall um sie herum auf dem Kopfsteinpflaster lagen Stare, die ihre kleinen Beinchen starr in die Luft reckten.

Manche zuckten noch mit gebrochenen Flügeln im Todeskampf.

Mühsam brachte Mrs. Pratchett heraus: »Sie sind ... einfach vom Himmel heruntergefallen.«

Bis ins Mark ausgekühlt und mit getrocknetem Schlamm beschmiert kroch Craddock am Fluss entlang. Seit Stunden schon hatte er keine Vogelscheuche mehr gesehen, und bald wäre er zu Hause. Seine Hütte stand am Waldrand auf der anderen Seite der Therfield Abbey. Als Erstes würde er Feuer machen, sich trockene Kleider anziehen und die Flasche Rum austrinken, die er in einer Kiste unter dem Bett verwahrte. Er würde versuchen zu vergessen, was zur Hölle er auch immer da am Abend zuvor gesehen hatte, und wenn er dafür mehr Rum trinken musste, umso besser. Er würde es vergessen und nie wieder davon sprechen.

Als er das rutschige Ufer hinaufkletterte, hörte er ein lautes Platschen vom Wasser her. Er sah sich um, entdeckte aber nur Ringe auf der Oberfläche. Vielleicht war ein Eisvogel eingetaucht, oder ein Karpfen hatte nach Luft geschnappt. Er kletterte weiter, aber da platschte es erneut. Dann fiel ihm etwas auf den Kopf und von dort zu Boden. Er fluchte.

Vor ihm lag eine Krähe, deren blauschwarzes Gefieder gesträubt und im Tod erstarrt war.

Um ihn herum stürzten noch mehr Vögel vom Himmel, prallten von Zweigen ab und blieben tot auf der Erde liegen. Das waren zu viele seltsame Vorfälle für einen Mann wie Craddock, und er rannte panisch davon. Er schlug sich durch den Wald, während immer mehr Vogelleichen herabregneten, seinen Kopf trafen, unter seinen Stiefeln zerdrückt wurden. Er gelangte zu dem gewundenen Weg, dann eilte er die unebenen Steinstufen hinauf zur Therfield Abbey, einer normannischen Klosterruine, deren eingestürzte Mauern um ihn herum aufragten.

Der Regen aus toten Vögeln hatte aufgehört, der ganze Boden war von den kleinen Körpern übersät. Craddock stützte die Hände auf die Oberschenkel und schnappte nach Luft, dann ließ er sich auf die Knie fallen. Seine Finger zitterten, sein Kopf hämmerte, er keuchte, und seine Kehle war rau. Er musste sich einen Augenblick ausruhen.

Durch den Kreuzgang rückten die Vogelscheuchen näher.

Charlotte hackte gerade Holz, und ihr Feuer brannte hübsch, als es geschah. Vögel fielen vom Himmel, prallten von Zweigen ab, bevor sie leblos auf dem Waldboden aufkamen.

Sie schlug die Axt in den Hackklotz, marschierte ins Cottage und holte ein Buch hervor, von dem sie gehofft hatte, es nie wieder öffnen zu müssen. Ein Buch mit Zeichen und Warnungen, das von einer Generation an die nächste weitergegeben worden war. Sie blätterte es durch und überflog die Seiten.

Da war es.

Sie wich von dem Buch zurück, als wäre es ansteckend.

Charlotte nahm ihre Pfeife vom Esstisch, stopfte sie mit Tabak und zündete sie an. Nach ein paar Zügen waren ihre Nerven ruhiger, doch was sie sah, bereitete ihr immer noch Sorgen. Sie warf dem Buch einen Blick aus dem Augenwinkel zu, als ob es ihre Neugier nicht bemerken sollte.

Die Flammen des Lagerfeuers vor dem Cottage warfen Schatten im Raum. Das flackernde Licht ließ einen alten Holzschnitt in dem Buch lebendig wirken, in dem Vögel in Scharen vom Himmel regneten. Unter ihnen tanzte eine grinsende Vogelscheuche mit einem Kürbis als Kopf.

15

Die Vögel aufkehren

Das Pub schloss früh. Niemand hatte mehr große Lust auf ein Mittagspint. Faye und Bertie fegten das Kopfsteinpflaster vor dem *Green Man*. Keine Blätter oder Staub, sondern bloß Dutzende toter Vögel. Überall im Dorf tat man dasselbe. Stare, Spatzen, Rotkehlchen, Tauben, Amseln und Dohlen, alle lagen tot auf dem Boden. Der furchtbare Schauer hatte nur ein paar Minuten gedauert, während die Vögel über ganz Woodville leblos vom Himmel gefallen waren. Jetzt herrschte eine Stille, die Faye Unbehagen bereitete.

»Tee ist fertig.« Klirrend durchbrach Terrence das Schweigen, als er mit einem Tablett voller alter Tassen, Blechbechern und einer dampfenden Kanne aus dem Pub kam. Er stellte es auf Berties Wagen und schenkte ihnen Tee ein, wobei er »Polly Put The Kettle on« pfiff.

Bertie sang mit. »Suky, nimm den Kessel weg, Suky, nimm den Kessel weg …«

»Schon wieder dieser Name«, sagte Faye und blies auf ihren heißen Tee.

»Suky?« Bertie ließ zwei Zuckerwürfel in seine Tasse fallen

und rührte energisch um. »Hieß nicht eine von diesen Zirkusleuten Suky?«

Faye überging den Zirkuskommentar. »Der Name mag zwar ungewöhnlich sein, aber ich bin mir trotzdem sicher, dass ich ihn schon gehört habe. Bist du vielleicht einer Suky begegnet?«

»Ich habe mal eine Suzy getroffen«, sagte Terrence. »Reizendes Mädchen. Tänzerin in einer Revuebar in Soho. Sie hatte da so einen Trick drauf mit Tischtennisbällen …«

»Dad!«

»Ich kann nicht sagen, dass ich schon mal eine Suky gekannt hätte«, meinte Bertie mit der erfahrenen Miene von jemandem, der bereits die ganze Welt bereist und viele Frauen »gekannt« hatte. Faye wusste allerdings nur zu gut, dass er das Dorf niemals ohne Adressanhänger an seiner Jacke verließ. Nach seiner einzigen Reise nach London mit den Glöcknern hatte er geschworen, nie wieder dorthin zurückzukehren. Er war den ganzen Tag furchtbar aufgeregt gewesen und hatte seine Begleiter ständig gefragt, ob ihnen der Himmel auch kleiner vorkam. Er beharrte darauf, dass die Rolltreppe zur U-Bahn seine Schuhe hatte stehlen wollen, und er schwor, dass er in einer Seitengasse der Fleet Street eine Ratte gesehen hatte, die so groß wie ein Labrador war. »So einen Namen hört man ja nicht bei einer Taufe, oder? *Ich taufe dich hiermit auf den Namen Suky.* Wofür steht die Abkürzung?«

»Suky, Suky, Sooky.« Terrence dehnte das Wort. »Sookee … Vielleicht fährt sie – ha! – ein Sulky?«

»Ach herrje, vergiss, dass ich gefragt habe«, murmelte Faye.

»Ganz schön ruhig ohne das Zwitschern, nicht wahr?«, ertönte eine Stimme von der anderen Straßenseite. »Irgendwie unheimlich.« Reverend Jacobs schlenderte herüber, angelockt von der Aussicht auf eine Tasse heißen Tee. Es war sein erster Sommer im Dorf. Viele sagten, er sähe viel zu jung und unschuldig aus, um seine eigene Gemeinde zu leiten, doch die meisten Dorfbewohner mochten seinen fröhlichen Enthusiasmus, auch wenn er einigen der älteren ein wenig zu modern schien. Mrs. Nesbitt hatte gesehen, wie er eines Morgens im Pfarrhaus schwarzen Kaffee getrunken und ein Penguin-Taschenbuch gelesen hatte, und der Skandal hatte das Women's Institute bis ins Mark erschüttert. Faye hatte ihre eigene Meinung zu Männern, die ihr sagen wollten, was sie an einem Tag der Woche zu tun habe, geschweige denn an einem Sonntag, aber sie mochte den Pfarrer, weil er ein Teilzeitglöckner war und – was heute besonders wichtig war – seinen eigenen Besen mitgebracht hatte.

»Guten Morgen, Reverend«, sagte Faye und schenkte ihm eine Tasse Tee ein, da sie die Antwort auf ihre nächste Frage schon kannte. »Tässchen?«

»Oh, wie wunderbar«, erwiderte er und nahm mit einem dankbaren Lächeln einen Blechbecher vom Tablett. »Es tut mir sehr leid, dass wir das Andenken deiner Mutter an diesem Sonntag nicht mit einem Quarter Peal ehren können, Faye.«

»Nicht so leid wie mir, Reverend«, sagte sie und trank von ihrem Tee, dann fuhr sie fort: »Ich hatte nur gehofft, eine Abfolge auszuprobieren, die sie erfunden hat.«

»Wirklich? Wie clever. Wie hat sie sie genannt? Ich liebe diese herrlich absurden Namen. Kathryn Bob Doubles? Wynter-Überraschung? Woodville Treble Bob?«

»Die Kefapepo-Abfolge.« Faye fügte hinzu, als sie das verwirrte Gesicht des Pfarrers bemerkte: »Fragen Sie nicht. So hat sie es in ihrem Buch aufgeschrieben.«

»In was für einem Buch?«, wollte Terrence mit angespannter Stimme wissen.

Faye verschluckte sich an ihrem Tee. »In ihrem Buch, du weißt schon, in dem Buch, das sie, äh …« Fayes Gedanken rasten, während sie hustete und sich auf die Brust klopfte.

»Oh, hatte sie so ein Buch mit Tabellen?«, wagte sich der Pfarrer vor.

»Ja, genau.«

»Alle Glöckner haben eins«, erklärte Reverend Jacobs Terrence. »Seiten über Seiten mit lustigen kleinen Zickzacklinien und Zahlenreihen, die anzeigen, welche Glocken wann geläutet werden sollen. Mein armes Gehirn begreift es kaum, und alles, was komplexer ist als eine Runde Plain Bob, überfordert mich völlig.«

»Ja, genau, sie hat ihre Abfolge auf eine freie Seite in ihrem Tabellenbuch geschrieben«, bestätigte Faye und konnte endlich wieder normal atmen. »Möchten Sie einen Keks zu Ihrem Tee, Reverend?«

»Oh, das ist sehr nett, aber ich bin eigentlich nur herübergekommen, um Bertie zu sagen, dass wir das Kirchengelände gesäubert und die armen Vögel am Friedhofstor aufgehäuft haben. Bertie, wärst du so nett, ihnen die letzte Ehre zu erweisen?«

»Mache ich, Reverend.« Bertie trank seinen Tee aus. »Ich packe sie zu dem Haufen hier, bringe sie hinter meine Scheune und verbrenne sie dort. Ich hole Delilah«, fügte er hinzu und eilte davon, um sein Pferd herüberzubringen, wobei er singend Polly bat, den Wasserkessel auf den Herd zu stellen.

»Hervorragend. Danke, Bertie, das ist sehr freundlich von dir.«

»Sagt Ihnen der Name Suky etwas, Reverend?«, fragte Faye.

»Leider nicht. Sollte er das?«

»Nein, vergessen Sie es. Es passiert nur eine seltsame Sache nach der anderen. Erst lebendige, sprechende Vogelscheuchen, und jetzt fallen all diese Vögel tot vom Himmel.«

»Diese merkwürdigen Phänomene sind nichts Neues, Faye. Mein Cousin Dickie wohnt in Bude, und er behauptet, dass es da mal Fische geregnet hat.«

»Fische?« Faye zog ungläubig die Nase kraus.

»Kleine, rote Fische«, bestätigte der Pfarrer und lehnte sich auf seinen Besen. »Alle über seinem Dach. Er ist ein Kartoffelbauer. Ich habe ihm vorgeschlagen, dass er einen Fish-and-Chips-Laden eröffnen und mit den Erträgen in Rente gehen soll. Merkwürdige Dinge passieren, Faye. Man sollte am besten nicht zu viele Fragen stellen.«

»Ist das nicht Ihr Beruf?«

»Wie bitte?«

»Fragen zu seltsamen Rätseln zu stellen und so was?«

Der Pfarrer schürzte nachdenklich die Lippen. »Zu göttlichen Rätseln, ja. Außergewöhnliche meteorologische Phänomene fallen nicht unter meine Zuständigkeit.«

»Fische und Vögel fallen vom Himmel, und der Grund interessiert Sie nicht?«

»Es herrscht Krieg, Faye«, sagte Terrence und räumte die

Teetassen zurück aufs Tablett. »Da gibt es wichtigere Dinge, über die man sich Gedanken machen muss.«

»Keiner von euch ist neugierig?« Faye drehte sich um und deutete die Wode Road entlang auf die Dorfbewohner, die tote Vögel zusammenkehrten, als würden sie das jeden Tag tun. »Kommt das alles denn niemandem komisch vor?«

»Faye.« Terrence räusperte sich und stellte seine Teetasse ab. Faye wusste, dass ihr ein Dein-Vater-weiß-es-besser-Vortrag bevorstand. »Die Welt ist voller seltsamer und merkwürdiger Dinge, und sie ist voller Schrecken und böser Menschen wie Hitler. Wenn du alle Probleme der Welt auf einmal lösen willst, dann drehst du noch vor dem Nachmittagstee durch. Wähle deine Schlachten, Mädchen, und konzentrier dich auf das Hier und Jetzt. Mach dir keine Gedanken über Dinge, die nicht in deiner Gewalt liegen.«

»Sorgt euch also nicht um morgen«, zitierte Reverend Jacobs, »denn der morgige Tag wird für sich selbst sorgen. Jeder Tag hat seine eigene Plage. Matthäus, Kapitel sechs, Vers vierunddreißig.«

»Was?«, fragte Faye.

»Steck deine Nase nirgends hinein, wo es nicht erwünscht ist«, übersetzte Terrence.

»Eigentlich stammt das Zitat aus der Bergpredigt«, erklärte der Pfarrer. »Es bedeutet …«

»Und meins ist aus der Pubpredigt«, unterbrach ihn Terrence. »Und hiermit sei die Lektion beendet.«

»Ach ja?« Faye stellte ihre Tasse auf den Karren und beugte sich zu ihrem Vater.

»Ja«, antwortete er.

Sie standen Nase an Nase, und Faye senkte die Stimme. »Du schuldest mir noch ein Gespräch.«

»Worüber?« Terrence sprach leise und grollend.

»Über meine Mutter und warum so viele Leute denken, dass sie eine H…«

»Nicht jetzt, Mädchen.« Terrence schüttelte den Kopf und warf dem Pfarrer einen Blick zu. »Nicht jetzt.«

»Wann dann?« Faye klang angespannt, und sie verwendete Wörter, die sie in Büchern gelesen, aber noch nie laut ausgesprochen hatte. »Du hast diese unheimliche Gabe, lieber Herr Vater, es bis ins Unendliche hinauszuzögern.«

»Du willst jetzt reden? Sofort?«

»Ja, das möchte ich«, sagte Faye mit in die Hüften gestemmten Händen.

»Also gut«, antwortete Terrence mit erhobener Stimme. Er richtete sich auf, blähte die Wangen und sagte zu Reverend Jacobs: »Die philosophische Teepause ist vorbei.« Er legte dem Pfarrer eine Hand auf die Schulter und deutete mit der anderen zu zwei älteren Damen, die sich mit einer Kehrschaufel und einer Bürste abmühten, die Vogelleichen vor ihrer Tür zu beseitigen. »Reverend, würden Sie vielleicht Miss Moon und Miss Leach mit den Vögeln helfen?«

»Oh, äh, natürlich, mit dem größten Vergnügen.« Reverend Jacobs, der seinen Tee noch nicht ganz ausgetrunken hatte, war zu höflich, um Einwände zu erheben, als Terrence ihm die Blechtasse wegnahm.

Faye gab ihm seinen Besen und wies zu den älteren Damen hinüber. »Sie schieben mit dem Stiel an, und der Besenteil erledigt den Rest«, erklärte sie und tätschelte seinen Rücken.

»Hm? Oh, ja, natürlich«, sagte er und überquerte die Straße, begrüßte Miss Moon und Miss Leach und bot ihnen seine Hilfe an.

Faye drehte sich um, und ihr Vater stand wieder dicht vor ihr.

»Lass es sein«, sagte Terrence. »Hör auf mit den Vogelscheuchen und Männern mit Kürbisköpfen, bevor die Leute dich noch für völlig verrückt halten.«

»Es ist mir egal, was die Leute denken.«

»Mir aber nicht. Und deiner Mutter war es auch nicht egal. Sie war so klug, das irgendwann herauszufinden.«

»Warum irgendwann? Dad, erzähl es mir einfach. War sie eine Hexe?«

»Deine Mutter …« Die Worte blieben ihm im Hals stecken, und er holte tief Luft. »Sie war die wundervollste Frau, die ich je kennengelernt habe. So wie du sah sie das Gute in den Menschen. Sie bemerkte Dinge um sich herum, die andere gar nicht wahrnahmen. Und sie sagte ihnen, was sie gesehen hatte, und manchmal hielten sie deshalb weniger von ihr, weil sie die Welt ganz anders wahrnahmen als sie. Sie sagten, sie hätte einen Vogel. Sei nicht ganz dicht. Bekloppt und noch Schlimmeres. Nach einer Weile lernte sie, diese Sachen für sich zu behalten, und die Leute mochten sie wieder. Nimm dir das zu Herzen, Faye. Mach nicht dieselben Fehler, bevor du auch noch zu einem Paria wirst.«

»Mum war ein Paria? Was ist das überhaupt?«

»Eine Ausgestoßene. Jemand, mit dem niemand etwas zu tun haben will.«

»Du hast mir erzählt, alle hätten Mum geliebt.«

»Am Ende schon. Da haben alle sie geliebt, aber sie musste sich sehr anstrengen ... so sehr anstrengen, bis ...« Terrence biss die Zähne aufeinander und ballte die Fäuste. Die Leute hielten ihn in einem solchen Augenblick für wütend, doch Faye wusste, dass er damit seine Gefühle zurückhielt, wenn er an Mum dachte. Sie dachte an ihre eigene Wut bei der Erinnerung an ihre Mutter, und wenn sie ihren Dad so sah, kamen ihr beinahe die Tränen. »Ich weiß, dass du neugierig auf deine Mum bist, Faye. Das verstehe ich, wirklich. Aber ich bitte dich, die Finger von der Magie und all diesem Hexenzeug zu lassen. Es war ein Hobby, eine alberne Laune, die aus dem Ruder gelaufen ist, und erst als deine Mutter es aufgegeben hat, war sie wieder glücklich. Lass es ruhen, Mädchen. Ich bitte dich zu deinem eigenen Besten darum. Einverstanden?«

Faye dachte an Mrs. Teachs Warnung, Dinge für sich zu behalten, und Herbert Finchs Scham, nachdem er den Leuten von seiner Beobachtung erzählt hatte.

»Ich habe ihr Buch gefunden, Dad«, sagte Faye. »Das mit der Magie und den Zaubersprüchen und Zeichnungen von Runen und seltsamen Wesen und Dämonen und dem ganzen Zeug. Du weißt, welches ich meine.«

Terrence schwieg, doch Faye erkannte neue Furcht in seinen Augen. Er schüttelte den Kopf.

»Sie hat das Buch für mich geschrieben, Dad. Das steht auf der ersten Seite. Warum hat sie sich die ganze Mühe gemacht, wenn es nur eine alberne Laune war?«

Terrence packte Faye an den Schultern. »Leg es zurück«, sagte er eindringlich. »Leg es einfach zurück in den Koffer, verschließ ihn und wirf niemals wieder einen Blick darauf.«

»Sie hat gesagt, es wäre für mich, Dad. Wenn der richtige Zeitpunkt gekommen ist.«

»Versprich es mir.« Terrence' Stimme brach. »Bitte, Faye, es ist wirklich wichtig.«

Faye hatte immer gedacht, ihr Vater hätte vor nichts Angst. Jeden Ärger tat er mit einem Witz oder einem Stöhnen ab, doch jetzt wirkte er völlig verängstigt.

»Jeder sagt mir, ich soll den Mund halten«, wehrte sich Faye mit ruhiger Stimme. »Einer unserer Nachbarn wird von einer Horde Vogelscheuchen gesucht, nachdem er mit ihnen aneinandergeraten ist, und Vögel fallen tot vom Himmel, aber niemand fragt sich nach dem Grund.« Sie blähte die Wangen. »Ja, Dad, ich höre mit Magie und Hexen auf. Ich werde dich oder mich nicht mehr blamieren. Ich bleibe mit einem Sack über dem Kopf im Haus, wenn es dich glücklich macht, aber manchmal habe ich das Gefühl, als wäre ich der einzige Mensch auf der Welt, der *nicht* den Verstand verloren hat.«

»Versprich es mir.« Terrence hielt sie immer noch fest.

Faye schüttelte ihn ab. »Ich räume das Buch weg, Dad. Ich verspreche es. Mit Magie und Hexenkram bin ich fertig.«

16

Pumpkinheads Fragen

Suky schwebte zwischen Traum und Wachsein. Als die ersten Vögel herabstürzten, war es dunkel um sie herum geworden, doch jetzt kehrten Licht und Leben allmählich zurück, und sie folgte ihrem Pumpkinhead wie ein benommenes Entlein.

Der Wilderer Craddock war hier in dem alten Kloster, vor ihnen auf den Knien, und um ihn herum lagen tote Vögel. Er hatte den Blick eines in die Ecke getriebenen Fuchses und hob eine Hand zum Zeichen, dass er sich ergab.

»Craddock, oh, Craddock, wie klug von dir zurückzukommen.« Pumpkinheads Stimme war freundlich und gleichzeitig so scharf wie eine Messerklinge. »Du hast meine Frage immer noch nicht beantwortet, mein Freund.«

Suky sah, wie Craddock verzweifelt versuchte, sich an ihre letzte Begegnung zu erinnern.

»Welche Frage?« Der Wilderer schüttelte den Kopf.

»Die Namen deiner Hexen«, rief ihm Pumpkinhead in Erinnerung. »Es existiert ein Buch. Es flüstert mir zu, auch wenn es schon bald laut und deutlich singen wird. Ein Buch voller Magie, und es wird sich in den Händen dieser Hexen befinden.«

Sukys Gedanken kribbelten bei der Erwähnung von Magie und Hexen. Dieses neue Leben, mit dem Krähenvolk und Pumpkinhead, es war so leicht. Momente kamen und gingen wie weiße Wattewolken am Sommerhimmel, und nicht zum ersten Mal fragte sie sich, ob sie träumte.

»Sag mir, wo es ist«, forderte Pumpkinhead und ragte unheilvoll über Craddock auf, »und wir werden gnädig sein.«

Verstehen huschte über Craddocks Gesicht. Und wenn Suky es in ihrem benebelten Zustand erkennen konnte, dann sicher auch Pumpkinhead.

»Du hast das Buch gesehen, nicht wahr?« Pumpkinhead beugte sich drohend zu Craddock. »Wo ist es? Sag es mir.«

Die anderen bildeten einen Kreis um Craddock, in den sich auch Suky einreihte. Alle sahen aus, wie sie sich fühlte: benommen und verwirrt.

»Jetzt erinnere ich mich.« Craddock grinste Pumpkinhead höhnisch an. »Ich erinnere mich an deine Frage. Und meine Antwort bleibt dieselbe. Zur Hölle mit dir, und zur Hölle mit deinen Strohgestalten, und zur Hölle mit all deinen Fragen.« Craddock stand auf und ballte die Fäuste. Er mochte schwach sein, aber Suky war nicht in der Verfassung, sich zu verteidigen, und ihre Geschwister auch nicht. Ein paar Hiebe von diesem Schläger, und sie wären erledigt. Und was, wenn er seine Streichhölzer dabeihatte? Würden dann noch mehr von ihnen brennen? Suky trat einen Schritt zurück, und damit war sie nicht allein.

Pumpkinhead schloss abrupt die Hände um Craddocks

Kopf und drückte fest zu. Die Augen des Mannes traten hervor, und er schnappte nach Luft, fiel wieder auf die Knie und schlug mit den Armen um sich.

»Lass mich sehen«, sagte Pumpkinhead. »So ist's gut, lass mich rein. Sehr schön.«

Craddock wurde schlaff und grinste schief. Pumpkinhead lehnte seine Stirn an die des Wilderers, und lange Zeit bewegte sich keiner der beiden.

Suky versank noch tiefer in ihrem trägen Tagtraum. Sie blieb stehen, doch allein die Vorstellung, zu sprechen oder sich zu bewegen, war schon überwältigend. Pumpkinhead wiegte langsam seinen Kopf hin und her. Suky und die anderen Vogelscheuchen bewegten sich mit ihm, und irgendwie spürte sie seine behandschuhten Finger auf Craddocks Kopf, spürte wie sie in seine Gedanken einsickerten wie eine Wolke Zitronensirup in Wasser. Sie war in Craddock, dem Krähenvolk, Pumpkinhead. Sie alle waren eins.

Sukys Geist öffnete sich wie die Blüte einer Blume, und sie überließ sich ihrem Meister. Ihre Kraft wurde zu seiner Kraft, und Craddocks Gedanken lösten sich in Nichts auf.

Pumpkinhead schnappte nach Luft, gab Craddock frei, und der Zauber war gebrochen.

Craddock blieb auf den Knien und fixierte einen Punkt in der Ferne.

»Es gibt ... ein Buch.« Pumpkinhead sprach langsam und abgehackt. »Er hat es gesehen ... aber ich weiß nicht, wo. Und es gibt eine Hexe in dem Dorf.« Pumpkinhead lächelte. »Ich kenne sie von früher.«

Sukys Geist gehörte schon fast wieder ihr selbst, und sie

fragte sich, wie viel von dem, was gerade passiert war, wirklich war. Euphorie stieg in ihr auf, zusammen mit einer Klarheit und einer Energie, bei der sie sich wie neugeboren fühlte. Sie hatte das Gefühl, als könne sie von hier zum Mond und wieder zurück springen.

»Doch zuerst, Brüder und Schwestern«, sagte Pumpkinhead und hob die Arme, »müssen wir uns diesem Mann gegenüber anständig verhalten und ihm eine faire Verhandlung ermöglichen. Was sagt ihr?«

Die Vogelscheuchen jubelten und stürzten sich auf Craddock, packten ihn und hielten ihn in die Höhe.

»Lasst uns zu der Scheune zurückkehren, wo wir uns zuerst getroffen haben«, rief Pumpkinhead. »Ich kann mir keinen besseren Gerichtssaal vorstellen.«

»Zu Wasser, zu Land, lass mich sehen, lass mich hören. Was verloren, ich nun fand. Zu Wasser und zu Land.«

Faye fuhr mit den Fingern über die Worte ihrer Mutter in dem Buch, während sie laut vorlas.

»Zu Wasser, zu Land, lass mich sehen, lass mich hören. Was verloren, ich nun fand. Zu Wasser und zu Land.«

Sie hatte ihrem Vater das Versprechen gegeben, das Buch zurück in den Koffer zu legen, es wegzusperren und es nie wieder anzusehen.

Das Versprechen war ernst gemeint, und sie wollte es auch halten.

Gleich.

Nach dem Tod der Vögel und dem Besuch der Vogelscheuchen konnte Faye nicht länger leugnen, dass etwas sehr Seltsames im Dorf vor sich ging, und es hatte zu dem Zeitpunkt angefangen, als sie das Buch ihrer Mutter gefunden hatte.

Magie lag in der Luft. Das hatte dieser Pumpkinhead selbst gesagt.

Und ein Mann wurde vermisst. Craddock mochte zwar ein mürrisches, altes Ekel und ein Rohling sein, doch Faye hatte ein letztes Mal durch das Buch geblättert und war dabei auf ein Ritual gestoßen, mit dem man verlorene Dinge wiederfinden konnte. Die Notizen ihrer Mutter am Rand machten deutlich, dass es auch auf verschwundene Menschen angewandt werden konnte.

Faye musste es versuchen.

»Zu Wasser, zu Land, lass mich sehen, lass mich hören. Was verloren, ich nun fand. Zu Wasser und zu Land.«

Nach den Anweisungen musste die Anrufung viermal wiederholt werden, in alle Himmelsrichtungen, weshalb Faye im Pubkeller auf ihrem Hintern herumrutschte.

Sie drehte sich ein letztes Mal und spürte ein Stechen in ihrer Pobacke. Wahrscheinlich hatte sie sich einen Splitter eingezogen.

»Zu Wasser, zu Land, lass mich sehen, lass mich hören. Was verloren, ich nun fand. Zu Wasser und zu Land.«

Fertig. Faye saß im Kerzenlicht und wartete.

»Und jetzt?«, fragte sie das Buch. Sie war sich nicht sicher, wie es weitergehen würde – sie rechnete nicht damit, dass ein großer Finger von oben erschien und ihr zeigte, wo Craddock sich aufhielt –, aber irgendeine Art von Hinweis wäre nett.

Faye hielt den Atem an, horchte auf etwas. Irgendetwas.

Dann schmerzten ihre Lungen, und sie holte tief Luft.

»Ach, pfeif drauf«, sagte sie, klappte das Buch ihrer Mutter zu, wobei sie durch den Luftzug die Kerze ausblies und im Stockfinsteren saß. »Mist.«

Faye legte das Buch in den Koffer zurück und verschloss ihn mit einem alten, rostigen Vorhängeschloss. Magie war nichts für sie. Dad hatte recht. Es war nur eine Laune. Faye würde Craddock schon selbst finden müssen.

17

Eine unheimliche Entdeckung

Es macht mich so wütend, dass es niemanden kümmert.«
Faye und Bertie gingen aus dem Dorf, überquerten die alte
Steinbrücke und kamen in den Wald. Der Weg war von lila
und gelb blühenden Tollkirschen gesäumt. Faye hatte überlegt,
Craddock auf eigene Faust zu suchen, aber sie hatte wenig
Lust, allein herumzulaufen und dann wieder einem unheim-
lichen Haufen Vogelscheuchen zu begegnen. Ihren Dad wollte
sie nicht fragen, nicht nach ihrem letzten Gespräch. Bertie
hatte gerade nichts zu tun und war niedergeschlagen, nachdem
er den ganzen Nachmittag tote Vögel in einer Feuerschale verbrannt hatte, deshalb schlug sie ihm vor mitzukommen.

Er ließ sich nicht zweimal bitten.

Bertie ging mit einem Wanderstock hinter ihr her, langsam, aber mit gleichmäßigen Schritten auf seinen verschieden
langen Beinen. Faye wartete mit geballten Fäusten, bis er sie
eingeholt hatte. Der Waldboden um sie herum war mit lilafarbenen Veilchen übersät.

»Eine Horde Vogelscheuchen will ihn töten, und niemand
hat ihn seit dem letzten Abend gesehen. Wenn ein Mensch

verschwindet, sollte man doch meinen, dass die Polizei oder die Zeitung informiert wird, aber es passiert überhaupt nichts.«

»Craddock wird nicht vermisst«, sagte Bertie ein wenig atemlos. »Er kann tun und lassen, was er will. Er kommt und geht, wie er will, bleibt für sich und hat wenig Zeit für Freunde. Er ist ein altes Ekel. Deshalb ist es allen egal, aber ...« Bertie blieb bei Faye stehen und packte seinen Stock fester. »Du hast gestern Abend etwas gesagt, was meine Meinung geändert hat. Vielleicht ist er wie Polen oder Frankreich. Vielleicht wären wir jetzt nicht in diesem vermaledeiten Krieg, wenn wir früher für sie eingetreten wären. Und deshalb denke ich, wir sollten Mr. Craddock helfen, egal, was ich von dem alten Widerling und seinem Charakter halte.«

Faye sah ihn überrascht an.

»Was ... Was ist los?« Bertie verlagerte unbehaglich das Gewicht von einem Fuß auf den anderen.

»Du ... Du hast mir zugehört?« Faye lächelte, sodass ihre Grübchen zu sehen waren. »Du hast mir zugehört und deine Meinung geändert?«

Bertie nickte und wurde rot.

»Bertie Butterworth, da wird einem Mädchen ja ganz warm ums Herz«, sagte Faye, und der arme Bertie wusste gar nicht, wo er hinschauen sollte.

Sie gingen schweigend weiter.

Faye wusste nicht mehr, ob Bertie ein zu langes oder ein zu kurzes Bein hatte, jedenfalls hatte er deshalb nicht zur Armee gehen und seinen Beitrag leisten können, als er alt genug war. Stattdessen hatte er sich sofort bei den Local Defence Volunteers angemeldet, und auch wenn er laut der Vorschriften zu jung war, nahmen sie ihn auf. Sie wussten, dass er die mangelnde körperliche Einsatzbereitschaft mit Entschlossenheit wettmachen würde. Sein ganzes Leben lang hatte man Bertie gesagt, dass er manche Dinge nicht tun konnte, und sein ganzes Leben lang hatte er ihnen das Gegenteil bewiesen. Faye fand es seltsam, dass ein Junge wie Bertie so unbedingt in einem schrecklichen Krieg kämpfen wollte, aber nicht den Mut aufbrachte, ein nettes Mädchen wie Milly Baxter zu fragen, ob es mit ihm ausgehen wolle. Faye hatte schon vor langer Zeit beschlossen, dass Jungen komisch waren und man sie am besten ignorierte.

»Man bemerkt das Vogelzwitschern gar nicht, bis es verschwunden ist«, sagte sie.

»Du solltest die Viecher mal hören, was sie morgens für einen Lärm bei mir machen«, erwiderte Bertie schnaubend, dann errötete er wieder. »Unglaublich, dieser Aufstand. Du solltest ... Du solltest ... na ja ... mal an einem Morgen vorbeikommen.« Die letzten Worte murmelte er leise, und sie wurden von einem Dröhnen in der Luft über ihnen übertönt, sodass Faye sie nicht hörte. Sie sahen nach oben, wo drei Kampfflugzeuge in Formation den Wald überquerten.

»Das sind Hurricanes.« Berties Augen leuchteten vor Aufregung auf. »Man erkennt sie an der Form der Tragflügel. In der Zeitung stand ein Artikel, wie man Flugzeuge an ihren Silhouetten identifizieren kann. Ich habe ihn in meinem Zimmer aufgehängt.«

»Es erscheint so unwirklich, oder? Dass sich auf der anderen Seite des Kanals Menschen mit Gewehren und Panzern und Flugzeugen bekämpfen. Glaubst du wirklich, sie kommen zu uns rüber?«

»*Sie* glauben es«, sagte Bertie und folgte den Flugzeugen mit dem Blick, wie sie steil um die Wolken herumflogen.

Über ihnen tschilpte ein Vogel, es war der einsame Gesang eines Rotkehlchens. Dann ertönte das Geschnatter verschiedener Spatzen.

»Sie sind wieder da.« Faye packte Berties Arm. »Hör nur. Die Vögel sind zurück.«

Die Bäume füllten sich mit Tschilpen, Zwitschern und Piepsen, als wäre es nie anders gewesen.

»Wie schön.« Bertie lächelte.

»Das ist nicht alles. Hör doch.« Faye neigte den Kopf, und Bertie tat es ihr nach. »Kannst du das hören?«

»Äh … ja, das ist ein Rotkehlchen, glaube ich, und ein …«

»Die Spatzen. Sie singen alle dasselbe Lied.«

Bertie schüttelte den Kopf. »Ich finde, das klingt wie viele Piepser und …«

»Nein, hör genau zu«, beharrte Faye und sang leise mit. »*Zu Wasser, zu Land, lass mich sehen, lass mich hören. Was verloren, ich nun fand. Zu Wasser und zu Land.*«

»Ist das ein Kinderlied?«

»Nein. Das singen die Spatzen.«

Bertie zuckte zusammen. »Ich … Ich höre es nicht.«

Faye sang lauter. »*Zu Wasser, zu Land, lass mich sehen, lass mich hören. Was verloren, ich nun fand. Zu Wasser und zu Land.*«

Die Spatzen antworteten ihr. Fayes Herz setzte einen Schlag lang aus, als sie von ihren Zweigen aufflatterten und sich am Himmel über den Bäumen sammelten. Sie drehten sich alle in dieselbe Richtung, flogen etwa fünfzehn Meter in einem Flügelwirbel den Weg entlang, ließen sich auf einem anderen Baum nieder und begannen wieder zu zwitschern.

»Zu Wasser, zu Land, lass mich sehen, lass mich hören. Was verloren, ich nun fand. Zu Wasser und zu Land.«

»Was zur Hölle«, murmelte Faye, dann riss sie Bertie am Arm mit sich und folgte den Spatzen den Weg zurück. »Wir gehen in die falsche Richtung.«

»Faye, ich höre es wirklich nicht. Bist du dir ganz sicher?«

In Fayes Ohren klang der Gesang so deutlich wie eine Glocke. Die Spatzen sangen den Zauberspruch, flatterten auf einen anderen Baum und warteten, bis Faye sie eingeholt hatte. Dann begannen sie von Neuem. »Du musst es doch auch hören, komm schon, Bertie. Jetzt aber sicher?«

»Ich, äh, ich höre Vogelzwitschern ...«

Wieder sangen die Spatzen und flatterten zu einem anderen Baum. »Schau.« Faye strahlte. »Schau sie dir an. Vögel machen das nicht, oder? Es ist doch nicht normal, es ist fast ...«

»Fast was?«

Faye sah leichte Verwirrung auf Berties Gesicht. Entweder verstand er es nicht, oder er hörte und sah wirklich nicht, was da vor ihm geschah. Faye dachte daran zurück, wie ihr Vater gesagt hatte, dass die Leute weniger von ihrer Mutter gehalten hatten, weil sie die Welt anders sah. *Sie hätte einen Vogel,* hatte er gesagt. Faye musste lachen, und Bertie warf ihr einen seltsamen Blick zu.

»Es ist fast ...« Faye wusste nicht, was sie sagen sollte. So etwas wie »Magie« könnte Bertie glauben lassen, dass sie auch einen Vogel hatte.

Die Spatzen flatterten wieder auf, und Faye bemerkte, dass der Wald lichter wurde. Die Vögel nahmen sie zum Waldrand mit.

»Da«, sagte Faye, und sie hielten an. Hinter einem Hopfenfeld sahen sie ein paar beieinanderstehende Gebäude, und die Spatzen hatten sich auf dem Dach der größten Scheune niedergelassen. Wie ein Gefängniswärter spazierte ein Fasan die Grundstücksgrenze ab.

»Das ist Harry Newtons Farm«, sagte Bertie. »Glaubst du, Craddock ist hier?«

»Ja.«

»Weil ein paar Vögel einen Aufstand machen und auf seiner Scheune gelandet sind?«

»Es gibt nur einen Weg, das herauszufinden«, meinte Faye.

Sie huschten über Harry Newtons Hopfenfeld. Faye öffnete die knarzenden Türen der größten Scheune. Die Spatzen zwitscherten wieder ihr übliches Lied und flogen davon.

»Hallo?«, rief sie. »Harry? Ist da jemand?«

»Auf dem Feld steht ein Traktor«, sagte Bertie und humpelte hinter ihr her. »Wahrscheinlich ist das Harry. Wir sollten nicht hier sein, Faye. Streng genommen ist das Hausfriedensbruch, und ich weiß, dass Harry eine alte Donnerbüchse hat. Wir werden uns noch nach Monaten Schrot aus dem Hintern pulen.«

»Was ist das?« Faye trat in das Dämmerlicht der Scheune, wo sie in dem schlammigen Stroh etwas entdeckte. Sie hob es auf. »Ein alter Stiefel ...«, begann sie, und dann kippte die ganze Welt nach links.

Craddock wehrte sich gegen die Vogelscheuchen, die ihn in die Höhe hielten. Er trat wild um sich, ein Stiefel flog in den Lehm und ins Stroh.

»Faye? Ist alles in Ordnung? Du hast ausgesehen, als sei dir nicht gut«, sagte Bertie, als Faye wieder in die Gegenwart zurückkehrte. Ihre Augen zuckten hin und her. Der Stiefel lag auf dem Boden, wo sie ihn fallen gelassen hatte. Was zum Teufel war gerade geschehen? Sie versuchte sich zu erinnern, ob sie die Tollkirschenpflanzen auf dem Weg hierher berührt hatte. Davon konnte man sehr krank werden, aber sie war sich sicher, dass sie nicht in ihre Nähe gekommen war.

»Es geht mir gut«, sagte sie zu Bertie. »Mir war nur kurz ein bisschen … schwindelig, sonst nichts.«

Faye ging durch die Scheune, um einen umgestürzten Heuballen aufzurichten. Ein ganzer Stapel war umgefallen. Sie packte eine Ecke und …

Craddock wurde von der Meute auf einen Stapel Heuballen geworfen, wodurch dieser umgestoßen wurde.

Die Vogelscheuchen bildeten einen Kreis um ihn. Ein Scheingericht. Sie präsentierten die verkohlten Überreste der fröhlichen Vogelscheuche. Pumpkinhead deutete mit dem Finger auf Craddock: Schuldig!

Faye wich von dem Heuballen zurück. Die Vision wurde von dem moschusartigen Geruch von Craddocks Angst und einem Hauch von verbranntem Stroh begleitet. Sie trat auf einen Kartoffelsack, der schwarz von Ruß war. Sie kauerte sich hin und drehte ihn um. Das lächelnde Gesicht einer Vogelscheuche starrte ihr entgegen.

»Faye ...« Bertie stand an der offenen Scheunentür. Sie sah an ihm vorbei. Eine Vogelscheuche stand einsam auf dem Feld.

»Das ist eine Vogelscheuche, Bertie. Die zum Glück nicht lebendig ist.«

»Sie trägt Craddocks Mantel«, sagte Bertie. Faye überlief eine Gänsehaut.

Craddock wehrte sich, als ihn die Vogelscheuchen an das Kreuz banden, doch er war erschöpft, und ihn verließ die Kraft. Pumpkinhead trat mit dem Sack des Wilderers in der Hand näher und zog ihn fest über Craddocks Kopf. Die Schreie des Wilderers wurden dumpf. Pumpkinhead legte seine Hand auf Craddocks Kopf und rezitierte eine Beschwörung aus längst vergangenen Zeiten.

Craddock erstarrte. Sein Kopf fiel nach vorn.

Craddocks Schreie waren so laut gewesen, dass sie Faye in den Ohren geschmerzt hatten. Wie konnte das sein? Das waren keine Träume. Sie war dort gewesen. Hatte im Verborgenen zugesehen, zugehört. Ein paar Momente lang hatten sich die Ereignisse mit der Gegenwart überlagert. Faye schüttelte die Benommenheit ab und sah zu Bertie hinüber. Er war wirklich da, er war hier bei ihr. Sie hätte am liebsten seine Hand genommen, um sich zu vergewissern, doch ein Instinkt sagte ihr, dass das keine gute Idee sein könnte.

Stattdessen holte sie tief Luft und griff nach dem Sack. Einen Moment lang hatte sie Angst, was sie darunter finden könnte, dann biss sie die Zähne zusammen und riss ihn herunter.

Stroh. Nichts als Stroh. Nur eine weitere Vogelscheuche.

»Faye.« Berties Stimme klang in dem peitschenden Wind gedämpft. Wolken waren vor die Sonne gezogen, und die einzigen Vögel um sie herum waren Krähen. »Wir finden ihn nicht, oder?« Bertie rückte ein wenig von ihr ab. Wovor hatte er Angst? Es war doch bloß eine Vogelscheuche aus Stroh. Die Visionen schienen längst vorbei zu sein, sie waren allein.

Und dann dämmerte es ihr. Bertie hatte vor ihr Angst. Nur ein wenig, doch ihr wurde das Herz schwer, als sie erkannte, was ihr Vater damit gemeint hatte, dass ihre Mutter eine Ausgestoßene gewesen war.

»Komm schon, Bertie«, sagte sie und versuchte, freundlich zu klingen, während sie den Sack wieder auf die Vogelscheuche stülpte. »Gehen wir und machen uns eine Tasse Tee. Ich glaube, wir haben noch ein paar Kekse.«

Berties Lächeln war wieder da, und zusammen gingen sie zurück ins Dorf, ließen die frischgebackene Vogelscheuche an ihrem Kreuz hinter sich.

18

Constable Muldoon kümmert sich nicht

Sein Mantel und sein zweiter Stiefel.« Das *Green Man* hatte schon geschlossen. Faye machte eine Aussage bei Constable Muldoon, dessen Bleistift über seinen Notizblock kratzte. Terrence stellte die Stühle auf die Tische und wischte den Boden sehr viel langsamer als sonst. Faye wusste, dass er um sie herumschlich, damit sie nichts allzu Merkwürdiges sagte. Er hätte sich keine Sorgen machen müssen. Berties ängstliche Blicke zuvor hatten sie gelehrt, dass sie gewisse Dinge besser für sich behielt. Faye wollte weder ihrem Vater noch Bertie von den seltsamen Visionen in der Scheune erzählen, ganz zu schweigen von dem Constable. Muldoon war mehr Schnurrbart als Mann und hatte nichts für irgendwelchen Unsinn übrig.

»Also diese …« Muldoon räusperte sich verächtlicher als notwendig. »Diese … *Vogelscheuche* trug Mr. Craddocks Kleidung?«

»Bis auf den einen Stiefel. Ist das wichtig? Ein Mann wird vermisst.«

»Ein Mann, der offenbar so nackt wie am Tag seiner Geburt ist. Komisch, dass niemand irgendeinen unbekleideten

Flüchtigen gesehen hat.« Er warf Terrence einen Blick zu, und die beiden lachten.

»Das ist kein Witz«, sagte Faye scharf. »Craddock könnte tot sein.«

»Wenn ich offen sein darf, Miss Bright, ich bezweifle, dass Mr. Craddocks Dahinscheiden von vielen betrauert werden würde.«

»Was?«

»Bei allem Respekt, er war – bitte entschuldigen Sie meine Ausdrucksweise –, ein alter Widerling, der die Leute ständig gegen sich aufgebracht hat.«

»Wollen Sie damit sagen, es geschieht ihm recht?«

»Das würde nicht zu meiner Position als Gesetzeshüter passen. Aber ... ja.«

»Constable Muldoon!«

»Abgesehen davon bin ich natürlich professionell und werde nach besten Kräften ermitteln. Ich muss Sie allerdings daran erinnern, dass wir uns im Krieg befinden.«

»Was hat das denn damit zu tun?«

»Der Krieg erfordert ständige Wachsamkeit, und wir müssen unsere eingeschränkten Ressourcen auf die sehr reale Bedrohung einer Invasion durch die Nazis konzentrieren.«

»Ist das Ihre Art zu sagen, dass Sie nichts unternehmen werden?«

»Gewiss nicht.«

»So klang es aber. Was *werden* Sie denn genau tun?«

»Wir werden die Beweise in Augenschein nehmen und dann weitersehen.«

»Oh, sehr beruhigend.«

Constable Muldoon schmollte bei diesem Seitenhieb gegen seine Professionalität. »Danke für Ihre Aussage, Miss Bright«, sagte er und schlug sein Notizbuch zu. »Einen schönen Abend noch.«

Faye stand mit offenem Mund da, als Terrence Muldoon hinausließ. »Gute Nacht, Constable.«

Faye ließ sich in den Sessel am Kamin fallen. »Warum kümmert es niemanden?«

»Es ist nicht die Aufgabe eines Polizisten, dass es ihn kümmert, Faye. Was erwartest du von ihm?«

»Dass er seine Arbeit macht? Herausfindet, was mit Craddock passiert ist?«

»Das wird er auch tun. Es dauert einfach. Nur weil du einmal mit den Fingern schnippst, Mädchen, heißt das nicht, dass die ganze Welt springen muss.«

»Das habe ich auch nie gesagt, aber hier wird ein Mann vermisst, und …« Faye biss sich auf die Lippe.

»Und was?«

»Und ich glaube, dass ich schuld bin.«

»Was? Red keinen Unsinn.«

»Ich habe seinen Namen gesagt, Dad. Vor den Vogelscheuchen, und dann sind sie los und haben ihn geschnappt.«

»Das weißt du doch gar nicht. Hör auf mit dem Blödsinn. Beruhige dich und hör zu.« Terrence setzte sich zu ihr und begann, seine Pfeife zu stopfen. »Ich erzähle dir mal was über Craddock und deine Mutter.«

Fayes Wut auf Muldoon war sofort vergessen, und sie beugte sich vor. »Mum und Craddock? Bitte sag nicht, dass sie mal mit ihm ausgegangen ist. Das könnte ich sicher nicht ertragen.«

»Himmel, nein, nichts in dieser Richtung.« Terrence verzog das Gesicht. »Nein, deine Mutter hatte Geschmack. Auch wenn sie dann bei mir gelandet ist.« Er lächelte und verlor sich in Erinnerungen, während er seine Pfeife anzündete.

»Dad?« Faye neigte den Kopf und sah ihren Vater an. »Dad? Wach auf. Was wolltest du mir erzählen?«

»Ja, ja, lass mich einen Moment meine Gedanken sortieren«, sagte Terrence und paffte an seiner Pfeife. »Als deine Mutter und ich das erste Mal miteinander ausgingen, kamen ein paar Kesselflicker in die Stadt, und sie gab ihnen ihr bisschen Geld, um Stoff zu kaufen. Sie hat fast eine ganze Woche an einem Kleid für sich gearbeitet. Es war hinreißend. Sie trug es beim Sommerfest. Und sie …« Terrence verstummte, und Fayes Herz schlug schneller. Dad zeigte normalerweise keine Gefühle, und er wurde nur an Weihnachten nach ein paar Brandys sentimental. »Ach, schau mich an, mich weinerlichen alten Mann.«

»Hör nicht auf.« Faye lächelte und nahm seine Hand. »Es gefällt mir.«

»Dieses Lächeln.« Terrence schniefte und blinzelte sich in die Gegenwart zurück. »Ich wusste sofort, dass sie die Richtige war. Sie konnte den dunkelsten Tag erhellen. Wo war ich?«

»Das Sommerfest.«

»Richtig. Also, wir waren auf dem Fest, die Sonne schien, wir schlenderten Arm in Arm herum, versuchten unser Glück an der Wurfbude, und alles war wunderbar, und ich bin nie glücklicher gewesen. Dann tauchte auf einmal Craddock auf – damals war er noch jünger und strotzte vor Kraft und ordentlich Cider – mit seinen Kumpels aus dem Cricketclub. Du wirst es nicht glauben, aber er hat früher für die Startelf des Dorfes gespielt. Wusstest du das? Er war damals ein richtig guter Torhüter. Hat nichts vorbeigelassen. Fürchterlicher Schlagmann allerdings. Er konnte zum Beispiel nie ...«

»Dad!«

»Geduld, ich bin gleich so weit. Also, Craddock und seine Kumpel schubsen sich gegenseitig an der Wurfbude, wir kümmern uns um unsere eigenen Angelegenheiten, halten uns an den Händen und sind richtige Turteltäubchen, und dann rempelt dieser riesige Trottel herum, dreht sich plötzlich um und verschüttet sein Pint über dem neuen Kleid deiner Mutter.«

»Nein.«

»Cider. Ein großer orangefarbener Fleck. Sah aus wie die Karte von Afghanistan, die mein Vater da drüben an der Wand hängen hatte.«

»Oh mein Gott. Und was hast du getan? Hast du ihm eine verpasst?«

»Faye, seit wann kennst du mich als Mann der Gewalt?«

»Immerhin bewahrst du einen Schlagstock hinter der Bar auf.«

»Der ist nur für Notfälle, und ich musste ihn noch nie benutzen.«

»Du hast erst letzte Woche Finlay Motspur damit bedroht.«

»Willst du jetzt die Geschichte hören oder nicht?«

»Hast du ihm eine verpasst oder nicht?«

»Er war damals schon doppelt so groß wie ich. Wie du dir

vorstellen kannst, hat mich das in eine schwierige Lage versetzt: Sollte ich die Ehre meiner Freundin verteidigen und vom größten Mistkerl im Dorf grün und blau geschlagen werden oder lieber nichts sagen und weitergehen?«

»Nun, du bist immer noch heil, weshalb du offensichtlich nichts gesagt hast.«

»Hab ein bisschen Vertrauen in mich. Ich habe tief Luft geholt und wollte Craddock gerade etwas Unfreundliches an den Kopf werfen, als deine Mutter zwischen uns getreten ist. ›Jungs‹, hat sie gesagt, ›macht keinen Ärger.‹ Sie hat mich angesehen und gesagt: ›Es war ein Unfall, Terrence. Ich bin mir sicher, dass es Master Craddock leidtut.‹ Dann hat sie sich zu ihm gedreht und gelächelt. Und weißt du, was er gemacht hat? Er hat sie von oben bis unten gemustert, ihr wunderschönes Gesicht, das Kleid, das sie mit eigenen Händen genäht hat, ihr strahlendes Lächeln … und hat sie eine Hexe und eine Hure genannt …« Faye spürte, wie sich die Hand ihres Vaters in ihrer anspannte. »Vor dem ganzen Dorf. Kannst du dir das vorstellen? *Da* wollte ich ihm dann eine reinhauen, aber deine Mutter …«

»Sind ihm dabei die ganzen Haare ausgefallen?«, fragte eine Stimme. Faye und Terrence drehten die Köpfe und sahen Bertie in der Schwingtür zum Gastraum stehen.

Terrence sah den Jungen streng an. »Hast du schon mal was von Anklopfen gehört, Bertie?«

»T… tut mir leid«, stotterte der Junge. »Ich habe den Holundersirup dabei, um den Sie gebeten haben, Mr. Bright.«

Der Tabak in Terrence' Pfeife glühte rot auf, als er einatmete. »Danke, Bertie. Stell ihn auf die Bar, bist du so nett?«

»Klar.« Bertie schleppte eine Kiste mit Flaschen durch den Raum und wuchtete sie auf den Tresen.

»Als wessen Haare ausgefallen sind?«, fragte ihn Faye. Sie war sich bewusst, dass ihr Vater sie mit seinem Blick unbedingt zum Schweigen bringen wollte. »Craddocks?«

»Meine Mum hat es uns erzählt. Sie ist auch dabei gewesen. Sie hat gesagt, deine Mutter hätte Craddock verflucht.« Bertie wackelte wie ein Bühnenzauberer mit den Fingern. »Am nächsten Tag sind ihm die Haare ausgefallen. Alle. Selbst die da unten. Ein Arsch so glatt wie ein Babykopf, sagt Doktor Hamm.« Bertie fing Terrence' wütenden Blick auf. »Oder auch nicht. Keine Ahnung. Ich erinnere mich nicht mehr. Gute Nacht.«

»Bertie!«, schimpfte Faye, doch der Junge war schon aus dem Pub geflohen.

Sie sah ihren Dad an, der sich gerade aus seinem Stuhl erheben wollte. »Oh nein, du bleibst sitzen.«

Terrence gehorchte.

»Mum hat Craddock verflucht?«

»Das hat sie nicht.«

»Berties Mum erinnert sich da aber anders.«

»Und ich erinnere mich so daran. Ich war schließlich dabei, vergiss das nicht. Flüche und so ein Quatsch. Alles unwichtig.«

»Es ist wichtig, weil es für mich so klingt, als könnte eine Frau hier nicht ihre Meinung sagen, ohne dass irgendein Kerl sie gleich eine Hexe oder Hure nennt oder sie beschuldigt, ihn verflucht zu haben.« Faye schürzte vorwurfsvoll die Lippen.

»Ich hoffe, du glaubst nicht, dass ich so denke, junge Dame.«

»Keine Ahnung. Vielleicht ja doch?«

»Ich habe genug Zeit mit deiner Mutter verbracht, um zu wissen, dass eine Frau sagen kann, was sie will und das auch tun sollte«, antwortete Terrence und zeigte mit seiner Pfeife auf sie. »Aber ich weiß auch, wenn jemand etwas sagt, das ein wenig verrückt ist – egal, ob Mann oder Frau –, dass dieser jemand auch mit den Konsequenzen seiner scheinbaren Verrücktheit rechnen muss.«

»Also war Mum verrückt, oder?«

»Dreh mir nicht das Wort im Mund um, Mädchen. Ich habe *scheinbar* gesagt. Sie wusste, was sie sagte, aber die Leute interpretieren gern etwas falsch, das sie nicht richtig verstehen.«

»Hat Mum Craddock nun verflucht oder nicht?«

»Wichtig ist«, meinte Terrence und wich der Frage aus wie ein Mittelfeldspieler einem Angriff, »dass Craddock ein ziemlicher Mistkerl sein konnte, wenn er wollte, und du deshalb nicht allzu viel Mitleid mit ihm haben solltest. Und ja, sie hat ihm womöglich einen ihrer Blicke zugeworfen, du weißt schon, einen von denen, die mir graue Haare eingebracht haben. Aber sie hat niemals jemanden verflucht. Sie hat mich mit hocherhobenem Kopf zur Tombola geschleift. Wir haben eine Flasche Sherry gewonnen.« Terrence lächelte.

»Ich glaube, ich habe in den letzten zwei Tagen mehr über Mum erfahren als in den siebzehn Jahren davor«, sagte Faye.

»Das ist wohl meine Schuld.« Terrence senkte den Kopf, sein Lächeln verblasste. »Ich mag keine alten Erinnerungen hervorholen, Faye. Das klingt sicher seltsam, aber … wenn ich an deine Mutter denke, werde ich wütend.«

Etwas regte sich in Faye. »Ich … Ich auch«, erwiderte sie. »Ich fühle mich … beraubt.«

»Man hat uns beide beraubt.«

»Und ich habe das Gefühl, als sollte ich mich nicht beklagen, weil andere es viel schwerer haben, aber ich bin trotzdem sauer, Dad. Richtig sauer, dass ich meine Mum nie kennenlernen durfte.«

Faye merkte überrascht, dass ihr Dad sanft ihre Hand drückte.

»Ich hatte Glück«, sagte er. »Ich kannte sie so gut, und sie wäre so stolz auf dich gewesen. Du bist ihr so ähnlich.«

»In welcher Hinsicht?«

»Du bist freundlich«, sagte er. »Und du bist nützlich.«

Faye musste lächeln. »Wie bitte?«

»Du weißt schon, was ich meine. Du hilfst den Menschen. Die Leute denken, du bist neugierig, aber du willst einfach nur Gutes tun. Sie war auch so.«

Und sie war eine Hexe, dachte Faye.

»Und sie hat sich nichts bieten lassen.« Terrence hievte sich aus dem Sessel und schlenderte zur Bar zurück. »Craddock hat nie wieder was zu ihr gesagt, aber er hat sie immer verächtlich angesehen. Ich bin kein rachsüchtiger Mensch, Faye, aber man erntet nun mal, was man sät.«

»Den Tod verdient er trotzdem nicht«, entgegnete Faye, auch wenn sie sich vornahm, mit Craddock ein ernstes Wort zu reden, falls und wenn sie ihm das nächste Mal begegnete.

»Nein. Aber er kann nicht erwarten, dass es uns kümmert. Nicht dich, nicht mich, und auch nicht den Constable. Er ist …«

Ein Schrei von draußen unterbrach ihn.

Faye war als Erste bei der Tür und riss sie auf. Mrs. Teach stolperte in ihrem Morgenmantel und mit Lockenwicklern auf dem Kopf aus ihrer Haustür. »Hinterher!«, rief sie und deutete zur Kirche hinüber, wo eine dunkle Gestalt gerade im Schatten verschwand. »Eine dieser Vogelscheuchen ist in meinem Haus gewesen!«

19

Ernie Teachs zweiter Tod

Zu Lebzeiten war Ernie Teach jeden Tag um Punkt sechs Uhr aus seiner Werkstatt zurückgekehrt, und Mrs. Teach hatte ihm da bereits ein heißes Bad in der Zinnbadewanne vorbereitet, damit er sich waschen konnte. Sie aßen gemeinsam zu Abend, hörten Radio – *It's that man again* war Ernies Lieblingssendung –, und dann beschäftigte er sich mit seinem Puzzle und sie sich mit ihrer Kreuzsticharbeit. Um zehn Uhr gingen sie ins Bett und liebten sich mit solch zügelloser Leidenschaft, dass sich sogar Mrs. Nesbitt von nebenan über den Lärm beschwerte, und die war stocktaub. Am nächsten Morgen musste ihr Mrs. Teach immer über den Gartenzaun hinweg erklären, dass das Klopfen durch Luft in den Rohren verursacht wurde, und Ernie kicherte, entschuldigte sich und ging zurück ins Haus.

Seit dem Tod ihres Ernie liefen Mrs. Teachs Abende jedoch anders ab. Jetzt zündete sie um sechs Uhr eine Kerze für ihn an, das Radio blieb stumm, und statt zu sticken, ging sie früh mit einer Tasse Tee mit einem ordentlichen Schuss Gin ins Bett, um ein gutes Buch zu lesen.

An diesem Abend las Mrs. Teach gerade eine überarbeitete Ausgabe des *Liber Juratus Honorii* – ein berüchtigtes mittelalterliches Grimoire –, als sie hörte, wie der Riegel an der Hintertür aufgeschoben wurde.

Nur ihr Ernie war je durch die Hintertür hereingekommen, da er allein wusste, wie er den Riegel so zurechtschieben musste, damit sich die klemmende Tür öffnen ließ.

Mrs. Teach hörte das vertraute Knarzen der Hintertür gegen den Türrahmen, gefolgt von schlurfenden Schritten auf den Küchendielen. Ihr Herz schlug schneller. Sie legte das Buch zur Seite, schlüpfte in Morgenmantel und Pantoffeln und schlich über den Flur. Sie wollte gerade den Lichtschalter betätigen, als sie eine Stimme aus dem Erdgeschoss hörte.

»Nach dir, Claude. Nein, nach *dir*, Cecil.«

Mrs. Teach verfluchte sich, weil sie für ungebetene Gäste nichts Schweres wie etwa eine Bratpfanne neben dem Bett aufbewahrte. Sie nahm sich vor, das Versäumnis sofort zu beheben, nachdem sie den Eindringling verjagt hatte, doch dann fiel ihr ein, dass sie ihre alte zweite Pfanne als Altmetall gespendet hatte.

»Vergessen Sie nicht den Taucher, Sir.«

Wer auch immer dieser Eindringling war, er zitierte gerade aus *It's That Man Again.*

»Das ist mir egal. Sweeeeooooossch.«

Ein Einbrecher, der zischende Geräusche wie ein Radio auf Sendersuche machte.

»Hier spricht Funf. Sie sind am Ende!«

Mrs. Teach packte das Geländer und ging vorsichtig die Treppe hinunter. Er musste im Wohnzimmer sein. Mrs. Teach überlegte, ob sie zur Haustür hinaus flüchten sollte, doch je länger sie diesem Einbrecher zuhörte, desto bekannter kam ihr seine Stimme vor.

»Ich gehe, ich komme zurück.«

Das war unmöglich. Er konnte es nicht sein.

»Meine Damen und Herren, bitte nehmen Sie Ihre Plätze ein.«

Sie stieß die Tür zum Wohnzimmer auf.

Eine Gestalt kauerte im Dunkeln vor dem Radio, ihr Kopf zuckte hin und her, während sie das Gerät von jeder Seite in Augenschein nahm und immer wieder dasselbe murmelte. »ITMA, ITMA, Ra-Ra-Ra! ITMA, ITMA, Ra-Ra-Ra!«

Mrs. Teach fragte angespannt: »Ernie?«

Die Gestalt wirbelte herum, und ein silberner Mondlicht-streifen fiel durch die Vorhänge auf ihr Gesicht. Ein Gesicht aus zerlumptem Sackleinen, mit Knopfaugen und einem Stroh-büschel als Haare.

Die Gestalt streckte ihr mit knarzendem Lederhandschuh die Hand entgegen, Strohbüschel ragten aus dem Ärmel, und sie sagte traurig: »*It's that man again.*«

Mrs. Teach war nicht leicht zu erschrecken, weshalb der Schrei, der tief aus ihrer Brust kam und das halbe Dorf auf-weckte, nicht nur unerwartet war, sondern auch so voller Angst, dass die Vogelscheuche rückwärts gegen den Kamin stolperte, in den Schürhakenständer fiel und den Barschrank auf den Teppich stieß.

Die Vogelscheuche kam mühsam auf die Beine und streckte Mrs. Teach die Arme entgegen. »*It's that man again. It's that man again!*«

»Raus hier!«, schrie sie, packte einen Schürhaken und verpasste der Vogelscheuche einen Schlag auf den Hinterkopf. Diese heulte auf und rannte in den Flur, prallte gegen die Haustür und stolperte zurück gegen die Treppe. Mrs. Teach stürzte an ihr vorbei, riss die Haustür auf, packte die Vogelscheuche am Kragen und warf sie auf die Straße hinaus.

Das Ding hastete über den Gehsteig, während die Lichter in den benachbarten Häusern aufleuchteten. Die Tür des *Green Man* schwang auf, und Faye rannte hinaus, gefolgt von Terrence.

»Hinterher!«, rief Mrs. Teach. »Eine dieser Vogelscheuchen war in meinem Haus!«

Ein paar Local Defence Volunteers nahmen watschelnd die Verfolgung der flüchtigen Vogelscheuche auf. Der Krieg hatte dem Dorf kaum trainierte Männer gelassen, und Faye hatte wenig Hoffnung, dass Terrence, Bertie und ein paar Rentner aus dem Bowls-Team Erfolg haben würden.

In der Zwischenzeit tröstete Faye Mrs. Teach im *Green Mann* mit beruhigenden Worten und einem Gin.

»Prost, altes Haus, und nieder mit den Nazis«, sagte Mrs. Teach als Toast und trank ihr Glas in einem Zug aus.

»Wie ist sie ins Haus gekommen?«, fragte Faye.

»Die Hintertür war nicht verschlossen«, antwortete Mrs. Teach. »Ich bin so dumm. Mein Ernie hat sich jeden Abend darum gekümmert, und ich habe es mir immer noch nicht angewöhnt.«

»Aber warum war sie bei Ihnen?«, fragte Faye, kniff ein Auge zusammen und rückte ihre Brille zurecht.

»Ich bin eine alleinlebende Frau«, sagte Mrs. Teach und fächelte sich mit einem Bieruntersetzer Luft zu. »Verletzlich und in Trauer.«

Das Mädchen verengte die Augen. »Das gilt aber auch für Mrs. Nesbitt. Und für Mrs. Brew. Und wenn eine bösartige Vogelscheuche verletzliche Damen erschrecken will, warum versucht sie es dann nicht bei Miss Moon und Miss Leach an der Ecke? Sie sind doch leichtere Ziele, oder? Die Vogelscheuche musste an deren Häusern vorbeilaufen, um zu Ihrem zu kommen.« Faye merkte, dass sie Mrs. Teach allmählich auf die Nerven ging. »Es wirkt fast, als hätte die Vogelscheuche gewusst, wer Sie sind.«

»Ich weiß nur«, sagte Mrs. Teach mit zitternder Stimme und Tränen in den Augen, »dass dieses *Ding* mitten in der Nacht in mein Haus gekommen ist und versucht hat, mir Gewalt anzutun.« Ihr Körper erbebte unter melodramatischen Schluchzern, weshalb Faye keine enervierenden Fragen mehr stellen mochte. »Wir müssen sie vertreiben, den ganzen Haufen«, weinte die Witwe. »Sie sind eine Gefahr für uns alle.«

»Erst gestern Abend haben Sie uns gesagt, dass wir sie in Ruhe lassen sollen.«

»Das war aber auch, bevor eine dieser Vogelscheuchen in mein Haus eingebrochen ist und mir an die Wäsche gehen wollte.«

Faye hatte den Anstand, vor Scham zu erröten, und hielt lieber den Mund. Da hörten sie die Rufe von draußen. »Wir haben sie!«

Faye hatte Mrs. Teach überreden wollen, in dem sicheren Pub zu bleiben, doch die Witwe wollte nichts davon hören. Die beiden marschierten auf die Straße, wo sie Terrence, Bertie und die anderen Freiwilligen vorfanden, die eine um sich schlagende Gestalt zum Kriegsdenkmal zerrten. Im Näherkommen konnte Faye den Sackleinenkopf erkennen. Es war eine Vogelscheuche. Eine lebendige Vogelscheuche. Sie würde sich nie an die Vorstellung gewöhnen, und eigentlich wollte sie ihr den Sack vom Kopf ziehen und nachsehen, was darunter war. Doch zuerst musste sie sich um die Häscher der Gestalt kümmern, die so aufgeregt waren, weil sie die Vogelscheuche tatsächlich gefangen hatten, dass sie nicht wussten, was sie als Nächstes tun sollten.

»Befragt das Ding«, verkündete Mr. Marshall, der Captain des Bowls-Teams, vor Wut zitternd.

»Wir sollten ihm eine Tracht Prügel verpassen«, sagte Mr. Baxter, der Eisenwarenhändler, und ballte die Fäuste, auch wenn er nicht so weit ging, sie zu heben.

»Fesselt es zuerst«, wandte Terrence ein. »Dazu brauchen wir allerdings ein Seil.«

»Oder vielleicht eine Pfeife?«, fragte Bertie. »Wir sollten die Polizei rufen.«

»Die erste vernünftige Idee, die ich höre«, meinte Faye. »Constable Muldoon ist gerade gegangen. Wenn wir uns beeilen …«

»Keine Polizei.« Mrs. Teachs Stimme durchbrach schneidend die allgemeine Verwirrung und duldete keinerlei Widerrede.

Abgesehen von Faye. »Mrs. Teach, wir müssen …«

»*Keine* Polizei«, unterbrach die Witwe sie und ließ die Vogelscheuche nicht aus den Augen. »Geht zur Seite.«

Bertie und das Bowls-Team sahen Terrence an, der wiederum zu Faye hinübersah, und sie hatte das merkwürdige Gefühl, dass man davon ausging, sie hätte hier das Sagen, was Quatsch war, weil ganz eindeutig Mrs. Teach die Führung übernommen hatte. Nichtsdestotrotz nickte Faye, und die Männer gaben die Vogelscheuche frei und wichen zurück.

Das Ding streckte die Hand nach ihr aus. »Philomena«, sagte es.

Die Männer tauschten verstohlene Blicke. Der einzige Mensch, der Mrs. Teach je bei ihrem Taufnamen zu nennen gewagt hatte, war ihr verstorbener Ernie gewesen. Woher kannte dieses Ding sie?

Mrs. Teach kauerte sich hin, nahm eine behandschuhte Hand der Vogelscheuche in ihre und drückte sie sanft, wobei sie dem Ding in die Knopfaugen blickte. Sie beugte sich vor und flüsterte der Vogelscheuche etwas zu. Sie sprach eine ganze Weile, und das Ding nickte dreimal als Antwort auf Fragen, die Faye nicht hören konnte. Dann umarmte Mrs. Teach die Vogelscheuche lang und legte sie zurück auf die Steinstufen des Denkmals, als brächte sie sie ins Bett.

Sobald die Vogelscheuche still dalag, riss Mrs. Teach ihr das Hemd auf, sodass die Knöpfe absprangen und auf die Stufen fielen. Sie schob eine Hand an der Stelle in den Körper, wo bei einem Menschen das Herz gewesen wäre, und holte große Handvoll Stroh heraus, die sie hinter sich warf. Die Vogelscheuche wehrte sich nicht, als sie ihr den Sack vom Kopf riss, unter dem nichts als Stroh zum Vorschein kam. Innerhalb kürzester Zeit hatte Mrs. Teach auch den Kopf zerfetzt, gefolgt von Armen und Beinen. Terrence, Bertie und die anderen wichen zurück, schützten ihre Augen vor den umherfliegenden Staubpartikeln in der Abendluft, doch Faye blieb stehen, konnte den Blick nicht abwenden. Mrs. Teach reduzierte die Vogelscheuche rasch auf nichts als unförmige Kleidung und verdorrte Maisstängel auf dem Kopfsteinpflaster.

Und dann war sie weg. Ein Windstoß wehte über die Straße, und nur die Kleidung blieb zurück.

Mrs. Teach kniete noch eine Weile und sah schweigend zu Boden, auch wenn Faye glaubte, ein leises Schluchzen zu hören.

»Alles erledigt«, sagte Mr. Marshall mit der Selbstsicherheit eines Mannes, der gerade die Tür zur Speisekammer geöffnet und vergessen hatte, wonach er gesucht hatte.

»Genau«, stimmte Mr. Baxter gleichermaßen verwirrt zu. »Nun, ich muss dann los.«

»Ich auch.« Bertie kratzte sich am Kopf, während er die Wode Road entlanghumpelte.

Faye sah ungläubig zu, wie die Männer in unsicherem Zickzack nach Hause gingen. Sie stand am Kriegsdenkmal und blickte auf die Kleider des verstorbenen Ernie Teach auf dem Kopfsteinpflaster.

Terrence verharrte neben ihr. Sie nahm seine Hand. »Bitte bleib«, bat sie ihn.

»Ich bin mir nicht sicher, ob ich mich überhaupt rühren könnte«, meinte er, das Gesicht ratlos verzogen.

Mrs. Teach stand auf, drehte sich zu ihnen und sagte mit

hocherhobenem Kinn: »Ich bin müde und würde jetzt gern heimgehen. Gute Nacht, Faye, Terrence.«

»Was ist gerade passiert, Mrs. Teach?«, frage Faye.

»Was glaubst du denn?«

Faye warf ihrem Vater einen entschuldigenden Blick zu, bevor sie antwortete: »Magie? Hexerei?«

»Du bist müde, Mädchen«, erwiderte Mrs. Teach. »So wie ich. Wir sollten ins Bett gehen und vergessen, was hier geschehen ist.«

»Ich weiß nicht, ob ich das kann«, meinte Faye.

»Ich auch nicht«, sagte Terrence, dem vor Verwirrung immer noch der Mund offen stand.

Mrs. Teach lächelte ihn an. »Ich verstehe.« Sie holte eine kleine Parfümflasche aus ihrer Morgenmanteltasche und sprühte Terrence etwas in die Augen. Er schüttelte den Kopf und blinzelte gegen Tränen an. Mrs. Teach packte sein Kinn, sah ihm in die Augen und befahl: »Vergiss alles.«

Terrence wurde still und nickte.

»Was haben Sie mit meinem Dad gemacht?« Faye nahm seinen Arm. »Dad? Dad?«

»Es geht ihm gut.« Mrs. Teach verstaute ruhig die Parfümflasche. »Die anderen können nicht verstehen, was sie gesehen haben, deshalb sagt ihnen ihr Geist, dass es nie passiert ist. Dein Vater ist durch seine Verbindung zu deiner lieben verstorbenen Mutter empfänglicher für das Verborgene. Komm bei mir vorbei, Faye. Nicht morgen, nicht an einem Sonntag. Komm am Montagvormittag um elf. Wir trinken Tee, und ich erkläre dir, was du gesehen hast.«

»Ich weiß, was ich gesehen habe.«

»Aber du kannst es nicht erklären«, erwiderte Mrs. Teach. »Ich schon. Am Montag. Um elf.« Mrs. Teach wischte sich eine Träne aus dem Auge, ging zu ihrem Haus und trat ein.

»Dad?« Faye schüttelte ihren Vater, und er holte abrupt durch die Nase Luft, als würde er gerade aufwachen.

»Faye?« Er sah zu dem Denkmal und auf das leere Dorf. »Bin ich wieder schlafgewandelt?«

20

Normale Mädchen

Ohne Glocken war die Kirche nicht dieselbe. Sie riefen die Dorfbewohner zum Gottesdienst. Sie bestimmten Fayes Sonntage. Und weil sie aufhörten zu läuten, sobald alle in der Kirche waren, konnte sich Faye davonschleichen, bevor der Gottesdienst begann, und sich den langweiligen Sermon aus Liedern, Gebeten und Predigt ersparen.

Heute hatte sie kein Glück. Kein Glockenläuten vor dem Gottesdienst, kein Quarter Peal für ihre Mutter später, keine Flucht vor dem Gottesdienst.

»Komm schon, Dad. Lass mich nur dieses eine Mal aussetzen.«

»Wenn ich leiden muss, dann du auch.«

Er hatte nichts von den Ereignissen des gestrigen Abends erwähnt, und Faye wagte es nicht, sie anzusprechen. Beim Frühstück hatte er gesagt, dass er so gut wie schon seit Jahren nicht mehr geschlafen hätte. Er war glücklich und voller Energie, und Faye wollte ihn nicht durcheinanderbringen.

»Du kommst mit in die Kirche«, sagte er. »Trag ausnahmsweise mal ein hübsches Kleid. Sei normal.«

»Normal?« Faye schnaubte. Als ob irgendetwas in diesem Dorf jemals wieder wie früher sein könnte. »Das hier ist nicht normal.« Faye stand in ihrem besten geblümten Sonntagskleid vor dem Spiegel im Flur, aus dem sie im letzten Sommer herausgewachsen war und dessen Saum weit über ihren zerschrammten Knien endete. »Ich sehe wie eine übergroße Siebenjährige aus.«

Dad stand neben ihr und rückte seine Krawatte zurecht. Er setzte mehrmals an, um ihr zu sagen, dass sie gut aussah, begnügte sich jedoch schließlich damit, ihr die Schulter zu tätscheln. »Im Gemeindesaal findet nach dem Gottesdienst ein Kleidermarkt statt«, sagte er. »Vielleicht findest du da ja was Schönes?«

»Kann ich nicht einfach meine Latzhose tragen?«

»In der Kirche? Ganz bestimmt nicht.«

»Und meine ARP-Uniform?«

»Oh, du willst wahrscheinlich auch mit einem Helm herumsitzen, oder?«

Faye nickte strahlend.

Terrence schüttelte den Kopf und zerzauste ihr das Haar. »Du bist schon eine Marke, was?«, sagte er lächelnd. »Deine Mutter und ich, wir waren außer uns vor Freude, als du auf die Welt kamst. Ein reizendes kleines Mädchen, sagten wir, das Zöpfe und Kleider tragen und mit Puppen spielen würde. Und jetzt schau dich an. Viel eher landest du in Schweinedreck.«

Faye zuckte mit den Schultern. »Wenigstens kann ich mich im Pub nützlich machen.«

»Ich sage dir was.« Terrence hielt einen Finger hoch. »Du darfst die ARP-Uniform anziehen – ohne Helm –, wenn du heute noch die Pubfenster putzt.« Er streckte die Hand aus, und Faye schlug ein.

»Abgemacht, werter Herr Vater.«

Und so saß Faye kurz darauf in ihrem ARP-Overall in der Kirche. Er war ihr viel zu weit und brachte ihr einige erstaunte Blicke ein, als sie sich auf ihren Platz setzte, doch zumindest konnte niemand ihre Knie sehen. Sie saß neben ihrem Dad in der Bank beim Ausgang im nördlichen Querschiff. Die Tür stand offen, und Zugluft strich um Fayes Knöchel. Nur eine Kirche konnte an einem so schönen Sommersonntag so kalt sein. Faye verschränkte die Arme und überkreuzte die Beine, um sich warm zu halten, während Reverend Jacobs eine patriotische Predigt hielt und mahnte, man müsse »wachsam sein«. Wie aufs Stichwort wurde ihr Hintern taub, und sie verlagerte das Gewicht.

Miss Moon haute in die Tasten der Kirchenorgel, und alle standen auf, um »Jerusalem« zu singen. Nach dem ersten Vers spielte Miss Moon plötzlich im Schneckentempo weiter, und die Gottesdienstbesucher passten sich beim Singen ihrer Geschwindigkeit an. Sie musste husten, um Miss Leach aufzuwecken, die die Noten umblättern sollte und dabei eingeschlafen war. Miss Leach zuckte zusammen, blätterte um, und das Lied wurde im gewohnten Tempo fortgesetzt.

Beim Singen ließ Faye den Blick neugierig durch die Kirche schweifen, über die alten Flaggen aus dem Ersten Weltkrieg, die zerschlissenen Teppiche um den Altar, die Buntglasfenster, die seltsame, dunkle Gestalt, die sich an der Seitentür herumdrückte …

Faye schrie leise auf und ließ ihr Gesangbuch vor Schreck fallen.

Der Gesang wurde leiser, als einige Gottesdienstbesucher zu ihr sahen. Ihr Vater schüttelte missbilligend den Kopf, und die Stimmen wurden wieder lauter. Miss Moon spielte ein paar falsche Töne, bevor sie wieder im Takt war. Faye verzog entschuldigend das Gesicht und bückte sich, um ihr Gesangbuch aufzuheben. Dabei bemerkte sie durch die offene Tür einen langen Schatten, der sich im Freien bewegte. Er hatte den Umriss eines Kleides und eines Sommerhuts.

War das eine der Vogelscheuchen? Die, die Craddock für sich haben wollte? Suky?

Faye wagte es nicht, zu ihrem Vater zu sehen. Sie schob sich leise aus der Kirchenbank und hinaus in den Sonnenschein – und sah gerade noch, wie der Schatten zur Rückseite der Kirche huschte.

Fayes zittrige Beine sagten ihr, sie solle umkehren, doch sie nahm mit hämmerndem Herzen die Verfolgung auf. Wie die Männer in der letzten Nacht fragte sie sich, was sie wohl mit einer Vogelscheuche anfangen würde, wenn sie eine erwischte. Sie vor die Kirchengemeinde zerren als Beweis, dass sie nicht verrückt wurde? Sie nach Craddock fragen und verlangen, dass Faye zu ihm geführt wurde? Faye beschloss, dass sie es schon wüsste, wenn sie wirklich eine Vogelscheuche fangen sollte. Was jede Sekunde passieren konnte, da sie das Ding jetzt am Eingang zur Sakristei flüstern hörte.

Faye sprang um die Ecke, die Hände zu Klauen gekrümmt

und erhoben, bereit zuzupacken. »Hab dich. Oh.« Sie blieb abrupt stehen.

»Faye Bright, was zur Hölle machst du da?«

Es war Milly Baxter in ihrem besten Sonntagskleid und einem Strohhut. Bei ihr stand Betty Marshall, ebenfalls in einem hübschen Kleid. Die beiden beugten sich zueinander und wollten ihre Zigaretten an dem brennenden Streichholz zwischen ihnen anzünden.

»Oh, tut mir leid.« Faye wich einen Schritt zurück. »Ich dachte, du wärst … na ja, jemand anders.«

»Wag es ja nicht zu petzen, Faye Bright, oder mein Bruder wird dich vermöbeln«, verkündete Milly und schüttelte das Streichholz aus.

»Kämpft er nicht gerade auf Malta?«, fragte Faye.

»Ja, aber er wird es tun, wenn er nach Hause kommt. Ich habe schon eine ganze Liste für ihn.«

»Sag es nicht meiner Mum und meinem Dad«, flehte Betty Marshall und versteckte die unangezündete Zigarette hinter ihrem Rücken. »Sie werden mich umbringen.«

Milly sah Faye schief an. »Was tust du überhaupt hier draußen?«, fragte sie. »Du siehst genauso schuldbewusst aus wie wir.«

»Nichts. Ich dachte, ich hätte etwas gesehen … Ach, nicht so wichtig.«

»Was dachtest du, hättest du gesehen? Eine Vogelscheuche?« Milly grinste.

»Was meinst du?«

»Man redet, dass du überall herumerzählst, dass Vogelscheuchen zum Leben erwachen und nachts Babys stehlen.«

»Was? Das habe ich nie gesagt.«

Betty fügte hinzu: »Ich habe gehört, du sollst Bertie Butterworth mit in den Wald genommen haben, um ihn in eine Vogelscheuche zu verwandeln.«

»Als ob irgendwer den Unterschied erkennen könnte«, meinte Milly gackernd, und Faye unterdrückte den Impuls, ihr eine reinzuhauen, weil sie so unverschämt über Bertie sprach.

»Vielleicht muss man euch beiden mal die Ohren ausputzen«, erklärte Faye, »weil alles, was ihr hört, falsch ist.«

»Ach ja?« Milly musterte Fayes ARP-Uniform von oben bis unten und schnaubte. »Wie deine Kleidung.«

Betty kicherte. »Echte Sonntagskleidung.«

»Ach, haltet doch die Klappe«, sagte Faye, schob die Hände in die Hosentaschen und ging zum Seiteneingang zurück. Da sah sie, wie jemand die Straße zur Perry Lane überquerte. Miss Charlotte. Und sie schob einen Schubkarren vor sich her. Schon war sie verschwunden, doch alle hatten sie gesehen.

»Die ist wirklich völlig plemplem«, meinte Milly Baxter und zündete ihre Zigarette mit einem neuen Streichholz an. »Ihr zwei würdet euch blendend verstehen.« Faye ignorierte das alberne Kichern der beiden und marschierte davon.

Sie wagte es nicht, zurück in die Kirche zu gehen. Es klang auch so, als wäre der Gottesdienst fast vorbei. Sie hörte »Abide With Me«, und Reverend Jacobs ließ das *immer* als Letztes singen. Sie lehnte sich gegen das überdachte Friedhofstor und sah zu, wie die Gottesdienstbesucher langsam in die Sonne hinaustraten. Bertie kam mit den Ersten nach draußen und humpelte zu ihr.

»Nicht dasselbe ohne die Glocken, was?«, sagte er missbilligend.

»Auf keinen Fall.«

»Aber war ein schöner Gottesdienst.«

»Es war derselbe wie letzte Woche und in der Woche zuvor.«

»Trotzdem, schade, dass du die Hälfte verpasst hast. Was war los?«

Faye überlegte kurz, ob sie ihm die Wahrheit sagen sollte. Dass sie Hirngespinsten hinterherjagte und herausgefunden hatte, dass Milly Baxter eine blöde Kuh war. »Ich mag ›Jerusalem‹ nicht«, antwortete sie schließlich. »Aus Protest bin ich rausgegangen.«

»Warum?«

Faye dachte einen Moment nach. »*Erbauet* ist doch an der Stelle nicht das richtige Wort. *Und war Jerusalem hier erbauet?* Was für eine Frage soll das sein?«

»Es ist doch einfach nur ein altes Wort, oder? Die Lieder sind voller alter Wörter, die heute nicht mehr verwendet werden und die wir vergessen.«

»Wir vergessen noch mehr. Schau sie dir an. Mr. Marshall da drüben, und Mr. Baxter.« Faye nickte in Richtung der Gemeindemitglieder, die sich angeregt auf den Kirchenstufen unterhielten. Sie war kein nachtragender Mensch, aber die Versuchung, Milly Baxter und Betty Marshall an ihre bei ihnen stehenden Eltern zu verpetzen, war beinahe unwiderstehlich. »Man würde nie glauben, dass sie letzte Nacht gesehen haben, wie ein Mann aus Stroh zerfetzt wurde.«

»Was gesehen?« Bertie blähte die Nasenflügel, wenn er verwirrt war.

»Einer vom Krähenvolk. Letzte Nacht«, sagte Faye, doch Berties Nasenlöcher wurden nur noch größer. Je größer die Nasenlöcher, desto enormer die Verwirrung. *Man könnte Korken hineinstecken,* dachte Faye. »Der Mann aus Stroh hat Mrs. Teach fast zu Tode erschreckt, und du und die anderen Freiwilligen, ihr seid ihm nachgerannt und ... Du hast keine Ahnung, wovon ich rede, Bertie, oder?«

»Doch, äh, nein ... Ich erinnere mich an einen Eindringling ... oder an einen Einbrecher ... oder so etwas, und dann haben wir ihn vertrieben und ...« Bertie verdrehte die Augen nach oben, versuchte sich zu erinnern. »Ehrlich gesagt bin ich ein bisschen erledigt. Der Tag gestern war lang. Und ich hatte noch kein Frühstück.«

»Wo ist Mrs. Teach? Sie wird es noch wissen.« Faye suchte die sich gerade zerstreuenden Gottesdienstbesucher mit dem Blick ab.

»Ich habe sie heute nicht gesehen«, meinte Bertie.

»Das sieht ihr aber nicht ähnlich. Normalerweise sitzt sie sonntags in der ersten Reihe und wirft als Erste ein paar Pennys in die Sammelbüchse.«

»Vielleicht geht es ihr nicht gut?«, schlug Bertie vor. »Sie hat einen ganz schönen Schrecken bekommen.«

»Vielleicht«, sagte Faye und sah zu, wie Milly und Betty mit ihren Eltern davongingen. Normale Mädchen mit normalen Eltern, die in ihr normales Zuhause zurückkehrten. »Bertie, wenn ich dir eine ehrliche Frage stelle, gibst du mir dann auch eine ehrliche Antwort?«

»Ich bemühe mich. Geht es um Spitfires, Hurricanes, Panzer oder Bombenflieger? Also, äh, ich will ja nicht angeben, aber ich werde langsam so etwas wie ein Experte. Hast du gewusst …«

»Findest du, dass ich verrückt bin?«

Berties Nasenlöcher wurden so groß, dass sie sein Gehirn sehen konnte. »Nein«, antwortete er.

»Du hast dir aber ganz schön Zeit mit einer Antwort gelassen.«

»Tut mir leid, Faye, nimm's mir nicht übel, aber gestern hast du ein paar komische Sachen gesagt. Lustig komisch und seltsam komisch. Ich bin aber immer noch dein Freund.«

Über Berties Schulter hinweg entdeckte Faye Miss Charlotte, die aus der Perry Lane zurückkam, von wo auch immer sie gewesen sein mochte, und mit der leeren Schubkarre die Straße überquerte.

»Was ist mit ihr?«, fragte Faye.

»Miss Charlotte?« Bertie senkte die Stimme. »Oh, ich bin mir nicht sicher, ob bei ihr jemals alle Tassen im Schrank waren. Sie ist eine kluge Frau, aber anders als die normalen Leute. Ehrlich gesagt, sie macht mir ein bisschen Angst.«

Faye hätte Bertie beinahe erzählt, wie sie Miss Charlotte splitterfasernackt mit einer Kröte auf dem Bauch gesehen hatte, aber wenn er schon bei den Bienen und den Blumen so ahnungslos war, wie er tat, dann überforderte ihn die Vorstellung einer nackten Hexe mitten im Wald ganz sicher.

»Da ist mein Dad«, sagte Bertie und winkte ihr zum Abschied zu. »Ich muss los.«

»Ich auch«, meinte Faye, die Miss Charlotte hinterherlaufen wollte – was ihr auch genau zwei Schritte lang gelang, bis ihr Vater sich ihr in den Weg stellte.

»Und wo zum Donnerwetter warst du, junge Dame?«

21

Wenn ich Fenster putze

Dad grollte den ganzen Weg nach Hause. »Was soll ich den Leuten sagen, hm? Wenn du einfach vor allen so aus der Kirche verschwindest?«

»Sag ihnen, ich habe meine Tage.« Faye grinste ihm verwegen zu, als sie die Wode Road entlang zum Pub gingen.

»Nicht so laut.« Fayes Vater war beim Thema Menstruation weniger empfindlich als die meisten anderen Männer, schließlich war er in der Pubertät ihr einziges Elternteil gewesen. Doch auch so ertrug er es nur, wenn man verschämt im Dunkeln hinter verschlossenen Türen und zugezogenen Vorhängen davon sprach. »Sag mir die Wahrheit. Was hast du gemacht?«

»Ich dachte …« Faye verstummte und trat gegen einen Stein. »Ich dachte, ich hätte etwas gesehen.«

»Was gesehen? Hast du wieder im Buch deiner Mutter gelesen? Das setzt dir nur Flausen in den Kopf. Ich habe dir doch gesagt, dass du es wegräumen sollst.«

»Das habe ich auch getan, ich schwöre. Es ist weggeschlossen, aber trotzdem passieren seltsame Dinge.«

»Zum Beispiel?«

»Was weißt du noch von gestern Nacht?« Faye wollte ihrem Vater nicht zu viele Einzelheiten verraten. »Von Mrs. Teach?«

Terrence öffnete den Mund, runzelte die Stirn und schloss ihn wieder. »Nun, äh …«

»Du kannst dich an nichts erinnern, oder?«

»Doch, doch. Es ist nur ein bisschen undeutlich. Was … Was ist denn passiert?«

Faye überlegte, ob sie es ihm erzählen sollte, aber die Vorstellung, ihm zu erklären, dass Ernie Teach als lebendige Strohpuppe ins Haus der armen Frau eingedrungen und von ihr mit bloßen Händen zerfetzt worden war, war schon anstrengend genug. »Nichts. Nicht wichtig. Ich erschrecke vor meinem eigenen Schatten. Ich bin albern und sehe Dinge, die es wahrscheinlich gar nicht gibt, und das macht mich wahnsinnig. Ich höre auf damit, ich verspreche es.«

»Ich habe dich davor gewarnt, nicht wahr?«

»Ja, das hast du, Dad. *Die Folgen scheinbarer Verrücktheit,* so hast du es genannt.«

»Du bist nicht verrückt«, sagte Terrence, als sie unter dem Schild des *Green Man* stehen blieben und er den richtigen Schlüssel am Schlüsselbund suchte. »Du bist genau wie deine Mutter. Du hast eine lebhafte Fantasie. Du bemerkst Dinge, die andere Leute nicht sehen. Der Trick ist, nicht darüber zu sprechen.«

»Das werde ich auch nicht«, beteuerte Faye. »Ehrenwort. Keine Hirngespinste mehr. Der Kopf bleibt auf dem Hals und die Beine auf dem Boden.«

»Gut.« Terrence schloss die Tür auf. »Jetzt rauf auf die Leiter und putz die Fenster.«

Nach einer Tasse Tee und einem Marmeladenbrot zog Faye wieder ihre Latzhose an und kletterte auf die Leiter, um wie versprochen die Pubfenster zu putzen. Ab und zu wanderten ihre Gedanken zurück zum gestrigen Abend und Mrs. Teachs Versprechen, ihr am Montag um elf ein paar Antworten zu geben. Sollte sie die Verabredung einhalten? Oder wäre es einfacher, die ganzen Flausen hinter sich zu lassen? Immerhin herrschte Krieg. Es gab genug, worüber man sich Gedanken machen musste, auch ohne seltsame Ideen im Kopf. Es lag eine ruhige Einfachheit darin, Seifenlauge auf Glas aufzutragen. Eine angenehme Befriedigung, sie blitzblank zu wienern. Es war verlockend. Ein gewöhnliches Leben, in dem sie immer noch nützlich sein konnte. Brot und Marmelade und Gottesdienst am Sonntag.

Wieder entdeckte Faye Charlotte Southill. In Gummistiefeln und einem Sommerkleid schob sie eine Schubkarre mit zwei grauen Säcken die Perry Lane entlang, eine Abkürzung, die die Leute im Dorf nahmen, wenn sie nicht gesehen werden wollten.

»Und was treibst du da, hm?«, murmelte Faye. Das ruhige Leben hatte natürlich seinen Reiz, doch Fayes Neugier nährte etwas in ihr, das sie nirgendwo sonst bekam.

Faye versuchte, nicht mehr an Charlotte zu denken, doch sie sah sie noch zweimal an diesem Nachmittag. Mit vollen Säcken kam sie von ihrem Cottage, mit leeren kehrte sie vom Rand des Dorfes zurück. Faye putzte das letzte Fenster fertig, kletterte rasch die Leiter hinunter, kippte die Seifenlauge in den Ausguss und sprang auf ihr Fahrrad. Sie konnte einfach nicht anders.

Am Ende der Straße verlor Faye sie aus den Augen und fuhr einmal fast ganz um Woodville herum. Beim Ententeich bemerkte sie zum ersten Mal eine Spur aus etwas, das wie schwarzer Sand oder Staub aussah. Sie fragte sich, ob es etwas Gefährliches war, wie Schießpulver, weshalb sie ihre Fingerspitze hineinschob und daran roch. Kohlenstaub, Asche von einem Lagerfeuer und noch etwas, das sie nicht richtig zuordnen konnte. Sie folgte der Staubspur und stellte überrascht fest, dass sie um das ganze Dorf herumführte. Faye war fast wieder bei ihrem Ausgangspunkt am Ententeich, als sie Charlotte entdeckte. Sie war auf dem Friedhof und schüttete sorgfältig schwarze Asche aus einem ihre Säcke in einer dünnen Linie parallel zur alten Steinmauer. Als der erste Sack geleert war, warf Charlotte ihn zurück in die Schubkarre und wischte sich die Stirn ab. Die Gummistiefel wirkten ein bisschen schlicht, verglichen mit Charlottes sonstiger Aufmachung, doch ihr weißes Haar war zu einem ordentlichen Knoten geschlungen, und ihre Lippen waren mohnblumenrot.

Faye sah, wie Charlotte in eine Patchworktasche an ihrem Kleid griff, einen Flachmann hervorholte, einen raschen Schluck trank und dann den nächsten Sack nahm.

»Guten Morgen, Miss Charlotte.« Faye stellte das Fahrrad ab und schlenderte heran, als würde sie regelmäßig eine Runde über den Friedhof drehen. »Wunderschöner Tag, nicht wahr?«

»Ich weiß, dass du mich beobachtet hast, Mädchen«, sagte Charlotte, ohne von ihrer Arbeit aufzusehen. »Du wärst eine schreckliche Spionin. Was willst du? Ich bin beschäftigt. Und keine nervtötenden Fragen zu deiner Mutter.«

Faye errötete bei Charlottes Schroffheit, doch sie vermutete, dass sie jetzt Klartext reden konnte. »Was machen Sie da eigentlich, wenn ich fragen darf?«

»Darfst du nicht.«

»Was?«

»Fragen. Verschwinde.«

»Ich habe alles Recht, hier zu sein. Genauso viel Recht wie Sie und Ihre Schubkarre und diese Säcke, was auch immer darin ist«, sagte Faye. »Und Ihre Ziege ist nicht hier, um mir Angst einzujagen.«

»Er ist nicht meine Ziege.«

»Ich frage Sie noch mal: Was tun Sie da?«

»Das würdest du nicht verstehen.«

»Geht es um die Vogelscheuchen?«

Charlotte schüttete weiter schwarzes Pulver, das im Licht glitzerte, aus ihrem Sack und bewegte sich voran.

»Kohlenstaub?«, fragte Faye und folgte der alten Frau Schritt für Schritt. »Asche? Was haben Sie verbrannt?«

»Gütiger Himmel, du bist wie ein kleines Kind«, murmelte Charlotte. »Lass mich in Ruhe.«

»Eine der Vogelscheuchen ist gestern Nacht zurückgekommen«, erzählte Faye.

Charlotte sah nicht auf, gab aber ein Geräusch von sich, als wäre sie nicht überrascht. Das war das erste Mal, dass Faye die Vogelscheuchen erwähnte und nicht gleich ausgelacht wurde. Sie war so daran gewöhnt, dass man sie nicht für voll nahm, dass sie nicht sicher war, was sie als Nächstes tun sollte.

»Eine lebendige Vogelscheuche«, beharrte Faye und wartete darauf, dass Charlotte sich über sie lustig machte. »Das sind wirklich lebende Vogelscheuchen, nicht wahr?«

»Sieht ganz so aus«, antwortete Charlotte, und Faye hätte am liebsten vor Freude in die Hände geklatscht.

Sie beherrschte sich aber und versuchte, der alten Frau in die Augen zu sehen. »Ich vermute, dass es Ernie Teach war.«

»Ernie Teach ist tot.«

»Dann muss ihm das jemand sagen, denn gestern Abend hat es ihn nicht zurückgehalten.« Faye rückte ihre Brille zurecht und stemmte die Hände in die Hüften. »Ich habe nicht den geringsten Zweifel, dass die Vogelscheuche, die gestern Nacht das halbe Dorf aufgeweckt hat, definitiv Ernie Teach gewesen ist.«

Charlotte hielt inne. »Weshalb bist du dir da so sicher?«

»Er ist gezielt in Mrs. Teachs Haus eingedrungen *und* hat sie Philomena genannt.« Faye wurde immer aufgeregter. Sie war erleichtert, dass sie das alles endlich mit jemandem teilen konnte, der sie nicht anstarrte, als wäre sie eine tanzende Kuh. »Außer ihm darf sie niemand so nennen, und woher sollte eine Vogelscheuche überhaupt ihren Namen kennen? Ich weiß natürlich nicht, wie der tote Ernie Teach in einer staubigen, alten Vogelscheuche gelandet ist, aber wenn man die vielen merkwürdigen Sachen bedenkt, die in den letzten Tagen passiert sind, ergibt es genauso viel Sinn wie …«

»Sei still.« Charlotte ließ den Sack fallen und legte die Finger an die Lippen.

Faye wartete darauf, ein albernes kleines Mädchen genannt zu werden, doch Charlotte betrachtete etwas, das sich hinter ihr befand.

»Alles in Ordnung, du kannst jetzt rauskommen«, sagte sie sanft.

Faye drehte sich um und blickte zu den Bäumen auf der anderen Seite der Kirchenmauer.

Ihr Herz schlug schneller, als ein Schatten hinter einer Eiche hervorfiel.

»Du kannst dich zeigen«, sagte Charlotte. »Ich werde dir nichts tun.«

Die Gestalt kam hinter dem Baum hervor. Ihr Kopf war aus Sackleinen und dem einer Amsel nachgebildet, inklusive orangefarbenem Schnabel.

Eine Vogelscheuche.

22

Schwarzes Salz brennt

Vor Angst stand Faye wie erstarrt da. Es mochte eine Sache sein, alle anderen davon zu überzeugen, dass die Vogelscheuchen echt waren, doch einer von ihnen im hellen Tageslicht so nahe zu sein, war etwas ganz anderes. Der hin und her zuckende Amselkopf beruhigte Fayes Nerven auch nicht gerade. Es war unnatürlich. Nicht menschlich. Zum Leben erwecktes Stroh.

»Komm näher.« Charlotte lockte die Amselvogelscheuche zur Mauer. Faye sah, wie sie zögerte, eine Falle zu erwarten schien. »Ich verspreche, ich werde dir nichts tun«, sagte Charlotte sanft, als spräche sie mit einem Kind. Die Vogelscheuche schob sich näher an die Mauer heran. »Stopp.« Charlotte deutete auf die Linie aus schwarzem Kohlenstaub auf ihrer Seite der Mauer. »Siehst du das?«

Die Amselvogelscheuche starrte auf die Stelle.

»Schwarzes Salz«, erklärte Charlotte und winkte die Vogelscheuche näher. »Komm. Spring über die Mauer. Vorsichtig.«

Die Amselvogelscheuche gehorchte.

»So ist's gut. Tritt nicht über die Linie, noch nicht«, befahl

Charlotte und fügte hinzu: »Deine Art darf diese Grenze nicht überschreiten. Ich schütze damit das Dorf, verstehst du?«

Die Amselvogelscheuche sah sie mit leerem Blick an.

»Vielleicht hilft eine Demonstration«, meinte Charlotte. »Komm ein bisschen näher, ja, so ist es gut. Noch ein bisschen näher ... noch ein ...«

Die Amselvogelscheuche schob ihre Füße, die in Pantoffeln steckten, über die Linie. Faye sah, wie sie schwarz wurden. Weißer Rauch stieg von jedem Fuß auf wie von einem Lagerfeuer, das gerade anfängt zu brennen. Die Amselvogelscheuche zog rasch die Füße zurück.

»Siehst du?« Charlottes Blick war hart, ihre Stimme fest. »Wenn du die Linie überquerst, wirst du brennen. Ihr alle werdet brennen. Also verschwindet und kommt nie wieder. Verstanden?«

Die Amselvogelscheuche sah Charlotte an. Ihre Augen waren Vierecke aus kreuzförmigen Stichen, sie schien nicht zu atmen.

»Geh und sag es deinem Meister«, befahl Charlotte. »Er wird wissen, was es bedeutet, und wenn er nur halb so schlau ist, wie er denkt, wird er wegbleiben.«

Die Vogelscheuche bewegte sich nicht.

»Vielleicht ... Vielleicht spricht sie kein Englisch?« Faye fand ihre Stimme wieder, war aber immer noch atemlos und eingeschüchtert.

Charlotte warf ihr einen Blick zu, um sie zum Schweigen zu bringen, dann hob sie das Kinn, schloss die Augen und murmelte leise etwas. Faye verstand die Worte nicht, doch der Rhythmus erinnerte sie an die Rituale im Buch ihrer Mutter.

Lichter zuckten auf, und Faye sah grüne und lilafarbene Streifen. Hitze schlug ihr entgegen, als ein Abschnitt der Linie aus schwarzem Salz in Flammen aufging.

»Na los. *Geh schon!*« Charlotte sprang nach vorn, und die Amselvogelscheuche warf sich über die Mauer und floh wie ein verängstigtes Kind. Im Zickzack rannte sie in den Wald und verschwand außer Sicht. Charlotte murmelte wieder etwas, und die Flammen lösten sich in weißen Rauch auf.

Faye war halb blind, und ihr war schwindelig. Wenn ihr Geist ihr keine Streiche spielte, dann hatte sie gerade gesehen, wie eine echte Hexe echte Magie wirkte. »Was ... Was ist schwarzes Salz?«, fragte sie und wollte die Antwort eigentlich gar nicht wissen.

»Zwei Teile Salz, ein Teil Kohlenstaub und Asche«, antwortete Charlotte und nahm ihren schwarzen Sack auf. »Ich musste viel Kohle und Holz verbrennen, um genug Asche zu bekommen, damit das ganze Dorf geschützt werden kann.«

»Vor den Vogelscheuchen.«

»Die machen mir keine Angst«, antwortete Charlotte, während sie das verbrannte schwarze Salz ersetzte und den Schutzkreis wieder schloss.

»Und wer dann?«

»Das soll nicht deine Sorge sein.«

»Hier ist noch etwas Schlimmeres als fürchterlich gruselige Strohpuppen mit Amsel- und Kürbisköpfen? Und Sie sagen mir, das soll nicht meine Sorge sein? Entschuldigung, aber ich glaube, ich habe ein Recht, es zu erfahren.«

»Wenn du nur die Hälfte von dem wüsstest, was ich weiß, würdest du morgens nicht mal das Haus verlassen.«

»Und das soll mich beruhigen?«

»Du würdest das nicht …«

»Ja, ja, ich würde es nicht verstehen. Na gut, aber Sie sind eine Hexe, oder? Eine echte Hexe, die Zaubersprüche aufsagen kann und so was. Das gerade war doch Magie?«

»Tu nicht so, als ob du das nicht wüsstest«, sagte Charlotte abfällig. »Deine Mutter war genauso. Die lächelnde Unschuld.«

»Meine Mum? Dann war sie also tatsächlich eine …«

»Ich habe gesagt, ich will keine nervigen Fragen zu deiner Mutter hören.«

»Sie haben doch damit angefangen.«

»Tu mir einen Gefallen, und misch dich nicht länger in Sachen ein, die du nicht verstehst, kleines Mädchen.«

»Ich bin siebzehn.«

»Du benimmst dich wie ein Kind, willst alles wissen, machst alles kaputt und jammerst die ganze Zeit. Wahrscheinlich hast du diesen Schlamassel angerichtet … oder sie.«

Charlotte nickte in Richtung Kirche. Faye wirbelte herum und sah Mrs. Teach, die mit einem kleinen Strauß blauer und rosafarbener Hortensien vor der Brust über den Friedhof ging.

Charlotte und Faye duckten sich hinter einen Grabstein.

»Ich vermute, sie ist auch eine Hexe«, sagte Faye aufgeregt. »Sie hat die Vogelscheuche gestern Abend genommen und in die Strohfüllung gegriffen und …«

»Welche Vogelscheuche gestern Abend?«

»Haben Sie mir nicht zugehört? Ernie Teach ist gestern Abend als Vogelscheuche zurückgekommen, und Mrs. Teach hat seine ganze Strohfüllung herausgerissen.« Faye fragte sich, ob sie jemals schon so etwas Lächerliches gesagt hatte, und sie wartete darauf, dass Charlotte sie verspottete.

»Unglaublich.« Charlotte senkte die Stimme zu einem schockierten Flüstern. »Sie hat mir direkt ins Gesicht gelogen.«

»Weshalb? Ist sie auch eine Hexe? Macht sie …«

Charlotte drückte Faye einen Finger auf die Lippen, um sie zum Schweigen zu bringen.

Aus ihrem Versteck beobachteten sie, wie die Witwe zum Grab ihres Mannes ging und die Blumen ablegte. Einen Moment lang stand sie da, bedeckte die Augen mit der Hand und erbebte unter Schluchzern.

Faye schob Charlottes Finger beiseite. »Das ist nicht richtig. Eine Witwe beim Trauern zu beobachten.«

»Ihre Trauer ist das halbe Problem.«

»Seien Sie nicht so hart. Menschen weinen, wenn jemand Geliebtes stirbt.«

»Ja, wir weinen, wir trauern, wir machen weiter. Aber nicht Mrs. Teach. Oh nein, sie muss immer ihren Willen durchsetzen, egal, um welchen Preis.«

Mrs. Teach schluchzte noch einmal auf und putzte sich mit einem weißen Taschentuch die Nase.

Faye errötete vor Scham. Sie wollte den Blick abwenden, konnte es jedoch nicht. Zum Glück machte sich Mrs. Teach schon wieder auf den Heimweg, wobei sie sich Tränen aus den Augen wischte.

Faye sprach erst weiter, als die Witwe verschwunden war. »Wollen Sie damit sagen, dass Mrs. Teach ihren Ernie als Vogelscheuche von den Toten erweckt hat?«

»Niemand verfügt über so viel Macht«, erwiderte Charlotte, klang aber nicht ganz überzeugt. Sie richtete sich auf, und gemeinsam gingen sie zu Ernies Grab, wo die Hortensien lagen. Die Inschrift auf dem Grabstein war frisch, ebenso wie der Schmerz. Zu Ernies Beerdigung war das ganze Dorf gekommen.

»Wer – oder was – war dann in der Vogelscheuche?«, fragte Faye. »Und woher kommt dieses sogenannte Krähenvolk?«

Faye betrachtete die anderen Grabsteine, von denen einige Hunderte Jahre alt waren, und dachte an die Menschen, die hier gelebt hatten und gestorben waren. Dann sah sie etwas, bei dem sich ihr die Haare im Nacken aufstellten.

»Miss Charlotte«, sagte sie leise. »Miss Charlotte, schauen Sie.« Faye eilte zu einem Grabstein hinter Ernies, der verblichen und von Moos bedeckt war. Die Inschrift war jedoch noch zu erkennen:

SUSANNAH GABRIEL

Geboren 1868, gestorben 1890 in der Gnade Gottes

Unsere »Suky«

23

Verworrene Gedanken

Das Krähenvolk tanzte, während leichte Wolken vor die Sonne zogen und die Luft kalt wurde. Suky saß allein für sich, abseits der tanzenden Gruppe. Sie merkte die Kälte nicht so wie früher. Sie nahm sie genau genommen gar nicht wahr. Alte Gedanken drängten in ihren Geist. Hatte sie die Kälte je gespürt? Die Wärme einer Umarmung? Eine Frage stellte sie sich immer wieder. Bei aller Freude und der neu gewonnenen Freiheit hatte sie versucht, sie zu ignorieren, doch sie kehrte beharrlich wieder, und Suky wusste keine Antwort darauf.

Gab es eine Zeit vor dem Jetzt?

Sie hatte die Vögel gefragt, doch die hatten sie nicht verstanden.

Suky wollte ihrem Pumpkinhead nicht widersprechen, doch heute Morgen waren die Vögel gekommen und hatten mit ihr gesprochen, und sie hatte ihnen zuhören müssen. Sie hatten ihr erzählt, dass viele ihrer Brüder und Schwestern vor Angst geschrien und vom Himmel gefallen und über dem Dorf gestorben waren; sie hatten ihr erzählt, wie sie einem Mädchen und einem Jungen geholfen hatten, die sich im Wald verirrt hatten; sie hatten Suky gesagt, sie sei hübsch und dass sie sich freuten, dass sie nicht mehr auf einem Feld gefangen war.

Suky wusste nicht, warum sie das Zwitschern überhaupt verstand. Es war wie ein Lied für sie, dessen Text sie kannte. Sie blieben nicht lange – sie hatten Angst vor Pumpkinhead –, aber sie versprachen zurückzukommen, auch wenn sie ihre Fragen nicht beantworten konnten.

Die anderen wollte sie nicht fragen. Manche spielten Tröten und schlugen Stöcke gegeneinander, während die anderen im Kreis tanzten. Die meisten wirkten auf Suky geistlos oder verwirrt, als wären sie gerade aufgewacht.

Pumpkinhead führte den Tanz an und schlug immer schneller gegen seine Kuhglocke. Die Tänzer wirbelten herum wie herabfallende Ahornsamen. Pumpkinheads gezacktes Grinsen wurde breiter, als der Tanz immer fieberhafter wurde. Er forderte Suky auf dazuzukommen.

Sie saß auf ihren Händen, lächelte höflich und schüttelte den Kopf. Tanzen bereitete ihr keine Freude.

Pumpkinheads Lächeln wurde angespannter. Er bewegte sich um die Tänzer herum auf sie zu. Suky war aufgeregt, weil er gleich bei ihr sein würde. Sie hatte kein Herz, das schlagen, keine Haut, die kribbeln konnte, doch irgendwo in ihrem Geist spürte sie Freude bei dem Gedanken, Zeit mit ihrem Pumpkinhead zu verbringen. Die Tänzer hatten ihren eigenen Rhythmus gefunden und wirbelten weiter herum, als Pumpkinhead Kuhglocke und Stock beiseitelegte und sich neben Suky auf die alten Steinstufen setzte.

»Besorgt dich etwas, meine Schwester? Warum schließt du dich dem Tanz nicht an?«

»Mir steht der Sinn nicht nach Tanzen und Herumspringen«, antwortete Suky. »Ich bin zufrieden damit, hier zu sitzen und meine verworrenen Gedanken zu ordnen.«

»Und was sind das für Gedanken, Schwester Suky?«

Er nannte sie bei ihrem Namen. Sie spürte die Erinnerung an Aufregung und Erröten.

»Verwirrte Gedanken. Kindische Gedanken. Ich bin albern und plappere nur so dahin, ich werde dich damit nicht belasten.«

»Das sollst du aber.« Pumpkinhead nahm ihre behandschuhte Hand. »Wir sind das Krähenvolk, wir teilen unsere Gedanken und Träume. Es ist keine Last. Bitte. Erzähl es mir.«

Suky sah ihren Brüdern und Schwestern beim Tanzen zu. Eine Stimme in ihrem Kopf sagte ihr, dass geteilte Sorgen halbe Sorgen waren. Es irritierte sie, dass solche Gedanken in ihrem Kopf auftauchten wie das Echo eines anderen Ortes, einer anderen Suky.

»Wenn wir tatsächlich das Krähenvolk genannt werden«, begann Suky, »warum sind wir dann keine Freunde der Krähen und der anderen Vögel? Warum fürchten wir sie so?«

»Wir fürchten sie nicht, Suky.« Pumpkinhead sträubte sich. »Sie fürchten uns.«

»Verzeih.« Suky ließ den Kopf hängen. »Ich habe es nicht so gemeint.«

»Nein, nein. Es ist eine gute Frage.« Pumpkinhead legte den Kopf in den Nacken und suchte den Himmel nach Vögeln ab. »Es gab einmal eine Zeit, als wir Freunde der Vögel waren, vor allem der Krähen, Raben und Dohlen. Wir tanzten mit ihnen, so wie deine Brüder und Schwestern gerade tanzen.

Wir sangen Lieder, erzählten uns Geschichten und wachten über das Land, Geister und Wächter vereint. Dann kamen die Menschen. Sie bauten ihre Feldfrüchte an und wollten alles für sich behalten. Sie trieben einen Keil zwischen uns. Sie veränderten uns. Beschädigten uns. Machten uns hässlich, damit wir unsere alten Freunde erschrecken, und jetzt flüchten sie schon bei unserem bloßen Anblick.« Pumpkinhead wandte sich wieder an Suky. Sie spürte seinen Blick auf sich. »Aber nicht das beschäftigt dich, Schwester, nicht wahr?«, sagte er. »Erzähl es mir. Sag mir die Wahrheit.«

»Erinnerungen zucken durch meinen Kopf«, erklärte Suky und drückte seine Hand. »Gedanken aus einer anderen Zeit. Von einem anderen Ich. Sie sind weit entfernt und so durchscheinend wie die Wolken am Himmel, aber ich spüre trotzdem, dass sie da sind, wie Fetzen eines Traums. Was bedeutet das, mein Pumpkinhead?«

Er sah zu ihren tanzenden Brüdern und Schwestern hinüber, dann wandte er sich zurück zu Suky und antwortete mit leiser Stimme: »Du bist nicht wie die anderen. Dein Geist ist so schnell und schlau wie der eines Fuchses. Das gefällt mir. Was das bedeutet? Es bedeutet, dass ich darauf vertrauen kann, dass du mir dabei hilfst, unser aller Leben zufriedener zu gestalten.«

»Aber wie können wir das schaffen? Wir können nichts tun, außer den ganzen Tag zu tanzen. Wir brauchen ein Zuhause, einen Ort, an dem wir unsere müden Knochen – wenn wir denn welche hätten – ausruhen können. Was hat unser Dasein sonst für einen Sinn?«

»Darüber habe ich mir Gedanken gemacht«, erwiderte

Pumpkinhead, zeigte auf das Kloster und den Wald. »Dieser Ort verfügt immer noch über alte Macht.«

»Du meinst das, was uns geschaffen hat?«

»Ich spreche von Magie.«

Suky zögerte. »Ich glaube nicht an Magie.«

»Und trotzdem sind wir hier.« Pumpkinhead breitete die Arme aus. »Was brauchst du noch als Beweis?«

»Ich glaube an dich«, sagte Suky. »Ich glaube an uns, das Krähenvolk, hier und jetzt, und wenn du daran glaubst, dass uns Magie zusammengebracht hat, dann ja, dann glaube ich auf jeden Fall auch daran.«

»Sehr gut, Schwester, sehr gut. In dieser Welt gibt es kaum noch Magie, weshalb sie noch kostbarer ist, und sie lässt uns gedeihen. Es gibt ein Buch …«, fing er an und verstummte, als hätte er zu viel gesagt.

»Was für ein Buch?«, fragte Suky. »Ein magisches Buch?«

»Ja, ja.« Pumpkinhead beugte sich aufgeregt zu ihr, wie ein Junge mit einem Geheimnis. »Ein Buch mit Zaubersprüchen, meine Schwester, mit Worten und Bildern von Magie und Ritualen und Macht. Es ist irgendwo in dem Dorf. Ich spüre seine Kraft, sogar von hier aus. Wenn wir es finden könnten, könnten wir es nutzen. Stell dir das nur vor: Unsere Brüder und Schwestern arbeiten gemeinsam und nutzen Magie, um einen sicheren Ort zu erschaffen. Unseren eigenen Ort, an dem wir nicht gestört werden. Das willst du doch, Suky, nicht wahr?«

»Ja, ja, das möchte ich«, sagte Suky. »Wer besitzt dieses Zauberbuch? Wo finden wir es? Und woher weißt du, dass es hier ist?«

»Jemand hat es benutzt«, antwortete Pumpkinhead. »Eine mächtige Hexe hat Worte daraus gesprochen. Wenn sie das tut, singt das Buch für mich, Schwester Suky, so wie ein Vogel im Käfig, und ich möchte ihn befreien und ihn hoch in die Luft entlassen. Die Magie soll in den Himmel aufsteigen und wundervolle Dinge für uns tun.«

»Zum Beispiel, dass wir wieder zusammen mit den Vögeln singen?«

»Ja, ja, wenn du das möchtest.« Pumpkinhead tätschelte Sukys Hände bei ihrem einfachen Wunsch. »Aber das wird erst der Anfang sein. Viel zu lange haben Menschen und Hexen eifersüchtig über die Geheimnisse der Magie gewacht. Wenn wir dieses Buch finden, sind wir frei.«

»Und könnten Frieden mit den Vögeln schließen?«

»Frieden. Ja, Suky. So lange schon sehne ich mich nach Frieden.«

»Dann sollten wir ins Dorf gehen und einfach nach dem Buch fragen.«

»Du hast doch gesehen, wie sie auf uns reagieren«, sagte Pumpkinhead traurig. »Sie wissen nicht, wie mächtig das Buch ist. Wenn sie es wüssten, würden sie es sicher zerstören – und damit auch all unsere Hoffnung auf Glück. Ich muss dir nicht sagen, was das für dich bedeuten würde, und für mich, und für unsere Brüder und Schwestern.«

Suky sah dem Krähenvolk zu, wie es fröhlich herumwirbelte. »Kein Tanzen mehr, kein Herumtollen«, sagte sie.

»Kein Tanzen mehr, kein Du, kein Ich. Du musst verstehen, Suky, unsere Art verwirrt und irritiert die Menschen im Dorf. Sie kennen uns nicht aus ihren Erinnerungen, sie erkennen uns nur aus ihren Albträumen und dunklen Abgründen.«

»Wir können nicht … Wir können es nicht wie gute Kinder mit ihnen teilen?«

»Ich würde gern teilen, aber die meisten Menschen verstehen Magie nicht. Und sobald sie begreifen, dass es Magie gibt, wollen sie sie für sich selbst. So sind Menschen. Sie sind eifersüchtig und habgierig, und sie wissen nie, wann sie genug haben. Sie nehmen und nehmen und nehmen, bis nichts mehr da ist. Und das dürfen wir nicht zulassen, Suky.« Pumpkinhead drückte ihre Hand. »Vergiss nie, dass wir das Recht haben, nach unseren Vorstellungen zu leben. Ich verspreche dir jetzt etwas. Sobald wir das Buch in unseren Besitz gebracht haben, werden wir ein Zuhause haben, werden wir eine Familie sein, und glücklich.«

»Meister. Meister!« Ein Ruf hallte zwischen den Steinmauern, ließ die Musik zögernd verstummen. Die Tänzer blieben stehen und drehten die Köpfe zu der Amselvogelscheuche, die aufgeregt aus dem Wald in das alte Kloster rannte.

Pumpkinhead zog seine Hand aus Sukys, als er aufstand. »Was hast du zu berichten, Bruder?«

»Das Dorf«, sagte die Amselvogelscheuche keuchend und kniete sich vor ihn. »Das Dorf ist … Es ist … Ich habe gesehen … Und Bruder Ernie …«

Pumpkinhead legte seine Hand auf den Kopf der Amselvogelscheuche. »Beruhige dich, Bruder. Sprich nur die Wahrheit. Was ist mit Bruder Ernie?«

»Er ist tot«, antwortete die Amselvogelscheuche.

»Tot?«

»Die Hexe hat ihn zurückgewiesen und ihn in Stücke gerissen, und jetzt ist er nur noch Stroh im Wind.«

Suky schlug die Hand vor den Mund. Um sie herum wurden Klagerufe laut. Pumpkinhead verengte die Augen.

»Und das ist noch nicht alles«, fuhr die Amselvogelscheuche fort. »Das Dorf wird von schwarzem Salz beschützt, Bruder. Wir können nicht hineingehen. Es brennt, Bruder, es wird uns alle verbrennen. Diese weißhaarige Hexe hat mich gewarnt und weggejagt. *Verschwindet und kommt nie wieder,* hat sie gesagt und Flammen aufsteigen lassen. Und sie hat gesagt, du wüsstest, was das bedeutet.«

Pumpkinhead nickte und umarmte die Amselvogelscheuche. »Danke, Bruder. Es ist sehr mutig von dir, uns diese Neuigkeiten zu überbringen.« Er wandte sich an die anderen. »Habt ihr das gehört, Brüder und Schwestern? Sie wollen uns mit Zauberei abschrecken. Das dürfen wir nicht zulassen. Wir werden uns von ihnen nicht vertreiben lassen. Brüder und Schwestern, ich habe gerade Schwester Suky ein Versprechen gegeben, und das gebe ich euch jetzt auch. Wir werden ein Zuhause haben, eine Familie. Wir werden glücklich sein.«

Jubelrufe ertönten aus der Menge. Suky allerdings schwieg.

»Wir müssen uns vereint gegen die Zauberei wehren«, fuhr Pumpkinhead fort. »Wir dürfen nicht abwarten, bis sie angreifen. Wir müssen ganz entschlossen sein. Wir müssen …«

»Wir dürfen keine Menschen mehr verletzen«, platzte Suky heraus, dann schlug sie die Hand vor den Mund. Pumpkinhead starrte sie an, und sie vibrierte vor Angst und Scham, doch sie gab nicht nach. Suky senkte die Hand und fuhr fort: »Dieser Craddock war ein böser Mann, und wir haben getan, was wir getan haben, und niemandem von uns hat es gefallen, und nun ist es vorbei. Aber ich möchte nicht, dass wegen uns noch mehr Menschen verletzt werden. Versprich mir das, mein Pumpkinhead.«

Da sah sie es. Wut blitzte in den Augen ihres Meisters auf, ein winziges frustriertes Zucken, das sofort wieder verschwunden war.

»Wir können ihnen nicht vertrauen, Schwester Suky«, sagte er und lächelte wieder. »Du hast doch gesehen, wie schnell diese Frau uns Craddock ausgeliefert hat. Sie verraten ihre eigene Art, und sie werden uns vernichten.«

»Ich mag es nicht, wenn wir streiten«, entgegnete Suky, als eine weitere Erinnerung in ihr aufstieg, aus einem anderen Leben. »Wir müssen mit ihnen verhandeln. Frieden schließen.«

Zustimmendes Murmeln erhob sich um sie herum, und Pumpkinheads Blick zuckte zu jedem Befürworter, als wolle er sich dessen Gesicht genau einprägen.

»Ja, ja, verhandeln. Schwester Suky hat recht«, stimmte er dann ernst zu. »Aber wie, meine Schwester? Wenn wir nicht ins Dorf gehen können, wie sollen wir dann mit ihnen reden?«

»Das ist so leicht wie Kürbis-Pie, mein Pumpkinhead«, antwortete Suky. »Wir holen sie zu uns.«

24

Rauch dringt in den Geist

W ir müssen beweisen, dass die Vogelscheuche Suky und die Suky vom Friedhof ein und dieselbe sind«, sagte Faye. »Und wenn wir herausfinden, wer diese Suky ist, dann erfahren wir vielleicht auch, woher sie stammt und warum sie als Vogelscheuche zurückgekommen ist.« Faye und Charlotte marschierten an der Kirchenmauer entlang. Faye war begeistert, dass sie mit einer richtigen Hexe über lebendige Vogelscheuchen redete. Das bedeutete, dass sie nicht halb so verrückt war, wie sie am Morgen noch gedacht hatte. Es bedeutete aber auch, dass sie niemandem erzählen konnte, was gerade vor sich ging, sonst würde man sie für völlig verrückt halten. Doch darüber würde sie sich später Gedanken machen.

»Wo gehen wir hin?«, fragte Charlotte, als sie den Friedhof verließen.

»Ich weiß, wer sie ist«, sagte Faye und tippte sich an den Kopf. »Irgendwo hier oben ist sie, da bin ich mir sicher. Ich muss das Wissen nur hervorlocken.«

»Ich bin mir nicht sicher, ob wir Zeit dafür haben.«

»Genau.« Faye bog auf den Weg zum Pfarrhaus ein. Das

Strohdach hatte schon bessere Tage gesehen, doch der Garten mit seinen Blumenrabatten voller Pfingstrosen und Lupinen in Lila-, Rosa-, Gelb- und Orangetönen war eine einzige Pracht. Bienen summten um die Blumen, und irgendwo gackerte ein Huhn und kündigte ein Ei an. »In den Kirchenbüchern sind alle Geburten, Eheschließungen und Tode in diesem Dorf seit dem Jahr fünfzehnhundertirgendwas verzeichnet. Da drin werden wir sie finden.«

»Sehr gut«, sagte Charlotte grinsend. »Ich jage Reverend Jacobs gern einen Schrecken ein. Er streichelt immer sein Kreuz, wenn er mich sieht.« Charlotte beschleunigte den Schritt und überholte Faye. Sie ging über den Schotterweg zur Cottagetür und klopfte an, als sei sie ein Schuldeneintreiber.

Während sie warteten, stopfte Charlotte ihre Tonpfeife und zündete sie an.

»Eine Pfeife?« Faye runzelte die Stirn. »Jetzt? Ist das nicht ein bisschen unhöflich?«

Charlotte zwinkerte ihr zu und zog an der Pfeife. Ungeduldig hob sie die Faust, um noch einmal zu klopfen, als die Tür geöffnet wurde. Reverend Jacobs' Lächeln verblasste sofort, und seine Hand zuckte wie erwartet zu dem silbernen Kreuz um seinen Hals.

»M… Miss Charlotte.« Er zwang sich zu einem Grinsen, blickte Faye an und fragte sich, welche Teufelei diese beiden wohl zusammengebracht hatte. »Wie kann ich Ihnen an diesem schönen …«

»Wir müssen die Kirchenbücher sehen«, verlangte Charlotte zwischen zwei Zügen an ihrer Pfeife.

»Bitte«, fügte Faye hinzu und warf Charlotte einen miss-billigenden Blick zu. »Wo sind denn Ihre Manieren? Bitte ent-schuldigen Sie, Reverend. Ich glaube, sie befinden sich in der Sakristei. Wäre es möglich …«

»Ah.« Der Pfarrer verzog den Mund. »Eigentlich müsstest du einen Termin mit dem Kirchendiener vereinbaren, und das wäre nur montags, mittwochs und donnerstags möglich, zwischen …«

»Das geht nicht«, unterbrach ihn Charlotte scharf, was ihr einen weiteren bösen Blick von Faye einbrachte. »Wir müssen sie jetzt sofort sehen.«

»Also wirklich.« Faye schüttelte den Kopf. »Muss das sein? Mein Dad hat mir immer gesagt, gute Manieren kosten nichts. Wie haben Ihre Eltern Sie denn erzogen?«

»Meine Mutter ist kurz nach meiner Geburt ertrunken, und mein Vater ist qualvoll gestorben, als ich vier war.«

»Also …« Faye zögerte. »Das ist immer noch kein Grund für Unhöflichkeit.« Sie wandte sich wieder zu dem Pfarrer. »Wäre es möglich, uns jetzt ganz kurz reinzulassen?«

»Ich bin leider sehr beschäftigt«, antwortete er und wollte die Tür schließen. »Tut mir wirklich unheimlich leid, aber ich muss …«

Charlotte schob ihren Gummistiefel in den Türspalt. Sie zog lange an ihrer Pfeife, der Tabak glühte rot und weiß. Langsam und bewusst blies sie dem Pfarrer Rauch ins Ge-sicht. Faye versteifte sich, sie erkannte den warmen und süßen Honiggeruch wieder. Es war derselbe Tabak, der sie vor Kur-zem im *Green Man* so benebelt hatte.

»Bester Reverend«, sagte Charlotte zuckersüß. »Ob Sie

wohl ein paar Minuten Ihrer kostbaren Zeit entbehren und uns die Sakristei aufsperren könnten, damit wir uns die Kirchenbücher ansehen können? Wir stünden für immer in Ihrer Schuld, und ein Platz unter den Engeln wäre Ihnen außerdem sicher.« Sie drehte sich zu der verblüfften Faye. »War das höflich genug?«

»Nur ein paar Minuten, sagen Sie?« Reverend Jacobs sprach verwaschen, seine Augenlider waren schwer. »Ich denke … Ich denke … Ich denke, das wird kein …« Er verstummte und sah sich verwirrt um. »Ach ja. Was habe ich gerade …«

»Die Schlüssel, Reverend, wenn Sie so freundlich wären.«

»Hm, ja, natürlich, die Schlüssel, die Schlüssel«, sagte er und ging langsam zurück ins Cottage, um danach zu suchen.

Faye zischte Charlotte ins Ohr: »Was machen Sie denn da? Was ist in der Pfeife?«

»Meine eigene Spezialmischung.«

»Das glaube ich. Sie haben sie letztens bei mir im Pub verwendet, nicht wahr? Was ist das? Irgendein magischer Tabak? Aber das können Sie doch mit Menschen nicht machen.«

Charlotte blies Faye schweigend Rauch ins Gesicht.

»Hören Sie auf.« Faye wich zurück und wedelte den Rauch weg.

Aus dem Cottage erklang das Klirren von Metall, und Charlotte hob einen Finger. *Schh.*

»Hier wären die Schlüssel.« Reverend Jacobs hielt einen Ring mit einem halben Dutzend schwarzer Eisenschlüssel hoch und schob einen nach dem anderen herum. »Also, welcher war noch mal der für die Sakristei?«

»Dieser hier.« Charlotte riss ihm den Schlüsselbund aus der Hand.

»Ah, wunderbar. Muss ich Ihnen aufsperren?«, fragte der Pfarrer.

»Wir kommen zurecht, vielen Dank, Reverend. Überaus freundlich von Ihnen.« Charlotte zwinkerte ihm zu. Der Pfarrer wich zurück und umklammerte wieder sein Kreuz, als sie die Hand ausstreckte und die Tür zuzog.

»Werfen Sie die Schlüssel einfach in den Briefkasten, wenn Sie fertig sind«, rief er ihnen nach, doch Charlotte marschierte schon zur Kirche zurück.

»Sie können nicht einfach mit Ihrem komischen Tabak in den Köpfen der Leute herumfuhrwerken«, beharrte Faye, als sie Charlotte eingeholt hatte.

»Ach nein? Ich verspreche, es nie wieder zu tun.«

»Warum glaube ich Ihnen nicht?«

»Glaub, was du willst«, sagte Charlotte mit der Pfeife zwischen den Zähnen, als sie an der Sakristei auf der Rückseite der Kirche ankamen. Sie schob den alten Eisenschlüssel ins Schloss und öffnete die Tür. »Das tue ich auch.«

In der Sakristei war es das ganze Jahr über kalt und dunkel. Sie befand sich hinter dem Hauptaltar, dort wurden Kerzen, Gewänder, heilige Öle, Behänge und Altartücher auf wackligen Brettern gelagert. Als Charlotte und Faye eintraten, fiel ein Lichtstrahl auf ein steinernes Waschbecken für die Tücher an einer Wand und eine Eichentruhe am anderen Ende des Raums, die so groß wie ein Kinderbett war. Die Gemeindetruhe.

»Halt mal.« Charlotte drückte Faye die noch Rauch verströmende Pfeife in die Hand. Das Mädchen hielt sie weit von sich gestreckt, während Charlotte einen anderen Schlüssel auswählte und sich hinkauerte, um das Vorhängeschloss zu öffnen.

»Wo fangen wir an?«, fragte Faye.

»Auf dem Grabstein stand, dass Suky 1868 geboren wurde und 1890 starb, richtig?« Charlotte warf das Vorhängeschloss zur Seite und klappte den Truhendeckel auf.

»Genau.«

Charlotte suchte zwischen den Kirchenbüchern, die in der Truhe gestapelt waren. Die älteren waren noch mit Bändern zusammengehaltene Pergamentrollen, die neueren in grünes Leder gebundene Bücher mit vergilbten Seiten. Sie suchte die Buchrücken nach Jahreszahlen ab. »Hier«, sagte Charlotte, nahm einen Band aus der Truhe und legte ihn auf einen Tisch, wobei sie Staub aufwirbelte.

Faye öffnete die Tür weit, um mehr Licht hineinzulassen, und spähte Charlotte über die Schulter, während diese durch die Seiten blätterte.

»Das ist ja alles winzig und völlig unlesbar«, sagte Faye. »Wie können Sie daraus schlau werden?«

»Erfahrung«, meinte Charlotte, warf den Band zurück in die Truhe und holte einen anderen heraus. »Wenn man so alt ist wie ich ... Ah, hervorragend.«

»Haben Sie was gefunden?«

»Geburten, Hochzeiten und Tode zwischen 1850 und 1900. Ja.« Charlotte klappte das Buch auf, und winzige Papierfetzen wirbelten in die Luft. »Oh, Mist.«

»Was?«

Charlotte hielt Faye das aufgeschlagene Buch hin. Die meisten Seiten waren bis zum Buchrücken zerfressen. Faye spähte in die Truhe und entdeckte zwei Mäuse, die sich in einem Nest aus gelblichem Papier in eine Ecke kauerten.

»Seid ihr das gewesen?«, fragte sie die beiden. Sie zuckten bei dem Geräusch ihrer Stimme zurück. Es raschelte, und eine winzige rosafarbene Nase schob sich aus dem Nest, gefolgt von zwei weiteren Babymäusen. Faye sah Charlotte an. »Wir sollten dem Pfarrer besser sagen, dass er eine neue Truhe braucht. Die hier ist besetzt. Warum sehen Sie mich denn so an?«

Charlotte musterte Faye mit zusammengekniffenen Augen, stützte einen Ellbogen auf den Tisch und tippte sich an den Mund.

»Du hast vorhin etwas gesagt«, überlegte Charlotte. »Dass du weißt, wer sie ist, dieses Wissen aber erst hervorgeholt werden muss.«

Faye gefiel Charlottes Ton nicht. »Was wollen Sie mit mir anstellen?«

»Der menschliche Geist ist eine einzige Anhäufung von unnützem Kram. Ich kann das alles wegfegen und dir helfen, das zu finden, was wir suchen.«

»Und wie?«

Charlotte schlug leicht mit der umgedrehten Pfeife gegen den Waschbeckenrand und leerte die Asche aus. »Dafür brauche ich etwas anderes«, sagte sie, griff in ihre Tasche und holte eine Tabakdose hervor, die in sechs Fächer mit verschiedenen Tabakmischungen aufgeteilt war. Charlotte nahm eine Prise dunkelbrauner Krümel und stopfte damit die Pfeife.

»Sie werden damit nicht in meinem Gehirn herumfuhrwerken.« Faye wich zurück und hob warnend einen Finger.

»Es wird dir nicht schaden, das verspreche ich«, erwiderte Charlotte, während sie die Pfeife zwischen ihren Zähnen anzündete. »Es wird dich nur für kurze Zeit entspannen, deinen Kopf klarer machen.«

»Ich will aber nicht, dass mein Kopf klarer wird«, wehrte Faye ab. Sie war bis an die Mauer zurückgewichen, stand allerdings auf der falschen Seite der Tür.

Charlottes Stimme war leise, verführerisch. »Willst du wissen, wer diese Krähenleute sind oder nicht?«

»Doch, das will ich«, antwortete Faye, und Charlotte zog an der Pfeife. »Aber bin ich danach wieder ich selbst?«

»Natürlich«, sagte Charlotte und blies Faye sanft den Rauch ins Gesicht. Er roch nach Orangen, und Faye atmete ihn tief ein.

»Erzähl es mir.« Charlottes Stimme wurde zu einem lockenden Flüstern, so nah, dass sich Faye die Haare im Nacken aufstellten, und gleichzeitig so weit entfernt, dass sie sich anstrengen musste, die Worte überhaupt wahrzunehmen. »Erzähl mir von Suky Gabriel.«

Faye spürte, dass alle unwichtigen Gedanken von ihr abfielen, wie Blätter im Herbst. Die Worte strömten aus ihr heraus. »Ich kenne Suky Gabriel nicht direkt, aber … Ja, das ist es. Ich weiß, dass Bertie Butterworths Mutter eine Gabriel war, genau, Patricia Gabriel – sie ruhe in Frieden –, und ihre Schwester Shirley … Sie ist auch tot, aber sie war eine mürrische alte Kuh, für die niemand viel übrig hatte. Diese Shirley hatte eine Tante oder eine Cousine oder so, die jung gestorben ist und von der niemand gesprochen hat, weil irgendetwas Verwerfliches vorgefallen war; ein uneheliches Kind oder irgendein schrecklicher Skandal, vermuten sie. Also ich glaube, das müsste unsere Suky sein, und wie spät ist es eigentlich?« Faye schnappte nach Luft, als sich ihr Geist wieder zu füllen begann.

»Viertel vor zwei«, antwortete Charlotte, ohne auf die Uhr zu sehen.

»Wir müssen sofort ins Pub«, sagte Faye.

»Warum?«

»Am Sonntag haben wir von zwölf bis zwei offen. Wenn wir uns beeilen, erwischen wir ihn noch.«

25

Bertie bittet um Gnade

Die Schwingtüren des *Green Man* wurden aufgestoßen, und Faye und Charlotte traten ein. Sie waren ein seltsames Paar. Die schlanke Charlotte in Gummistiefeln und Sommerkleid, das Gesicht mit Kohlenstaub verschmiert, und Faye in Latzhose und mit geballten Fäusten. Sie starrte durch ihre Brille wie ein Jagdhund, der eine Witterung aufgenommen hatte. Ihr Geist kribbelte immer noch nach dem Erlebnis mit Charlottes Tabak. Der Boden neigte sich unter ihren Füßen wie ein Schiffsdeck bei Sturm, und das Licht, das durch die Fenster fiel, leuchtete geisterhaft. Abgesehen davon ging es ihr gut.

»Wo zur Hölle bist du gewesen, junge Dame?«, fragte Terrence, während er hinter der Bar ein Glas spülte. »Hier war mächtig was los.«

Faye und Charlotte sahen sich um. Ein einsamer Trinker saß im Pub.

»*Jetzt* sind sie natürlich alle schon weg«, protestierte Terrence. »Das Mittagessen ist vorbei.«

Faye ignorierte ihren Vater und ging zu dem einsamen Trinker.

Der arme, nichtsahnende Bertie saß gemütlich in dem Ohrenssessel unter dem alten Foto der Hopfenpflücker. Er gönnte sich einen schnellen halben Cider und las die Comiczeitschrift *The Beano* mit einer Konzentration, wie man sie sonst nur bei *Krieg und Frieden* aufbrachte. Verblüffung und Schock zeichneten sich auf seinem Gesicht ab, als ihn die beiden Frauen an den Armen packten. Er presste seine Zeitschrift schützend an die Brust. »Äh … Hallo?«, sagte er, und sein Blick zuckte von einer Frau zur anderen, während er sich fragte, was genau er eigentlich verbrochen hatte.

»Was weißt du über deine Urgroßtante Suky?« Faye kam gleich zur Sache, ihre Worte klangen nur noch leicht undeutlich. Sie spürte, wie sich ihr Kopf wieder mit allem möglichen alltäglichen Kram füllte, während er sich von der Wirkung von Charlottes Tabak erholte.

»Wer?«

»Shirley, die Schwester deiner Mutter, hatte eine Tante – oder vielleicht war sie auch eine Cousine –, die jung gestorben ist und auf dem Friedhof von St. Irene begraben liegt. Was weißt du über sie? Wie hat sie ausgesehen?«

Bertie verzog verwirrt das Gesicht.

»Denk nach, Bertie, es ist wichtig«, drängte Faye.

»Er weiß es nicht«, sagte Charlotte.

»Das muss er aber. Bertie, du erinnerst dich doch an die Vogelscheuchen von letztens, nicht wahr?«

»Die Zigeuner?«

»Das waren keine Zigeuner, Bertie.« Faye wagte einen Blick zu ihrem Vater, der sie böse anstarrte. »Sie waren … gekleidet wie Vogelscheuchen.«

»Oh.« Bertie lächelte, als hätte er eine komplizierte Rechnung in seinem Kopf angestellt. »Ja, die. Komische Truppe.«

»Und du erinnerst dich, dass eine von ihnen Suky hieß …?«

Bertie verzog noch mehr das Gesicht. »Ach ja?« Er zuckte mit den Schultern. »Ich weiß es nicht mehr.«

»Los, denk nach. Sie hat wie eine Flickenpuppe ausgesehen und uns gesagt, dass sie Craddock mitnehmen will.«

Bertie schüttelte langsam den Kopf.

»Sie hob vom Boden ab, als hinge sie an einem Haken«, beharrte Faye, doch Bertie konnte sich immer noch nicht erinnern.

»Sie hatte ein Gesicht aus Sackleinen, und ihre Augen waren Knöpfe.«

Bertie biss sich auf die Lippe. *Nein.*

»Sie trug ein rot kariertes Kleid und einen Schal.«

»Ach, die.«

»Ja.«

»Sie hieß Suky?«

»Ja.«

»Und ich hatte eine Tante Suky?«

»Ja!«

»Ach wirklich?«

»Ja, erinnerst du dich nicht?«

Bertie kratzte sich am Kopf. »Tut mir leid, Faye, Miss Charlotte. Ich würde euch gern helfen, aber Mum wusste so was immer, und sie hat das alles mit ins Grab genommen. Dad könnte es auch wissen, aber er ist draußen auf der Farm und erwartet mich jede Minute zurück. Ich könnte ihn fragen, aber es ist kein Geheimnis, dass er sich nicht für Mums

Seite der Familie interessiert hat, weshalb er wahrscheinlich auch nicht weiterhelfen kann.« Bertie umklammerte seine Zeitschrift fester. »Bitte seid nicht böse.«

Es war eine Sackgasse. Fayes Geist war wieder so vollgestopft wie eh und je.

»Faye, die Böden müssen gefegt und die Gläser gespült werden«, meldete sich Terrence zu Wort.

Sie waren der Lösung des Rätsels so nah. Faye sah auf Bertie hinab, der immer noch abwehrend seine Zeitschrift hochhielt. Oh, armer Bertie. Sie hatte ihm keine Angst machen wollen.

»Wir könnten …« Charlotte stieß Faye an, nahm die Pfeife aus dem Mund und deutete damit in Berties Richtung. »Derselbe Tabak.«

»Was? Nein. Er sagt doch, er weiß es nicht.«

»Er könnte lügen.«

»Bertie lügt nicht. Lassen Sie den armen Jungen in Ruhe.«

»Faye, der Boden«, rief Terrence.

»Ich gehe dann mal, wenn es euch recht ist«, meinte Bertie und schob sich gebückt um Faye und Charlotte herum.

»Wäre es einen Versuch nicht wert?«, fragte Charlotte.

»Faye.« Terrence wurde ärgerlich. »Faye, hörst du mir zu? Vergiss nicht, was wir heute Morgen besprochen haben. Keine Hirngespinste mehr.«

Faye starrte abwesend vor sich hin und ignorierte sie alle.

»Faye?«, fragte Charlotte. »Was ist los?« Sie folgte Fayes Blick, bis sie es auch entdeckte. »Sieh an, sieh an …«

»Was?«, fragte Bertie mit einer Hand an der Schwingtür, für den Fall, dass er schnell davonlaufen musste.

Faye trat näher an das Bild der Hopfenpflücker heran, das über dem Sessel hing. Es war eine alte, ausgeblichene Sepiafotografie mit dem Titel *Hopfenernte auf der Newton-Farm, Sommer 1890* und zeigte eine Gruppe von etwa zwanzig Personen, die sich um einen Wohnwagen und den geernteten Hopfen scharten. Manche waren Zigeuner, die im Sommer bei der Hopfenernte halfen, doch die meisten stammten aus dem Ort, von Kleinkindern bis zu einem alten Mann mit Gehstock. Die Männer standen mit verschränkten Armen und ernsten Gesichtern da, wahrscheinlich hatten sie für die alte Kamera einige Zeit stillhalten müssen. Einer trug einen Weidenkorb auf dem Kopf und hielt ihn mit einer Hand fest, was sicher anstrengend gewesen war. In der ersten Reihe kniete eine junge Frau bei dem Hopfen und hielt einen Wasserkrug. Sie trug ein vertrautes rot kariertes Kleid und einen Schal.

»Das ist sie«, sagte Faye. »Das ist Suky.«

»Sie hat uns die ganze Zeit beobachtet.« Charlotte lächelte. »Wir wissen, wer sie ist. Und jetzt?«

Faye zögerte. »Wenn das dieselbe Suky ist, wenn sie früher eine reale Frau gewesen war, was sind dann die anderen? Wir müssen sie finden und …«

»FEUER!«, schrie jemand draußen auf der Straße. »Feuer! Die Scheune brennt! Hilfe!«

26

Feuer!

Faye und Charlotte stürzten an Bertie vorbei auf die Straße, wo Ruby Tattersall um Hilfe rief. Ihr Gesicht war schweißüberströmt, ihre Latzhose rußverschmiert. Ruby war eines von etwa einem Dutzend Mädchen, die von London angereist waren, um ihre patriotische Pflicht zu erfüllen und auf den Farmen zu helfen, solange die Männer im Krieg waren. Ruby unterschied sich von den anderen Mädchen dadurch, dass sie unheimlich vornehm war und sich schon in der ersten Woche blamiert hatte, als sie versucht hatte, einen Stier zu melken. Seither hatte sie allerdings schnell dazugelernt, und Harry sagte mittlerweile, dass er die Farm ohne sie nicht mehr halten könnte. In einer Hand hielt sie einen leeren Holzeimer und winkte den Leuten hektisch zu. »Harrys Scheune brennt«, rief sie mit vom Rauch heiserer Stimme. »Wir brauchen mehr Eimer.«

Faye wollte schon losstürzen, da spürte sie Charlottes knochige Finger an ihrem Arm.

»Irgendetwas stimmt nicht«, sagte Charlotte.

»Die Scheune ist Harrys Lebensgrundlage.« Faye machte

sich los. Um sie herum eilten die Dorfbewohner Ruby mit Eimern hinterher. »Ruft die Feuerwehr und die Bürgerwehr.«

»Überquer nicht die Salzlinie«, warnte Charlotte, doch Faye lief schon zur Rückseite des Pubs und holte ihren Fensterputzeimer. Zurück auf der Straße traf sie auf Terrence, der einen alten Holzeimer und ihre große Pfanne in Händen hielt. Bertie humpelte hinter ihm her und zog eine Zinnbadewanne. Charlotte war verschwunden. Faye hoffte, dass sie zur Telefonzelle am Postamt eilte, doch sie bezweifelte es. Irgendwo läutete jemand eine Glocke, und Faye schob den Gedanken zur Seite, während sie die Straße entlang und an der Kirche und dem Teich vorbeieilte, wo sie den weißen Rauch sehen konnte, der zwischen den Bäumen in den blauen Himmel aufstieg.

Außer Atem erreichte Faye die Scheune und fragte sich sofort, ob Ruby übertrieben hatte. Das Gebäude stand noch und schien bis auf ein wenig Rauch, der von der Rückseite aufstieg, weitestgehend unversehrt. So schlimm sah es nicht aus.

Dann hörte Faye das Knacken von brennendem Holz. Sie rannte zur Vorderseite und sah, dass die Türen lichterloh brannten. Orangefarbene Flammen leckten an dem schwarzen Holz und breiteten sich rasch aus. Die Hitze schlug ihr ins Gesicht. »Verdammt.« Sie blickte sich um und sah, wie das halbe Dorf den Rauch dumm anstarrte.

Die Local Defence Volunteers und die ARP-Wärter hatte man zum Feuerlöschen ausgebildet, doch sie waren nirgendwo zu sehen. Abgesehen von Faye, natürlich, doch sie hatte wenig Lust, sich den Flammen allein zu stellen.

Der arme Harry wirkte ganz verloren, als sich eine Tür von der Scheune löste, ins Gras kippte und das Feuer noch anfachte.

Fayes zweiter Brand in ebenso vielen Tagen. Sie sah in den Himmel, fragte sich, ob wohl wie gestern ein Vogelschwarm zu Hilfe käme. Doch als die Flammen stärker wurden, erkannte Faye, dass nicht einmal alle Vögel der Welt dieses Feuer löschen konnten.

»Bildet eine Kette!«, rief sie. Wenn niemand sonst die Führung übernahm, musste sie das wohl tun. »Schöpft Wasser aus dem Teich und reicht die vollen Eimer weiter. Dad, du stehst vor der Scheune. Ruby, du und Bertie, ihr geht zum Teich, alle anderen postieren sich dazwischen. Kommt schon, bewegt eure Hintern.« Sie klatschte in die Hände, und die Leute liefen los. Innerhalb weniger Minuten wurden gefüllte Eimer weitergereicht, zu Terrence und schließlich zu Faye, die das Wasser in die Flammen schüttete, wo es zischend verdampfte. Sie waren nicht genug, um eine Kette vom Teich bis zur Scheune zu bilden, weshalb einige mit den Eimern hin und her rennen mussten, wobei Wasser auf das Gras spritzte. Faye musste oft lange warten, bis ein Eimer sie erreichte, der dann auch noch halb leer war.

Fayes Haut kribbelte, als die Flammen immer höher schlugen. Ziegel zersprangen, das Dach begann einzusinken, Balken bogen sich. Sie waren zu langsam.

»Mehr Wasser«, brüllte Faye. Der Rauch brannte in ihrer Kehle und ihren Augen. »Los, macht weiter!«

Mr. Paine traf mit seinem ARP-Helm auf dem Kopf ein und half Faye, die anderen anzutreiben. Ein paar Local Defence

Volunteers erschienen in ihren Uniformen, angeführt von Mr. Marshall. Mit ihrer frisch reparierten Pumpe reihten sie sich in die Schlange ein. Sie entrollten den Schlauch, und die Eimer kamen schneller und voller vorne an der Scheune an.

Aus dem Augenwinkel bemerkte Faye Schatten, die übers Gras huschten, und sie blickte auf.

Vögel. Hunderte, mehr als sie je gesehen hatte, sammelten sich hoch über ihnen und kreisten wie Wasser in einem Abfluss.

»Dad, schau«, rief Faye. »Schaut alle her. Da oben!«

Erst reichten die anderen noch Eimer weiter, doch einer nach dem anderen sahen sie hoch, stießen einander an, deuteten in den Himmel, wo die Vögel hin und her flogen und ein schwarzes Tuch im Wind bildeten.

»Das habe ich gestern schon gesehen«, sagte Faye. »Die Vögel werden das Feuer löschen.«

Terrence schirmte die Augen gegen die Sonne ab. »Was redest du da, Mädchen?«

»Warte ab, sie kreisen erst, dann stoßen sie herunter und …«

Holz knarzte, sich biegende Nägel stöhnten gequält auf.

Terrence schob Faye zur Seite. »Pass auf!«, schrie er, als die Scheunenwand vor ihnen in weißen Rauch gehüllt einstürzte. Kleine Stückchen und Asche wurden in ihre Gesichter geschleudert, als sie auswichen. Fayes Brille fiel zu Boden, und alles war verschwommen. Schweiß durchtränkte ihr Hemd am Rücken, lief ihr über die Stirn und in die Augen. Sie kroch zu ihrer Brille und schob sie ungeschickt auf die Nase.

»Zurück!«, brüllte Terrence und scheuchte die Helfer vom Feuer weg.

»Nein, Dad, warte«, sagte Faye und rappelte sich wieder auf. »Die Vögel, sie …«

Noch während sie sprach, stoben die Vögel auseinander und flogen in alle Richtungen davon.

»Nein, kommt zurück, kommt zurück!«, rief Faye ihnen nach. Durch ihre verschmierten Brillengläser sah sie, wie das Feuer weiter ungehindert die Scheune verschlang. Nichts konnte es jetzt mehr aufhalten. Stolpernd wich Faye vor der Hitze zurück und umklammerte die Hand ihres Vaters, während sie einander aufrecht hielten, unfähig zu sprechen, bis sie den Rauch aus ihren Lungen husteten.

»Irgendetwas muss ihnen Angst eingejagt haben«, brachte Faye mühsam heraus. »Irgendetwas …« Schatten bewegten sich im Wald.

Das Krähenvolk war da.

27

Sukys Verhandlung

Das Feuer war Sukys Idee gewesen.

Nach dem, was mit Craddock und ihrem fröhlichen Bruder passiert war, hatten die anderen Angst. Flammen sprangen schnell über, wenn man aus Stroh war, doch Pumpkinhead gefiel die Idee, und das war genug. Er hatte geprahlt, dass er jedes Feuer löschen könnte. Sein Getöse störte Suky, auch wenn sie den Grund dafür nicht genau kannte, doch nach seinen Wutausbrüchen wollte sie ihren Pumpkinhead unbedingt beeindrucken. Also verdrängte sie ihre beunruhigenden Gedanken und bot an, das Feuer zu legen. Sie benutzte den Boden einer zerbrochenen Flasche, den sie in der Klosterruine gefunden hatte, und hielt ihn ins Sonnenlicht, um einen Lichtstrahl zu erzeugen, der die Scheune in Brand setzte.

Etwas rührte sich in ihrem Geist, als sie das Glas ruhig hielt. Eine Erinnerung oder ein Traum, sie wusste es nicht genau, doch sie hatte das hier schon einmal getan. Sie hatte ein Feuer entfacht, das ihr eine Tracht Prügel und einen Abend ohne Essen eingebracht hatte, so viel wusste sie noch.

Sobald die Scheune brannte, brachte sich Suky in Sicherheit. Die Nacht war trocken, doch es dauerte trotzdem eine Weile, bis das Holz Feuer gefasst hatte. Danach zog sich das Krähenvolk in den Wald zurück und wartete, spähte hinter den Bäumen hervor.

Der Farmer entdeckte als Erstes den schwarzen Rauch und versuchte zu lange, das Feuer selbst zu löschen. Dann rief er ein paar Mädchen zu Hilfe, doch sie waren zu wenige. Er schickte eines ins Dorf, um Alarm zu schlagen, während die Flammen weiter die Scheune erstickten. Nach einiger Zeit kamen die Dorfbewohner und reichten in einer Reihe Wassereimer weiter und versuchten, das Feuer zu löschen. Doch vergeblich, sie waren zu spät. Das Dach brach bereits ein, die Flammen loderten auf. Eine Wand stürzte ein.

»Jetzt«, sagte Pumpkinhead.

Auf Sukys Zeichen hin traten ihre Brüder und Schwestern aus dem Wald und bildeten einen Kreis um die Dorfbewohner und die brennende Scheune. Die Dorfbewohner bemerkten sie zuerst nicht, und Aufregung durchzuckte Suky, als sie ihre Eimer fallen ließen, ihre Nachbarn anstießen und einander Warnungen zuriefen. Schützend drängten sie sich vor der prasselnden Scheune zusammen.

Pumpkinhead hob die Hände. »Ihr braven Leute von Woodville, hört mir zu …«

Die Dorfbewohner ließen sich das nicht bieten, und einige Männer rollten bereits die Ärmel auf und ballten die Fäuste.

Pumpkinhead klatschte in die Hände. Die Luft bewegte sich, die wütenden Männer stolperten nach hinten, und das Feuer … erlosch.

Das Prasseln verstummte, die Hitze war verschwunden,

ersetzt durch eine schwüle Feuchtigkeit, die nach verkohltem Holz roch. Die Scheune war nur noch eine verbrannte, in Rauchschwaden gehüllte Ruine. Geschwärzte Balken glühten weiß und orange, doch die Flammen waren erloschen. Pumpkinhead hatte Suky und ihren Geschwistern gesagt, dass er jedes Feuer ersterben lassen könnte, und auch wenn Suky nie an ihm gezweifelt hatte, war es trotzdem aufregend, es mitanzusehen. Auch wenn sie immer noch etwas daran störte.

»Schwester«, murmelte Pumpkinhead und trat zur Seite.

Suky verdrängte die unangenehmen Gedanken und löste sich aus der Reihe, zog den Schal enger um sich, während sie sich den Dorfbewohnern näherte. Sie drängten sich eng aneinander, und Suky konnte ihre Gesichter jetzt besser erkennen, die gleichermaßen Angst und Trotz zeigten. Sie blieb in einiger Entfernung stehen, um genug Zeit zum Wegrennen zu haben, falls sie sich auf sie stürzen sollten. Sie rief ihnen zu: »Wir wollen verhandeln.«

Die Dorfbewohner tauschten verwirrte Blicke, und Suky fragte sich, ob sie sie überhaupt verstehen konnten, bis eine verschwitzte junge Frau in Latzhose nach vorne kam. Ihre Brillengläser waren angelaufen, ihr Blick rasend.

»Bist du dafür verantwortlich?« Sie zeigte wütend auf die Scheune.

»Ja, bitte entschuldigt«, antwortete Suky. »Ihr habt uns mit euren Schreien aus dem Dorf vertrieben, ihr habt gedroht, uns mit eurem schwarzen Salz zu verbrennen. Wir können das Dorf nicht ohne große Gefahr und Schaden für uns selbst betreten, und wir müssen mit euch sprechen. Ich möchte Frieden schließen.«

»Ihr wollt Frieden schließen, indem ihr unser Eigentum in Flammen aufgehen lässt?«

»Ich frage euch, wo wird das alles enden, wenn wir nicht aufhören, uns gegenseitig zu verletzen?«, sagte Suky. »Ich musste eure Aufmerksamkeit erregen, und das war der einzige Weg. Es tut mir leid. Ich möchte nur etwas sagen.«

Die junge Frau mit der Brille verschränkte die Arme. »Dann sag, was du zu sagen hast, aber beeil dich.«

»Wir sind das Krähenvolk«, erklärte Suky und suchte angestrengt nach Worten, die ihre Gedanken in Sprache verwandelten. »Wir wollen keinen Ärger, wir wollen keinen Streit, wir wollen nur in Frieden und Harmonie leben und ein bisschen tanzen und herumspringen, wenn uns danach ist.«

»Frieden und Harmonie? Da habt ihr aber eine komische Art, das zu zeigen.« Das Mädchen mit der Brille sah sich nach den anderen Dorfbewohnern um, die wütende Blicke tauschten. »Wo ist Craddock?«

Suky sah zu Pumpkinhead. Er nickte.

»Craddock ist tot«, antwortete sie. »Er hat seine Strafe für sein Verbrechen bekommen.«

Das Mädchen mit der Brille fand erst nach einem Augenblick seine Stimme wieder. »Und was war das für ein Verbrechen?«

»Ein schrecklicher Mord«, erwiderte Suky. »Er hat unseren fröhlichen Bruder mit Feuer getötet.« Der unangenehme Gedanke meldete sich wieder zu Wort, doch sie schob ihn beiseite. »Und ein anderer unserer Brüder wurde von einer von euch in Stücke gerissen, aber wir sind bereit, das alles zu vergeben und zu vergessen.«

»Und was ist, wenn *wir* das nicht tun?«

»Dann verletzen wir uns gegenseitig weiter, Tag für Tag, Jahr für Jahr. Und keiner von uns möchte das, oder? Wie heißt du, junge Dame?«

Das Mädchen mit der Brille zögerte. Sie kannte den Wert von Namen. »Das geht dich nichts an«, erwiderte sie und fügte hinzu: »Warum kommt ihr überhaupt hierher und belästigt uns?«

»Ihr habt uns erschaffen«, gab Suky scharf zurück. Die Frage ärgerte sie sehr. »Ihr habt uns mit Stroh ausgestopft und uns auf euren Feldern an Kreuze gehängt. Ihr habt uns ausgelacht, mit euren Freunden Witze über uns gemacht, uns unter den Rock geschaut, Bälle auf uns geworfen und uns Tante Sally genannt …«

»Nein.« Das Mädchen hob einen Finger. »Wir haben Vogelscheuchen gebaut, aber keine wie dich. Wie nennst du dich? Suky, oder?«

Suky nickte.

»Aber das ist nicht dein richtiger Name, nicht wahr?«, sagte das Mädchen mit der Brille. »Dein richtiger Name ist Susannah Gabriel. Stimmt das?«

Erinnerungen überfluteten Sukys Geist. Wie ihre Mutter sie genannt hatte, Lehrer, oder ihr Vater. *Susannah. Susannah. Susannah.* Sie hasste diesen Namen. Hasste, hasste, hasste ihn. Susannah wurde immer ausgeschimpft, man gab ihr immer die Schuld, doch Suky konnte sein, wer sie sein wollte. Suky verliebte sich in einen Jungen, Suky rannte fort in den Wald, Suky spürte seine warmen Hände auf ihrer Haut, Sukys Herz flatterte, als sie ihn küsste.

»Ruhe!« Pumpkinheads Stimme durchbrach ihre Erinnerung, und Suky war schwindelig geworden, als er vortrat. »Schluss mit euren Lügen. Wo sind eure Hexen?« Seine Frage hallte über die Wiese. »Die verehrte Mrs. Teach, ist sie hier?«

»Sie ist zu Hause und ruht sich aus«, erwiderte das Mädchen. »Die Arme hatte fast einen Herzinfarkt, als einer von euch sie angegriffen hat.«

»Ach wirklich? Das hat sie dir erzählt?« Pumpkinheads Zickzacklächeln wurde höhnisch. »Ihr Hexen habt ein Buch. Ein Buch über Magie. Gebt es mir, und das alles hier hat ein Ende. Ihr habt bis morgen Zeit, bis Sonnenuntergang. Verweigert ihr uns allerdings unsere Bitte, dann ...« Er klatschte erneut in die Hände, die Luft bewegte sich, und die Flammen loderten wieder in die Höhe. Die Hitze wallte auf, und das Scheunendach stürzte endgültig ein. »Brüder und Schwestern«, rief Pumpkinhead dem Krähenvolk zu. »Zieht euch zurück!« Die Vogelscheuchen huschten in den Wald. Suky spürte, wie er ihre Hand nahm und sie zurück in den Schutz der Bäume zog. Immer wieder sagte er beruhigend: »Lügen, Suky, das sind alles Lügen, hör nicht auf sie.«

Schreie der Dorfbewohner wurden hinter ihnen laut, doch eine Stimme übertönte die anderen, und Suky fragte sich, was das zu bedeuten hatte.

»Faye, Faye, sie haben deinen Dad!«

28

In den Wald

Die Dorfbewohner brachten sich vor dem Feuer in Sicherheit, während Terrence immer noch Wasser in das Inferno schüttete. Er war allein, als sich vier Vogelscheuchen auf ihn stürzten und ihn zu Fall brachten. Sie hielten ihn auf dem Boden fest, packten seine Arme und Beine und schleppten den sich wehrenden und fluchenden Mann in den Wald.

Bertie bemerkte die Entführung als Erster. »Faye, Faye, sie haben deinen Dad!«

Faye rannte nicht gern, doch jetzt gab sie Gas wie Jesse Owens bei den Olympischen Spielen, als das Krähenvolk ihren Vater wegschleppte.

Bertie versuchte, mit Faye Schritt zu halten, auch wenn seine unterschiedlich langen Beine ihn hinderten. »Faye, pass auf«, rief er ihr nach, doch da verschwand sie schon im Wald.

Fayes Brust brannte, und sie hatte Seitenstechen, doch sie rannte immer weiter. Das Feuer warf lange, flackernde Schatten, und die Bäume bewegten sich wie Tänzer auf einem Ball. Das Johlen und die Rufe des Krähenvolks hallten um sie herum, ihre wild schlenkernden Arme verschmolzen mit den

Schatten. Der Boden schwankte unter Fayes Füßen, der Himmel über ihr drehte sich, und die Wolken verschwammen wie Wasserfarben im Regen.

Faye verlor die Vogelscheuchen aus den Augen.

»Dad!«, rief sie immer wieder. »Dad, ich komme!«

»*Dad! Dad!*«, ertönten die spottenden Antworten aus dem Wald, gefolgt von gackerndem Gelächter.

Ein Zweig knackte in der Nähe, und Faye wirbelte herum, verlor das Gleichgewicht und stolperte über eine Wurzel. Sie stürzte hart auf den Boden, rappelte sich aber sofort wieder auf. Sie hinterließ keine Fußabdrücke, und der Schein des Feuers drang nicht durch die eng stehenden Bäume. Hier führte kein Weg entlang, und die Baumkronen waren so dicht, dass nur vereinzelt Licht hindurchfiel.

»Dad!«

Wieder erklangen die spottenden Rufe. »*Dad! Dad!*« Die Worte hallten von den Baumstämmen um sie herum wider. Keine Spur von ihrem Vater, keine Spur von Bertie, sie hatte die Orientierung verloren. Panik stieg langsam in ihr auf, und sie rannte los. Die Richtung war egal. Sie rannte einfach, rannte und rief nach ihrem Vater. »Ich komme, Dad, ich komme!«

Die Wälder um das Dorf herum konnten erbarmungslos sein, wenn man sich verirrt hatte. Kleinere Tiere folgten ihren Nasen, und Vögel flogen über den Baumkronen, doch wenn Menschen nicht mehr nach Hause fanden, schlugen sie erst die eine Richtung ein, entschieden sich dann anders, drehten um, wählten einen anderen Weg, folgten ihm, änderten wieder ihre Meinung, immer wieder, bis sie entweder an ihrem Startpunkt landeten oder an einem unbekannten Ort ausgespuckt wurden und sich fragten, wie zur Hölle sie dort gelandet sein mochten. Manchmal gab es allerdings auch keinen Weg nach draußen. Einige waren schon im eiskalten Regen oder Schnee im Labyrinth des Waldes gestorben und erst gefunden worden, als es taute. In der Sommerhitze dürsteten manche bei Tag nach Wasser und wurden bei Nacht zum Festmahl von wilden Tieren.

Das Mädchen war allein und verloren und lief immer tiefer in den Wald hinein, und es würde nicht stehen bleiben. Doch der Wald wusste, dass jemand über sie wachte. Jemand, der immer über sie wachte.

Faye geriet nicht in Panik. Auf keinen Fall. Sie, Faye Bright, wurde nicht panisch.

Niemals.

Überhaupt nicht.

Es war schon einige Zeit her, seit sie die Schreie ihres Vaters oder der Vogelscheuchen gehört hatte, doch sie lief weiter dem Echo hinterher. Sie würde diese Richtung beibehalten, bis sie sie gefunden hatte. Und wenn sie den Waldrand erreichte, würde sie auf demselben Weg zurückgehen und nach Hinweisen suchen. Sie würde nicht aufgeben. Nicht ihren Vater. Niemals.

Verflixt, ihr Mund war trocken, und ihr Kopf hämmerte.

Der Bach, der vom Wode abzweigte, musste ganz in der Nähe sein – sie hörte das Plätschern –, doch sie wollte nicht riskieren, den Weg zu verlassen, weshalb sie durstig weiterlief.

Aus dem Rennen wurde erst ein Joggen und schließlich ein schnelles Gehen. Ihre Füße waren schwer, der Schmerz in ihrem Kopf wanderte hinter die Augen, sie konnte kaum einen klaren Gedanken fassen, und das Herz drohte ihr aus der Brust zu springen. Fayes Lippen waren trocken und spröde, und bei jedem Schritt keuchte sie. Sie musste stehen bleiben.

Sie hörte den Bach nicht mehr.

Sie könnte umkehren und versuchen, ihn zu finden. Oder sie könnte weitergehen. Ihre Beine schmerzten, ihre Lunge brannte. Beim Rennen hatte sie es nicht bemerkt, doch seit sie angehalten hatte, spürte sie das Gewicht ihrer Beine. Sie versuchte weiterzurennen, doch ihr Körper protestierte. Er brauchte eine Pause. Er brauchte Wasser.

Faye dachte an das letzte richtige Gespräch mit ihrem Vater zurück. Vor dem Brand, im Pub. Er war wütend auf sie gewesen. Nein, nicht gerade wütend, aber enttäuscht. Sie hatte versprochen, die Hirngespinste hinter sich zu lassen, und dann zog sie mit einer Hexe herum und suchte nach Hinweisen zu mysteriösen Vogelscheuchen.

»Oh, Dad, es tut mir leid. Ich komme, das verspreche ich. Ich verspreche es, ich …«

Faye beugte sich vor, die Hände auf die Oberschenkel gestützt. Ein bisschen sitzen konnte nicht schaden. Nur, um wieder zu Atem zu kommen.

Sie ließ sich auf den Hintern fallen und bemerkte ein paar leuchtend rote Kirschen auf dem Boden, die wohl ein Eichhörnchen in der Eile verloren hatte. Sie warf sie sich in den Mund und kaute, der Geschmack explodierte auf ihrer Zunge, doch das reichte nicht. Faye brauchte Wasser. Viel Wasser.

Und Ruhe. Nur eine kurze Pause. Sie könnte …

Sie könnte …

Sie könnte …

Sie könnte sich zwischen die klebrigen Ahornblätter legen und schlafen …

Nur …

Ein bisschen …

Im Dunkeln wanderte Fayes Geist zurück in den letzten Sommer, vor dem Krieg, als alle noch sorglos gewesen waren. Erinnerungen blitzten auf. Wie sie Pints im Green Man *gezapft hatte. Wie sie Erdbeeren mit Sahne gegessen hatte. Wie sie bei der Hopfenernte geholfen hatte. Wie sie nach dem Sommer Mr. Chamberlain im Radio zugehört hatte. Dann brach der Krieg aus, evakuierte Kinder mit kleinen Pappkoffern und Gasmasken drängten sich aneinander. Alle hatten jetzt eine Uniform, und so viele junge Männer aus dem Dorf zogen in den Krieg. Sonst änderte sich allerdings nicht viel. Faye half Ernie Teach bei der Kürbisernte in seinem Garten. Er schenkte ihr ein Glas trübe Limonade ein, die scharf und erfrischend schmeckte. Sie wogen und maßen die Kürbisse für das Erntedankfest. Ernie schnitzte Augen und einen lächelnden Mund in einen Kürbis und befestigte ihn als Kopf auf seiner Vogelscheuche.*

Faye schreckte auf. Sie hatte die Augen nur für einen Moment geschlossen, ganz bestimmt, doch irgendwie zwitscherten jetzt die Vögel in den Bäumen.

Ernie Teachs Vogelscheuche hatte einen Kürbis als Kopf gehabt.

Viele Vogelscheuchen hatten Kürbisköpfe. Es bedeutete gar nichts, aber Faye erinnerte sich an den staubigen Frack und den angestoßenen Zylinder, die der Kleidung der Vogelscheuche furchtbar ähnlich sahen, die gerade ihren Vater entführt hatte.

Häher kreischten sie an, Elstern schnatterten, Krähen krächzten. Die Vögel wollten unbedingt, dass sie aufstand.

»Schon gut, schon gut, ich gehe weiter.« Faye hievte sich auf Hände und Knie. »Ja, ja, ich …«

Auf jedem Ast um sie herum saß ein Vogel.

Alle starrten Faye an und sangen einstimmig. Faye spürte ein Kribbeln im Nacken. Die Luft war aufgeladen wie vor einem Sturm, der gleich losbrechen würde.

»Hallo«, sagte sie und kam auf die Füße.

Die Vögel verstummten.

»Ihr solltet doch helfen. Ihr solltet das Feuer löschen.«

Einige Vögel trippelten schuldbewusst hin und her.

»Ja, schuldbewusst solltet ihr auch sein«, meinte Faye. »Aber wenn ihr mir helft, meinen Vater zu finden, könnt ihr das wiedergutmachen.«

Alle zwitscherten und tschilpten durcheinander.

»Ja, ja, schon gut, hört auf.«

Wieder verstummten die Vögel gleichzeitig.

»Ihr seid schon ein komischer Haufen, hm? Seid ihr aus einem Zirkus abgehauen?«

Gleichzeitig flatterten die Vögel auf, flogen den Weg entlang, landeten in den Bäumen und warteten auf Faye.

»Ich soll euch wohl folgen, was?« Die Vögel schwiegen. »Lasst mich erst noch ein bisschen Atem schöpfen.«

Die Vögel zwitscherten aufgebracht und ungeduldig.

»Schon gut, schon gut, beruhigt euch.« Faye stolperte ihnen nach, und wieder flogen sie von Baum zu Baum, warteten, bis Faye aufgeholt hatte, flogen wieder auf und führten sie so durch den Wald. »Danke euch, danke«, brachte sie atemlos heraus. »Ich komme. Dad, ich komme.«

Faye trat zwischen den Bäumen hervor auf ein Feld. Über ihr zerstreuten sich die Vögel leise am Himmel, an dem die Sterne funkelten und graue Wolken aufgezogen waren.

»Warum ist es …?« Faye keuchte. »Warum ist es so dunkel?«

Eigentlich hätte Faye auf der anderen Seite des Waldes bei Farmer Dells Kohlfeld herauskommen sollen, doch jetzt war sie wieder bei Harry Newtons Scheune. Bertie saß allein auf seiner umgedrehten Zinnwanne neben den schwelenden Überresten.

»Warum?«, rief Faye den Vögeln hinterher. »Warum habt ihr mich wieder hierhergebracht? Ich wollte nicht hierher zurück. Ich wollte meinen Dad finden.«

Bertie sprang auf, als er sie hörte. »Faye, wo warst du?« Er humpelte zu ihr, so schnell er konnte. »Wir dachten schon, sie hätten dich auch erwischt.«

»Wie … Wie spät ist es?«

»Nach elf«, antwortete Bertie. »Du warst stundenlang weg.«

»Stundenlang? Das ergibt keinen Sinn. Ich war nur …« Faye packte Berties Arm. »Mein Dad. Hast du ihn gesehen?«

»Faye, hör bitte zu. Miss Charlotte sagt …«

»Das interessiert mich nicht. Hast du meinen Dad gesehen?«

»Sie sagt, du sollst das Buch holen und sofort zu ihrem Cottage kommen. Mrs. Teach ist auch dort.«

»Mrs. Teach? Bei Charlotte?«

»Sofort, hat sie gesagt. Sie war sehr deutlich. ›*Egal, wie sehr das Mädchen mit den Füßen stampft, du schickst sie sofort mit dem Buch zu mir. Enttäusch mich nicht, Bertie Butterworth*‹, hat sie zu mir gesagt. Und ich höre lieber auf sie.«

»Ich stampfe nicht mit den Füßen«, protestierte Faye und merkte, dass sie schon einen Fuß gehoben hatte. Sanft stellte sie ihn wieder ab. »Was für ein Buch?«, fragte sie, auch wenn sie die Antwort kannte.

»Ich weiß es nicht, aber sie hat es so gesagt, als würdest du es wissen, deshalb habe ich nicht weiter nachgefragt, weil … also, ehrlich gesagt, weil sie mir eine Heidenangst einjagt. Wir haben alle Angst, Faye. Das Feuer, das Krähenvolk, die Vögel. Keiner weiß, was hier vor sich geht, deshalb sind alle nach Hause gegangen, haben ihre Vorhänge zugezogen und den Teekessel aufgesetzt. Weißt … Weißt du, was hier los ist?«

Etwas in Berties Stimme machte Faye traurig. Er brachte es nicht über sich, ihr offen die Schuld für diesen Wahnsinn zu geben, doch der Vorwurf schwang mit.

»Ich habe nichts damit zu tun, das weißt du doch, Bertie, oder?«

Er nickte und wich einen Schritt zurück. »Es ist nur … Milly Baxter und Betty Marshall haben gesagt, dass du sie heute vor der Kirche erschreckt und sie verflucht hättest und …«

»Was? Quatsch.«

»U… und dass du den ganzen Tag mit Miss Charlotte im Dorf nach toten Menschen gefragt hast, und dann tauchen diese Krähenleute auf und zünden die Scheune an, und jetzt, also, jetzt reden alle.«

»Alle?«

»Ich nicht«, protestierte Bertie. »Ich habe nichts gesagt.«

»Glaubst du ihnen, Bertie? Glaubst du wirklich, ich habe Milly Baxter verflucht?«

Bertie kratzte sich am Hinterkopf. »Natürlich nicht. Aber wirst du zu ihnen gehen? Zu Miss Charlotte und Mrs. Teach?«

»Ja.« Faye wandte sich Richtung Dorf. »Sie müssen mir helfen, meinen Dad zu finden. Wir können nicht zulassen, dass ihm dasselbe wie Craddock zustößt.«

»Gut, weil mit dem Buch ist es nämlich so, Faye: Du musst es zu Miss Charlotte bringen. Sie hat gesagt ...« Bertie holte Luft und biss sich auf die Lippe, während er hinter ihr her eilte. »Sie hat gesagt, dass ihr nur damit deinen Vater retten könnt.«

29

Drei Hexen

Bertie verabschiedete sich zwar freundlich von Faye, doch er sprach irgendwie anders mit ihr. Er hatte Angst vor Magie, vor seltsamen Büchern, vor Vögeln und jetzt auch vor ihr, und er konnte gar nicht schnell genug von Faye wegkommen. Es zerriss ihr das Herz, ihn so zu sehen, und sie wollte ihm versichern, dass er von ihr nichts zu befürchten hatte, doch das Wichtigste war im Augenblick, ihren Vater sicher zurückzuholen. Und dafür musste sie eine Verabredung mit zwei Hexen einhalten.

Ins leere Pub zurückzukehren war nicht einfach. Faye erwartete fast, dass ihr Dad hinter der Bar auftauchte und Witze riss, doch alles blieb dunkel und kalt. Sie ging direkt in den Keller zu dem Koffer, löste das rostige Vorhängeschloss und holte das Buch heraus. Sie konnte nicht widerstehen, rasch hindurchzublättern, in der Hoffnung, eine Lösung würde sich auftun, doch die Wörter und Zeichnungen blieben rätselhaft. Die Hexen würden es schon wissen. Sie stellte sich vor, wie sie das Buch durchsuchten, das richtige Ritual fanden, dann ein paar Zauberworte sprachen und dass ihr Dad schließlich wieder durch die Tür spazieren würde. Sie klappte das Buch zu, schob es in ihre Tasche und schloss den Koffer.

Es war nach Mitternacht, als Faye mit roten Wangen und atemlos ihr Fahrrad abstellte und durch das Unterholz den schmalen Waldpfad entlangstapfte. Ihre Tasche mit dem Buch ihrer Mutter trug sie über der Schulter.

Wie Bertie angekündigt hatte, war Mrs. Teach bereits im Cottage und hielt anmutig eine Teetasse samt Untertasse in der Hand.

Charlotte bot Faye einen Becher Holundergin und einen Stuhl an dem steinernen Kamin an. Ein Eintopf brodelte in einem Topf über den Flammen. Faye nahm den Gin und trank ihn in einem Zug aus. Sie war so erschöpft, dass sie wahrscheinlich nie wieder aufstehen würde, wenn sie sich erst hingesetzt hätte, weshalb sie lieber mit verschränkten Armen stehen blieb.

»Ihr scheint ja dicke Freundinnen zu sein«, begann sie. »Ich dachte immer, ihr beiden könnt euch nicht ausstehen?«

»Manchmal muss man sich mit dem Teufel verbrüdern«, sagte Charlotte und rührte in dem Topf.

»Dem Teufel?« Mrs. Teach prustete. »Ach was. Höchstens mit einer seiner Untergebenen.«

»Also gut.« Faye deutete mit dem Finger erst auf die eine, dann die andere Hexe. Der Gin wärmte ihren Magen. »Ihr zwei gebt mir besser sofort ein paar Antworten. Wer sind diese Vogelscheuchen? Warum sind sie nach Toten auf dem Friedhof benannt? Warum haben sie meinen Dad entführt? Und warum haben sie ausdrücklich nach Ihnen gefragt?« Damit meinte Faye Mrs. Teach, die sich prompt an ihrem Tee verschluckte. Sie stellte Tasse und Untertasse klirrend ab, während sie sich räusperte und abwinkte.

Faye wandte sich an Charlotte. »Und warum haben Sie nichts gegen das Feuer unternommen?«

»Ich hatte dir doch gesagt, dass du nicht hinlaufen sollst«, antwortete Charlotte und stopfte ihre Pfeife. Faye versteifte sich und fragte sich, was für ein Tabak es wohl diesmal war. »Es war eindeutig eine Falle.« Charlotte zündete ihre Pfeife an und paffte. Der Tabak roch normal, und Faye erlaubte sich, ein wenig zu entspannen.

»Warum? Warum war es eindeutig eine Falle? Was sehen Sie denn, was ich nicht sehe?«, fragte sie scharf. »Und hören Sie endlich auf, die mysteriöse Hexe zu spielen. Reden Sie Klartext, oder ich schwöre, ich kippe Ihnen den Eintopf über den Schädel.«

»Junge Dame«, sagte Charlotte und zog an ihrer Pfeife, »hast du schon mal daran gedacht, nicht gleich bei der geringsten Provokation aus der Haut zu fahren?«

Mrs. Teach strich über ihren Rock. »Na, na, Charlotte, sie ist immer noch ein Kind. Lass ihr doch einen kleinen Wutanfall.«

Faye knirschte mit den Zähnen und ballte die Fäuste. »Meine Damen, vielleicht«, sie wählte ihre Worte sorgfältig, »solltet ihr zwei aufhören, so hochnäsig zu sein, und mich wie eine Erwachsene behandeln?«

»Das werden wir dann tun, wenn du dich so benimmst.« Mrs. Teachs Lächeln erreichte ihre Augen nicht, als sie sich noch eine Tasse Tee einschenkte.

Faye machte einen Schritt nach vorn, doch Charlotte stellte sich ihr mit einem Rauchring in den Weg.

»Wir werden nicht vorankommen, wenn wir so weitermachen«, sagte sie. »Um deine Frage zu beantworten und mal Klartext zu reden: Als wegen des Feuers Alarm geschlagen wurde, habe ich keinen Sinn darin gesehen, in eine vom Krähenvolk herbeigeführte Konfrontation verwickelt zu werden. Stattdessen habe ich mich mit Mrs. Teach beraten. Wir haben vereinbart, unsere Differenzen vorübergehend beizulegen und unser kleines Problem zu lösen. Und ja, Faye, ich bin eine Hexe. Ich habe auch nie etwas anderes behauptet.«

»Und ich übe die Kunst schon aus, seit ich ein Kind war«, fügte Mrs. Teach hinzu, während sie einen Spritzer Milch und zwei Stück Zucker zu ihrem Tee gab und umrührte. »Meine Großmutter hat gesagt, ich hätte die Gabe, und hat mir ein paar Sachen gezeigt, auch wenn ich mich heutzutage kaum damit beschäftige.«

»Was habe ich zum Thema Lügen gesagt?«

»Ich sage die Wahrheit, Faye, auch wenn ich zugeben muss, dass die vergangene Woche außergewöhnlich war. Und jetzt kommen wir zu dir, junge Dame.«

Beide Frauen drehten den Kopf zu Faye.

»Was? Ich bin keine Hexe«, protestierte sie.

»Hast du das Buch mitgebracht?«, fragte Charlotte und streckte die Hand aus.

Faye warf einen Blick auf ihre Tasche. »Es hat meiner Mum gehört.«

»Wir dachten, es sei verloren«, sagte Charlotte.

»Sie hatte uns gesagt, sie würde es verbrennen«, erklärte Mrs. Teach.

»Wer?«

»Deine Mutter.«

»Sie kannten meine Mutter?« Faye versuchte, sich die drei miteinander vorzustellen, und die alte Wut kehrte ein wenig zurück. Dann fragte sie sich, wie Mum es mit den beiden ausgehalten hatte. »Kannten Sie sie denn gut?«

»Wohl nicht gut genug«, antwortete Mrs. Teach. »Sie hat uns versprochen, dass sie das Buch loswerden würde, aber dieses Versprechen hat sie offensichtlich nicht gehalten.«

»Aber wir werden es verwenden, nicht wahr?« Faye sah von Hexe zu Hexe. »Wir werden es aufschlagen, einen Zauberspruch finden, mit dem wir die Vogelscheuchen verjagen können und holen meinen Dad zurück, ja?«

Charlotte und Mrs. Teach tauschten einen verlegenen Blick.

»Also gut, was habt ihr dann damit vor?«, fragte Faye und sah von der Tasche zum Kamin. Charlottes und Mrs. Teachs Schweigen bestätigte Fayes schlimmste Befürchtungen. Sie packte die Tasche fester. »Ihr wollt es doch wohl hoffentlich nicht verbrennen?«

»Faye, Schatz, beruhige dich«, sagte Mrs. Teach. »Du musst verstehen, mit wem wir es hier zu tun haben und warum wir ihn besiegen müssen.«

»Ihn?«, fragte Faye. »Den mit dem Kürbiskopf? Ist er … ist er der Teufel?«

»Wohl kaum.« Charlotte nahm ein ledergebundenes Buch von einem Regalbrett und legte es auf eine Truhe in der

Raummitte. »Er nimmt die Gestalt einer Vogelscheuche an, um die Bauern zu täuschen.« Kniend blätterte sie durch Seiten mit alten Holzschnittillustrationen von Dämonen, Göttern und Monstern, bis sie zu einem Bild von Pumpkinhead und den herabstürzenden Vögeln kam. Sie drehte das Buch, damit Faye hineinsehen konnte. »Ein Trickster, aus einer niederen Ordnung von Dämonen. Ehrgeizig, gerissen, sehr gefährlich, und man hat ihn in dieser Welt seit mindestens dreihundert Jahren nicht gesehen.«

»Ein Dämon?«, fragte Faye mit verengten Augen.

»Einer, der sich der Seelen der Toten bemächtigt und sie in Strohnachbildungen wiederauferstehen lässt. Er unterwirft sie seinem Willen und zieht seine Macht aus ihrer Ergebenheit.«

»Und das soll ich glauben?«

»Gerade noch wolltest du an den Teufel glauben.«

»Das ist etwas anderes.« Faye dachte an ihre Kerzenmagie und den Versuch, Craddock aufzuspüren. »Magie gibt es nicht.«

»Wie kannst du dir da so sicher sein?«

»Weil ich es versucht habe und es nicht funktioniert hat.«

Charlotte und Mrs. Teach stöhnten auf.

»Was?«, fragte Faye.

»Dann warst es also *doch* du«, sagte Mrs. Teach und schürzte missbilligend die Lippen.

»Was war ich?«

»Jemand hat mit Magie herumgespielt«, antwortete Charlotte.

»Jemand, der nicht die geringste Ahnung hat, mit was er es da genau zu tun hat«, bemerkte Mrs. Teach.

»Die Macht von Magie ist wie eine Kerze im Dunkeln«, erklärte Charlotte. »Die Flamme zeigt den Weg, zieht aber auch Motten an.«

»Und dieser Dämon ist eine verflixt große Motte«, fügte Mrs. Teach hinzu.

»Das war nicht ich«, wehrte sich Faye. »Ich habe keinen Dämon heraufbeschworen. Er war schon da, bevor ich …«

»Bevor du was?«, fragte Mrs. Teach.

»Bevor ich *herumgespielt* habe. Dafür können Sie mir nicht die Schuld geben«, sagte Faye und spreizte die Finger über der Brust. »Jemand anders muss gezaubert haben, und ich frage mich, wer von euch beiden es war.«

»Wir sind beide nicht so dumm, Dämonen zu beschwören.« Charlotte hob eine Augenbraue. »Erzähl uns alles, und wir sagen dir, wo du einen Fehler gemacht hast.«

»Ich habe doch versucht, mit Ihnen zu reden«, sagte Faye abwehrend. »Ich war hier und habe Ihnen von dem Buch erzählt, aber Sie haben splitterfasernackt mit einem Frosch auf dem Bauch geschlafen, und Ihre Ziege hat mich verschreckt.«

»Es war eine Kröte, und er ist nicht meine Ziege.«

»Du vermisst deine Mutter, nicht wahr, Schatz?« Mrs. Teach machte ein mitfühlendes Gesicht. »Hast du versucht, Kontakt mit ihr aufzunehmen?«

»Nein, ich habe versucht, Craddock zu finden, wenn Sie es genau wissen wollen. Mit Kerzenmagie, und ich habe keine Dämonen beschworen.«

»Vielleicht nicht absichtlich«, meinte Charlotte.

»Ja, man macht leicht einen Fehler, wenn man herumspielt, Schatz«, sagte Mrs. Teach und streckte die Hand aus. »Darf ich das Buch mal sehen?«

»Erst will ich ein paar Antworten«, erwiderte Faye. »Pumpkinhead hat bei der brennenden Scheune explizit Ihren Namen erwähnt, Mrs. Teach. Er hat Ihnen zugenickt, als sie das erste Mal im Dorf waren. Was hat das alles zu bedeuten, hm?«

Charlotte drehte sich zu Mrs. Teach um und neigte den Kopf. »Ach, wirklich?«

Mrs. Teach verlagerte das Gewicht in ihrem Sessel, Charlotte und Faye hatten sie in die Ecke gedrängt. »Woher soll ich wissen, was er damit bezweckt?«, sagte sie.

»Vielleicht sollten wir Ihren Ernie fragen?«, meinte Faye mit in die Hüften gestemmten Händen. »Schließlich hatte er eine Vogelscheuche in seinem Garten, die genau wie dieser Pumpkinhead ausgesehen hat, und Ihr Ernie ist ja auch mysteriöserweise von den Toten wiederauferstanden.«

»Das war nicht mein Ernie.«

»Was war er dann?«

»Ich habe keine Ahnung.« Mrs. Teach zog ein Taschentuch aus ihrem Ärmel und tupfte sich die theatralischen Tränen ab, die in ihren Augen glänzten. Mit zitternder Stimme sagte sie: »Deine Magie ist schuld, junge Dame. Ein Dämon würde es nicht riskieren, in unsere Welt überzutreten, es sei denn, er hätte Wind von etwas Besonderem bekommen, wie dem Buch deiner Mutter. Sobald du angefangen hast, Zaubersprüche daraus zu rezitieren, hast du seine Aufmerksamkeit erregt. Er hat die Gestalt einer Vogelscheuche angenommen, und jetzt hat er eine Armee geschaffen, und wir sind die Einzigen, die ihn noch abwehren können.«

»Wenn er das Buch in die Hände bekommt und Rituale daraus vollzieht, kann ihn niemand mehr aufhalten«, stimmte Charlotte zu.

»Deshalb dürfen wir nichts Magisches aufschreiben«, sagte Mrs. Teach.

»*Sie* haben aber ein Buch.« Faye deutete anklagend mit dem Finger auf Charlottes ledergebundenen Band auf der Truhe.

»Drucke und Holzschnitte, Liebes«, erwiderte Charlotte. »Ein reines Nachschlagewerk. Keine Zaubersprüche, keine Rituale, keine Geheimnisse. Das ist alles hier oben.« Sie tippte sich mit dem Mundstück ihrer Pfeife an den Kopf.

»Wir haben geschworen zu verhindern, dass unser Wissen in die falschen Hände gerät«, sagte Mrs. Teach. »Die Nazis sind halb so wild, warte nur, bis ein Dämon unsere Geheimnisse mit der ganzen Unterwelt teilt. Dann gibt es kein Halten mehr.«

»Kannst du dir vorstellen, was passiert, wenn Vera hiervon Wind bekommt?«, murmelte Charlotte.

»Das mögen die Götter verhüten.« Mrs. Teach legte eine Hand auf die Brust.

»Wer ist Vera?«

»Das musst du nicht wissen«, antwortete Mrs. Teach. »Gib uns das Buch.«

»Warum hat meine Mutter es getan?«, fragte Faye. »Wenn sie wusste, dass es verboten war, warum hat sie dann alles aufgeschrieben?«

»Weil sie wie du war.« Mrs. Teach verschränkte die Hände auf dem Bauch. »Hat nie gemacht, was man ihr gesagt hat, war zu neugierig, und sie wusste auch nie, wann sie den Mund zu halten hatte.«

»Allerdings war sie eine ausgezeichnete Hexe«, bemerkte Charlotte.

»Und eine mächtige noch dazu«, stimmte Mrs. Teach zu. »Mit großer Weitsicht. Ich frage mich, ob sie wusste, dass sie nicht lange genug leben würde, um dich auszubilden, und deshalb ihr Wissen in einem Buch hinterlassen hat.«

Faye sah von Charlotte zu Mrs. Teach und ließ sich in einen Sessel sinken. Sie dachte an die Mutter, die sie kaum kannte. Die Frau, die mit diesen beiden Frauen hier Magie praktiziert hatte. Eine ausgezeichnete Hexe. Eine mächtige Hexe. Faye hatte so viele Fragen. Sie wünschte, sie hätte nur fünf Minuten mit ihrer Mutter verbringen können ...

Faye merkte, dass sie zum ersten Mal ohne die vertraute Wut an ihre Mutter gedacht hatte. Stattdessen hatte sie etwas anderes empfunden. Etwas, das ein kleines bisschen Freude gewesen sein könnte.

»Ihr zwei seid Hexen?«, fragte sie, und die Frauen nickten. »Und meine Mum war auch eine Hexe?« Sie nickten wieder. »Und ich bin eine Hexe?« Aus dem Nicken wurde ein abwägendes Kopfwackeln. »Und dieser Pumpkinhead ...«

»Kefapepo«, unterbrach Charlotte sie.

Faye blieb beinahe das Herz stehen. »Was?«

»So heißt der Dämon«, sagte Mrs. Teach. »Auch wenn ich verschlagener Mistkerl vorziehe.«

»Kefa... Kefapepo«, sagte Faye und nickte, als sei es das Normalste auf der Welt herauszufinden, dass die eigene Mutter eine Glockenabfolge nach einem Dämon benannt hatte.

»Das … das ist ein komischer Name.« Einerseits wollte sie Charlotte und Mrs. Teach alles erzählen, andererseits auf die warnende Alarmglocke in ihrem Kopf hören, dass das eine ganz blöde Idee wäre. Sie hievte sich aus dem Sessel. »Wisst ihr, mir reicht es jetzt mit all diesen seltsamen Sachen, und außerdem hatte ich einen wirklich langen Tag, und jetzt bin ich müde. Ich glaube, ich gehe mal nach Hause.«

»Lass das Buch hier«, sagte Charlotte.

»Nein.« Faye schüttelte den Kopf. »Ich lasse es nicht hier, und ihr verbrennt es nicht.«

»Wenn wir Kefapepo besiegen wollen …« Mrs. Teach unterbrach sich, als Faye leise schluchzte. »Oh, Schatz, mach es uns nicht schwerer, als es sowieso schon ist.«

Charlotte war weniger gerührt. »Um den Dämon zu besiegen, vernichten wir als Erstes das Buch, bevor er es in die Finger bekommt.«

»Nein, das werdet ihr ganz bestimmt nicht tun.« Faye wich zurück und umklammerte die Tasche.

»Er will das Buch, Faye«, sagte Charlotte und kam näher.

»Es wird ihm mehr Macht verleihen, als ein Dämon in Hunderten von Jahren besessen hat«, fügte Mrs. Teach hinzu.

»Wenn wir es vernichten, was macht er dann mit meinem Dad? Er wird ihm etwas antun, ihn vielleicht töten.«

»Das tut er vielleicht sowieso«, sagte Charlotte.

»Was?«, heulte Faye auf. »Nein. Das wisst ihr doch gar nicht.«

»Wir kennen Dämonen«, sagte Mrs. Teach, »und sie wollen immer nur Macht. Die Macht in diesem Buch.«

»Ich werde es ihm nicht geben, ich verspreche es«, antwortete

Faye und stieß gegen einen Sessel. Sie sah sich nach einem Fluchtweg um. Doch die Haustür befand sich hinter den beiden Hexen. Sie bewegte sich in die falsche Richtung. Sie war gefangen.

»Ich bezweifle, dass er höflich danach fragen wird«, meinte Charlotte. »Er wird es sich holen und tun, was dafür nötig ist.«

Faye entdeckte eine Tür, die zur Küche führte. Sie drehte sich um und wollte darauf zu rennen.

Und stolperte prompt über die Truhe mit Charlottes Buch und Mrs. Teachs Teekanne und Tassen. Sie fielen klirrend zu Boden, und Faye landete ausgestreckt auf Charlottes altem Buch.

»Faye.« Mrs. Teach kam mit ausgestreckten Armen auf sie zu. Faye wusste nicht, ob die Hexe ihr aufhelfen oder nach ihr greifen wollte. Sie wartete auch nicht, bis sie es herausfinden konnte. Sie strampelte mit den Beinen wie ein wütendes Kleinkind, um die Frau abzuwehren, rappelte sich auf, stürzte in die Küche, durch die Hintertür hinaus und in den Wald.

30

Ein überaus anstrengender Gefangener

Du kannst denken, auch wenn dein Gehirn mit Stroh ausgestopft ist?«

Der alte Mann ging Suky allmählich auf die Nerven.

»Aber was passiert, wenn dir Mäuse unter den Rock kriechen? Du musst natürlich nicht antworten, das ist ein bisschen persönlich, das verstehe ich, aber man fragt sich schon, nicht wahr? Ich meine, schließlich seid ihr ja lebendig und atmet.«

Suky hatte seit Stunden nichts mehr von den Vögeln gehört, und sie wollte wissen, ob das Mädchen mit der Brille in Sicherheit war. Aber sie flogen nicht mehr zum alten Kloster. Wahrscheinlich hatten sie Angst. Sie waren in dem Augenblick geflüchtet, als Suky und ihre Geschwister an der brennenden Scheune eingetroffen waren. Nein. Schon vorher. Sie hatten sich zerstreut, als sie Pumpkinhead erblickt hatten. Er hatte sie erschreckt.

»Es ist unglaublich, wirklich unglaublich. Gut, ich sage das so dahin, ihr seid lebendig und atmet … Lebendig bist du ja offensichtlich, aber hast du auch Lungen, hm? Los, hol mal

Atem. Wie fühlt es sich an? Nein, keine Lust? Stimmt schon, du bist schließlich kein Zirkusaffe. Ich weiß, ich sollte den Mund halten, aber ich kann einfach nicht anders.«

Wenn Suky jetzt ihren Pumpkinhead ansah, spürte sie eine Enge in der Brust, dort, wo ihr Herz gewesen war. Er lächelte immer noch, auch wenn er rasch in Wut geriet. Doch er fasste sich auch immer wieder.

»Niest du? Und was isst du? Oh, und – gut, das ist ein bisschen persönlich – musst du auch mal auf die Toilette? Nein, schon gut, jetzt bin ich zu weit gegangen. Sag nichts. Außer du möchtest?«

Der alte Mann hatte die ganze Nacht und den ganzen Morgen geredet, und Suky versuchte zu denken.

»Was ist, wenn es regnet? Müsst ihr euch dann auswringen?«

Suky wollte ihn überhaupt nicht hier haben. Sie war verärgert über Pumpkinheads Befehl, ihn mitzunehmen, und jetzt machte der Alte sie wahnsinnig. Wenn doch nur die Vögel hier wären, sie vermisste ihren Gesang.

»Müsst ihr euch regelmäßig nachstopfen lassen?«

»Schweig!«, herrschte Pumpkinhead ihn an.

Terrence – alle wussten, wie er hieß, nachdem er darauf bestanden hatte, sich allen vorzustellen: »Hallo, ich heiße Terrence. Wie geht es dir? Schön, dich kennenzulernen« – war an einen Pfahl in der Mitte der Klosterruine gebunden. Er saß am Boden, die Hände hinter dem Rücken gefesselt, die Beine vor sich ausgestreckt und plapperte fröhlich mit niemand Bestimmtem. Suky war überzeugt, dass er das nur tat, um Pumpkinhead aufzubringen.

»Alles klar, Meister«, sagte Terrence. »Ich rede wirklich viel, das stimmt schon. So war ich damals auch, als ich das erste Mal mit der jungen Dame ausging, die mir schließlich die Gunst erwiesen hat, meine Frau zu werden. Sie hat immer gesagt: ›Terrence, mein Lieber, was redest du denn schon wieder so viel?‹ Sie hat es für eine – wie hat sie es genannt? – nervöse Reaktion gehalten. Genau, das war es. Wenn ich nervös werde, kann ich überhaupt nicht mehr aufhören zu plappern. Was komisch ist, weil ich eigentlich von Natur aus eher ein Zuhörer bin. Das kommt von meinem Beruf. Als Wirt muss man auch ein guter Zuhörer sein. Die Gäste haben einen Tag mit harter Arbeit hinter sich und müssen ein bisschen Dampf ablassen, deshalb hört man ihnen zu, was sie zu sagen haben. Und dabei nickt man nicht nur beiläufig, während man ein Glas spült. Oh nein. Man muss aufpassen, weil sie einen früher oder später fragen: ›Und was sagst du dazu, Terrence?‹, und dann muss man seine Meinung beisteuern, auch wenn man sich natürlich nicht zu sehr einmischen möchte, weshalb man ihnen normalerweise sagt, was sie hören wollen ...«

Pumpkinhead ging um den schwafelnden Mann herum, blieb hin und wieder stehen und sah in die Ferne, als wartete er auf irgendein Zeichen. Die anderen Vogelscheuchen lagen geistlos und leblos herum und warteten darauf, dass ihnen jemand sagte, was sie tun sollten.

»Das ist das Geheimnis des Wirtsberufes, man ist der beste Freund von allen. Man stimmt allen zu, solange sie nicht ausfällig werden und gelegentlich eine Runde ausgeben. Ich liebe meine Arbeit, wirklich.«

Suky versuchte währenddessen, die Erinnerungsfetzen, die

immer wieder in ihr auftauchten, zusammenzusetzen. *Susannah Gabriel.* Das war ihr Name gewesen, ihr Leben davor. Nein, das war unmöglich. Sie war Suky, hier und jetzt. Es gab kein Davor. Susannah war eine Lüge. Die Dorfbewohner hatten Angst vor ihnen und erzählten Lügen, um ihre Angst weiterzuverbreiten, hatte Pumpkinhead sie gewarnt. Ja, so musste es sein.

»Wie lang sind wir noch hier, hm?«, fragte Terrence. »Mein Hintern ist ein bisschen feucht, und ich bin nicht gerade scharf auf einen Blumenkohl. Hat jemand ein Kissen?«

»Blumenkohl? Sprich nicht in Rätseln, Mann.« Pumpkinhead warf die Hände in die Luft.

»Hämorrhoiden meint er«, sagte Suky, ohne nachzudenken. »Das ist eine Umschreibung.« Woher wusste sie das? War das eine von Susannahs Erinnerungen? Sie schüttelte den Gedanken aus dem Kopf, hakte sich bei Pumpkinhead ein und führte ihn zu den Stufen der Klosterruine. »Warum haben wir ihn mitgenommen, mein Pumpkinhead?«, fragte sie. »Warum hauen wir nicht von hier ab? Wir haben die Dorfbewohner verärgert, und sie werden uns mit Feuer und Klingen und Schlimmerem jagen.«

»Im Gegenteil, Schwester Suky«, sagte Pumpkinhead, der sich wieder beruhigt hatte. »Sie haben jetzt Angst. Sie fürchten uns, und sie werden uns das Buch bringen, und dann werden wir es benutzen, und bald werden wir unser Zuhause bekommen.«

»Wir werden ihm nichts antun, nicht wahr?«

»Ein Kissen. Ein Kissen. Ein Königreich für ein Kissen.« Terrence lachte gackernd, und Pumpkinhead sah sich zu ihm um.

»Wenn er nicht bald den Mund hält, dann schon«, murmelte die Vogelscheuche.

»Bitte nicht.«

»Ich scherze doch nur, meine Schwester. Ich verspreche es dir. Ihm wird nichts geschehen. Das hier wird bald vorbei sein.«

»Gut, gut.« Suky zögerte. »Bitte vergib mir meine Unverschämtheit, aber ... hatte sie ...? Hatte sie recht, was mich betrifft?«

»Das Mädchen an dem Feuer?«

»Sie hat gesagt, mein Name sei Susannah. Und sie hat alle möglichen seltsamen Gedanken in meinem Kopf aufgewühlt. Jetzt frage ich mich, wer ich bin und ...«

»Ruhig, Schwester Suky.« Pumpkinhead nahm ihre Hand in seine. »Sie hat Lügen gesprochen, die uns verwirren und spalten sollen. Hier, ich zeige es dir.« Er drehte sich zu dem Krähenvolk und hob die Arme. Er musste nicht einmal etwas sagen. Sie sprangen auf die Füße, bereit, alle Befehle zu erfüllen. »Brüder und Schwestern, kommt näher, hört mir zu.« Er stand hinter Suky, seine Hände lagen auf ihren Schultern. »Sagt mir, Brüder und Schwestern: Wer steht hier vor euch?«

»Unsere Schwester Suky«, rief einer.

»Die Mutigste und Klügste von uns allen«, sagte eine andere.

»Und hübsch und anmutig ist sie.«

»Seine Lippen bewegen sich«, bemerkte Terrence.

Suky spürte, wie sich Pumpkinheads Finger fester in ihre Schultern gruben.

»Das ist wirklich schlau«, fuhr Terrence fort. »Was ist das?

Bauchreden? Und habt ihr das alle vorher geübt? Wie auch immer, es ist fabelhaft. Gut gemacht. Wisst ihr, ein paar von uns dachten zuerst, als ihr aufgetaucht seid, ihr wärt ein Zirkus, und ihr versteht auch, warum, nicht wahr? Klasse, wirklich beeindruckend.«

Während der alte Mann weiterplapperte, empfand Suky eine Mischung aus Scham und Verletzung. Pumpkinhead lockerte seinen Griff um ihre Schultern. »Sieh mich an, Schwester Suky.«

Sie drehte sich um und starrte in seine hohlen, dreieckigen Augen.

»Du weißt, dass ich nur das Beste für euch alle will, ja? Ich würde dich nie verletzen oder dich in Gefahr bringen. Das verstehst du doch, Schwester?«

»Ja, mein Pumpkinhead«, sagte Suky, auch wenn sie die Worte emotionslos aussprach. Sie sagte sie nur, weil sie wusste, dass er sie hören wollte. Ihr kam noch ein Gedanke, der sie schon seit einiger Zeit quälte. »Aber ich habe eine Frage.«

»Stell sie, und ich werde antworten«, erwiderte Pumpkinhead.

»Du bist sehr mächtig, mein Pumpkinhead, das haben wir alle gesehen. Du hast das Feuer mit einem Händeklatschen gelöscht.«

»Das habe ich, ja.«

»Und dann hast du es wieder brennen lassen.«

»Ja, ja.«

Suky hörte, dass er langsam ungeduldig wurde. »Also, meine Frage ist folgende, und denk bitte daran, dass sie schon seit einiger Zeit in meinem Kopf ...«

»Suky. Stell deine Frage.«

»Wenn du so mächtig bist, dass du ein Feuer nur mit einem Händeklatschen beginnen und enden lassen kannst«, sagte Suky, und die Worte strömten aus ihr heraus, »warum hast du unseren fröhlichen Bruder dann brennen lassen?«

Die Welt verstummte. Der Wind flaute ab, das Krähenvolk beugte sich vor, um die Antwort zu hören, und sogar Terrence hielt den Mund.

»Craddock hat ihn angezündet«, fuhr Suky fort und hörte das Zittern in ihrer Stimme, »aber du hättest ihn retten können. Warum hast du es nicht getan?«

Pumpkinhead senkte den Blick. »Oh, Suky, meine Schwester. Du brichst mir das Herz. Du hältst mich für allmächtig, wie die alten Götter. Doch in aller Bescheidenheit kann ich sagen, dass ich ohne meine Brüder und Schwestern nichts bin.« Er streckte seine Arme zum Krähenvolk aus. Ein paar erwiderten die Geste. »Ohne dich bin ich nichts, Suky.« Er nahm ihre Hand, drehte sie um, drückte sie, tätschelte sie. »Kein Tag vergeht, an dem ich nicht um unseren gefallenen Bruder weine. Ich wünschte, ich hätte die Macht, ihn zu retten, ihn sogar wiederauferstehen zu lassen. Oh, Suky, da bin ich so schwach gewesen, doch mit euch allen bin ich stark. *Wir* sind stark.« Er reckte eine Faust in den Himmel, und das ganze Krähenvolk – außer Suky – schloss sich ihm jubelnd an.

»Das ist alles schön und gut«, sagte Suky, »aber du hast meine Frage nicht richtig beantwortet ...«

»Vertraust du mir, Suky?«

Suky sah von Pumpkinhead zu Terrence und ihren Strohgeschwistern. »Das muss ich wohl«, erwiderte sie.

»Gut, gut, meine Schwester, denn ohne Vertrauen haben wir ...« Er versteifte sich wieder und drehte ruckartig den Kopf, als hätte er etwas gehört.

»Was ist los?«, fragte Suky.

»Jemand ruft mich«, sagte er. »Jemand nutzt gerade Magie. Brüder und Schwestern, es ist so weit.«

31

Eine dünne schwarze Linie

Faye zündete eine Kerze an. Sie stand hinter Charlottes Schutzkreis aus schwarzem Salz an der Kreuzung bei der alten römischen Brücke. Als ihr der Phosphorgeruch in die Nase stieg, schüttelte sie das Streichholz aus, warf es weg und sah die gewundene Straße zum Dorf entlang. Das war der einzige Weg vom Kloster nach Woodville.

Faye war mit dem Fahrrad hierhergerast, um einen Vorsprung zu haben, falls Charlotte und Mrs. Teach hinter ihr her kämen. Sie hatte nur rasch beim Pub angehalten, um die Kerze und Streichhölzer mitzunehmen. Sie war müde, ihr war heiß, sie roch streng, hatte Eintagsfliegen in den Haaren und Läuse auf der Latzhose, und sie spuckte Mücken von ihren Lippen.

Woodville war ein Geisterdorf gewesen, als sie hindurchgefahren war. Es war nach Mitternacht. Die Pubs waren geschlossen, Läden, Häuser und Cottages verrammelt. Fenster und Türen waren verdunkelt, auch wenn heute keine ARP-Patrouille unterwegs war. Bertie hatte recht. Nach dem Brand der Scheune und der Entführung ihres Vaters waren alle nach Hause gegangen, hatten Teewasser aufgesetzt und das Radio eingeschaltet und hofften jetzt, dass der Schrecken am nächsten Tag vorüber sein würde.

Faye wollte alles dafür tun, dass sich diese Hoffnung auch erfüllte.

Der Mond stand hoch am wolkenverhangenen Himmel. Der Wind brachte einen Hauch salziger Meerluft mit. Ein Sturm zog von der Küste auf. Sie musste sich beeilen. Faye drehte sich um, das Buch zu ihren Füßen, und hielt die Kerze nach Norden. »*Licht, so rein und wahr, schütze mein Haus, jetzt und immerdar.*«

Nach Osten. »*Licht, so rein und wahr, schütze mein Haus, jetzt und immerdar.*«

Nach Süden. »*Licht, so rein und wahr, schütze mein Haus, jetzt und immerdar.*«

Nach Westen. »*Licht, so rein und wahr, schütze mein Haus, jetzt und immerdar.*«

Wenn der Einsatz von Magie wie eine Flamme für eine Motte war, dann würde sie das Krähenvolk nun mit dem einfachen Schutzzauber hierherholen können, den sie in dem Buch gefunden hatte. Sie wollte etwas, das sich schnell und unkompliziert durchführen ließ. Einfache Kerzenmagie.

Sie wandte sich wieder nach Norden. »*Licht, so rein und wahr …*«

Schatten bewegten sich im Wald. Das Krähenvolk sprang lachend und johlend zwischen den Bäumen umher, ihre ungeschickten Füße raschelten durchs Farnkraut und ließen es wie winkende Arme aussehen.

»*Schütze mein Haus, jetzt und immerdar.*« Faye beendete den Schutzzauber und blies die Kerze aus. »*So sei es.*«

»Was wird das?« Die Stimme ließ Fayes Schulterblätter zucken.

Als sie die Kerze auf den Boden stellte, marschierte Pumpkinhead aus dem Wald. Er blieb auf der anderen Seite des Salzkreises stehen. Faye hielt ihre Tasche fest und sah, wie sich seine hohlen Dreiecksaugen verengten und sich sein gezackter Mund zu einem Grinsen verzog. Bei jeder Bewegung knarzte seine glänzende orangefarbene Haut. Faye war ihm bisher nie so nahe gewesen, und ihre Angst weckte eine siedende Wut. Am liebsten hätte sie ihm über die Schutzlinie hinweg den Kürbiskopf eingeschlagen. Sie fragte sich, ob Bertie und die anderen Dorfbewohner ihr gegenüber mittlerweile dasselbe empfanden. Ob sie die Gerüchte glaubten, sie hätte Milly Baxter mit einem Fluch belegt und würde mit Hexen verkehren. Sie holte tief Luft, um sich zu beruhigen, und fragte sich, was Charlotte oder Mrs. Teach an ihrer Stelle tun würden. Und ob sie vielleicht anfangen sollte, Pfeife zu rauchen. Als er weitersprach, kehrte die Furcht zurück.

»Schwarzes Salz, wenn ich mich nicht irre.« Er schob einen Stiefel an die Linie heran, und Fayes Herz hämmerte. Die Stiefelspitze ragte über die Aschelinie und schwelte, als Charlottes Schutzzauber sein Werk tat. Weißer Rauch wirbelte von seinen Zehen auf, als er zu brennen begann. Er zog den Fuß zurück.

»Du glaubst, das wird dich vor mir beschützen?«

»Ich vermute schon«, sagte Faye mit fester Stimme, auch wenn ihr Mund trocken war und der Wind stärker wurde. Bald würde der Sturm hier sein. »Dein Name ist Kefapepo, richtig?«

Pumpkinhead neigte den Kopf, wirkte beinahe beein-
druckt.

»Und wo hast du meinen Namen gehört, junge Dame? So
etwas bringt man euch sicher nicht in euren Kirchen oder
Schulen bei.«

»Ich habe ihn in einem Buch gelesen«, sagte sie.

»Das Buch, das du mir jetzt geben wirst.«

»Wo ist mein Dad?«

Mehr Vogelscheuchen kamen aus dem Wald, liefen auf
Zehenspitzen, als wäre das alles ein Spiel.

»Gib es mir.« Pumpkinhead deutete auf das Buch zu Fayes
Füßen. »Dann bekommst du ihn zurück.«

»Zeig ihn mir.«

»Zuerst das Buch.«

»Zuerst mein Dad.«

»Das Buch.«

»Mein Dad.«

»Das Buch.«

»Mein Dad.«

»Das Buch.«

»Mein Dad.«

»*Das Buch!*«

»*Mein Dad!* Ich kann die ganze Nacht so weitermachen,
Freundchen.«

»Da bin ich mir sicher.« Pumpkinhead grinste breit. »Du
glaubst, dein Wagemut überdeckt deine Angst. Davon nährt
sich meine Art, Mädchen. Eure Furcht, eure Wut, eure Gewalt. Sie sind wie Nektar für uns, und ihr Menschen bietet
einen niemals endenden Nachschub. Und zu meiner großen

Freude führt ihr auch wieder einmal Krieg. Das wird ein Fest. Eure abscheulichen, belanglosen Streits werden uns nähren und uns erlauben, an unseren angestammten Platz hier oben zurückzukehren und ein schreckliches Chaos zu verbreiten.«

»Tut mir leid, was hast du gesagt?« Faye musterte ihre Fingernägel. »Ich habe nicht zugehört.«

»Wie kindisch.«

»Sagt der Mann mit einem Kürbis als Schädel. *Zeig mir verdammt noch mal meinen Dad.*«

Pumpkinhead nickte und gab ein Zeichen. Zwei Gestalten kamen aus dem Wald hervor. Suky hielt Terrence' Hand, schwang sie wie ein Kind bei einem Spaziergang und führte ihn auf die Kreuzung.

»Hallo, Faye«, meinte Terrence fröhlich. »Na so was, du hier?«

Er sah munter aus, wenn auch ein wenig müde, doch Fayes Vater war immer munter. Wahrscheinlich konnte er sich im selben Raum wie Hitler aufhalten und ihn überzeugen, diesen ganzen Kriegsschwachsinn zu lassen und lieber wieder mit seinen Wasserfarben zu malen.

»Geht es dir gut, Dad?«

»Kann nicht klagen«, antwortete er schulterzuckend. »Mein Hintern ist ein bisschen feucht, und ich könnte eine Tasse Tee vertragen, aber sonst kann ich mich nicht beschweren.«

»Das Buch.« Pumpkinhead streckte die Hand aus.

»Lass meinen Vater frei, versprich, von hier zu verschwinden und nie wieder zurückzukommen, dann lasse ich das Buch hier. Wie wäre es damit?« Faye hob das Kinn.

»Das glaube ich nicht.« Pumpkinhead ging langsam auf und ab. Es erinnerte Faye an den Tag, den sie mit ihrem Dad im Londoner Zoo verbracht hatte. Die Löwen waren genauso auf und ab gelaufen. Hatten sie wie einen Imbiss betrachtet, an den sie nicht herankamen.

»Du kommst nicht an mich heran. Du kannst diese Linie nicht überqueren.« Faye blieb stehen und behielt das Buch zu ihren Füßen im Auge.

»Das stimmt«, sagte Pumpkinhead. In der Ferne donnerte es, und der Wind wurde stärker. »Aber ich bin sehr, sehr geduldig.«

Fayes Nase war kalt, ihre Lippen rissig, und die Luft war frisch. Eine Maus suchte raschelnd Schutz im Gebüsch.

»Ist das das Buch deiner Mutter?«, fragte Terrence und reckte den Hals, um einen besseren Blick auf das ledergebundene Buch zu Fayes Füßen zu erhaschen.

»Tut mir leid, Dad. Ich habe es wie versprochen weggeschlossen, ehrlich. Ich wollte es nie wieder in die Hand nehmen, aber … Es geht nicht anders.«

»Du überlässt es ihm?« Terrence schüttelte den Kopf. »Nein, das darfst du nicht.«

»Ich muss es aber tun, Dad. Es ist die einzige Möglichkeit.«

Terrence verengte die Augen, starrte auf das Buch zu Fayes Füßen. Etwas blitzte in seinen Augen auf. »Nein, warte, das ist nicht …«

»Bitte, Dad, sei ausnahmsweise einmal still und überlass das mir.«

»Ja. Sei still.« Pumpkinhead streckte seine behandschuhte

Hand aus, packte Terrence und riss ihn zu sich, wobei er ihm etwas ins Ohr flüsterte. Alte Worte. Verbotene Worte. Worte der Macht. Worte des Schmerzes.

Faye sah hilflos zu, wie ihr Vater sich krümmte und vor Qual aufschrie, die Augen verdrehte und in den Knien einknickte. Mit zuckenden Armen und Beinen fiel er zu Boden.

»Lass ihn in Ruhe!«, brüllte Faye und unterdrückte das instinktive Verlangen, die Linie zu überqueren.

»Gib mir das Buch.«

»Nein, mein Pumpkinhead, nein. Wir haben gesagt, wir verletzen niemanden …« Suky stürzte nach vorn, doch Pumpkinhead holte aus und verpasste ihr einen Schlag mit dem Handrücken ins Gesicht. Schockiert stolperte Suky zurück.

»Misch dich nicht ein.« Pumpkinhead packte Terrence am Kopf und spuckte ihm noch mehr Worte ins Ohr. Faye kniff die Augen zusammen und hielt sich die Ohren zu, um die Schreie ihres Vaters auszublenden.

»Gib mir das Buch«, befahl Pumpkinhead, »oder dein Vater wird zu einem von uns.«

»Stopp. Ja. Du bekommst es. Ich gebe dir das Buch.«

Pumpkinhead ließ Terrence los, der nach vorne fiel und murmelte: »Faye, nein, das ist nicht …«

»Dad, sei bitte ruhig.«

»Aber, Faye …«

»Dad, halt den Mund.«

»Keine Tricks«, sagte Pumpkinhead und streckte die Hand aus.

»Zurück«, befahl Faye, nahm das Buch auf und drückte es sich an die Brust. »Na los, geh zurück, und du bekommst es.«

Pumpkinhead flüsterte Terrence wieder etwas ins Ohr, und die Augen des alten Mannes weiteten sich vor Schmerz.

Faye spürte einen kalten Regentropfen auf ihrer Wange, und dann noch einen und noch einen. Sie sah nach unten, dunkle Flecken breiteten sich auf der Straße aus. Auf dem schwarzen Salz.

»Oh nein.«

Der Sturm brach los, der Regen peitschte durch die Bäume und um sie herum. Das schwarze Salz weichte auf. Faye blickte auf und sah Pumpkinheads Grinsen. Der Regen peitschte herunter, und die Schutzlinie würde innerhalb kürzester Zeit weggewaschen sein.

Faye sah in Pumpkinheads dreieckige Augen. »Du willst das Buch, Kürbistrottel? Du kannst es haben.« Faye drehte sich wie eine Kugelstoßerin und warf das Buch in den dunklen Wald.

Pumpkinhead rannte hinterher. »Findet es, Brüder und Schwestern. Findet es und bringt es mir sofort!«

Faye eilte zu ihrem Vater, der gekrümmt auf dem Boden lag. »Dad. Los, aufs Fahrrad.« Sie hievte ihn auf die Füße, und zusammen stolperten sie zu ihrem Rad, das im Gras lag. Sie richtete es auf, ihr Vater hatte Mühe, das Bein über den Sattel zu heben. »Komm schon, Dad. Mach Platz und halt dich fest«, sagte sie, schob sich zwischen ihn und den Lenker und stieß das Rad mit den Füßen an, bevor sie auf die Straße, die zum Dorf führte, einbog. Ihr Vater sah zwar zaundürr aus, doch durch das zusätzliche Gewicht brauchte sie doppelt so lang, um voranzukommen. »Hilf mir, Dad. Schieb an.«

Terrence sah sich zum Wald um, wo das Krähenvolk in

dem hohen Gras nach dem Buch suchte. »Faye, das wollte ich dir sagen – das ist nicht das Buch deiner Mutter.«

»Ich weiß, Dad, ich weiß. Und uns bleiben etwa zehn Sekunden, bevor der Kürbistrottel das auch merkt. Los!«

32

Der Gott der Vogelscheuchen

Meister, ich habe es gefunden, ich habe es.« Blitze zuckten lautlos in den Wolken über ihnen, als die Vogelscheuche mit dem lächelnden Clowngesicht zu Pumpkinhead eilte. Clowngesicht hielt das dicke, ledergebundene Buch in die Höhe wie ein zerlumpter Moses, der vom Berg Sinai herabstieg.

»Gut gemacht, Bruder, gib es mir.« Pumpkinhead riss ihm das Buch aus den Händen und blätterte durch die Seiten.

Suky beobachtete das Geschehen von der Kreuzung aus, während der Regen herunterprasselte und Donner am Himmel grollte. Sie wusste, sie sollte die Kälte und die Nässe eigentlich spüren, doch da war nur Scham in ihrem Bauch.

Ihr geliebter Pumpkinhead hatte sie ins Gesicht geschlagen und sich dann abgewandt. Sogar sein Name war falsch. Wie hatte das Mädchen mit der Brille ihn genannt? Kefapepo? Seine Worte waren alle gelogen. Das wusste sie jetzt. Und sie wusste, dass sie nicht hierhergehörte.

»Nein. Nein.« Pumpkinhead wütete, und der Wind blätterte peitschend die Buchseiten um. Die anderen Vogelscheuchen drängten sich um ihn. Suky gesellte sich zu ihnen und reckte den Hals, um besser sehen zu können. Ein Buch mit alten Holzschnitten. Bildern. Wenigen Wörtern. »Das ist es nicht. Das ist nicht das Buch. Du Narr, das ist es nicht. Das ist nicht das Buch!« Er klappte den Band zusammen und schlug dem lächelnden Clown damit auf den Kopf. »Sie hat gelogen. Sie hat uns angelogen.« Ein paar Vogelscheuchen lachten und klatschten in die Hände, andere wichen furchtsam zurück, während es weiter blitzte und donnerte.

Suky zuckte bei der Erinnerung an die Prügel ihres Vaters zusammen, wenn sie ungezogen gewesen war. Sie hatte gelernt, sich zusammenzurollen, ihren Kopf zu schützen und sich zu sagen, dass es bald vorbei sein würde. Danach saßen sie alle am Tisch beim Abendessen und lächelten, als wäre nichts geschehen. Suky beteiligte sich an der Lüge, doch sie wollte nur abhauen und nie wieder zurückkehren. Es war ein anderes Leben gewesen. Das Leben, das darauf beharrte, das echte zu sein. Das Leben von Susannah Gabriel.

Suky sah die dunkle Straße zum Dorf entlang. Erinnerungen stiegen in ihr auf, an morgendliche Spaziergänge im Frühling, an Narzissen am Straßenrand und rosa Blüten in den Bäumen, an das Lachen und ein Leben vor der Dunkelheit.

Sie musste nur einen Schritt machen, und noch einen. Weitergehen und sie konnte diesen Wahnsinn hinter sich lassen.

»Hör auf, bitte, hör auf.« Die Schreie des Clowngesichts rissen Suky aus ihren Gedanken.

Sie wirbelte herum, eilte zu den anderen und stieß Pumpkinhead mit aller Kraft beiseite, was sie beide beinahe zu Fall gebracht hätte. Pumpkinheads Zylinder fiel auf die Erde, der Regen spielte darauf wie auf einer Trommel.

Suky spürte, wie die anderen Vogelscheuchen zurückwichen. Sie nahm Clowngesicht an der Hand und half ihm auf. Sein Kopf war verformt, auf dem Boden lag überall Stroh, und er wimmerte bei jeder Bewegung. Suky schlang die Arme um ihn und hielt ihn aufrecht.

»Du bist ein Scheusal und ein Tyrann«, beschuldigte sie Pumpkinhead. »Du hast uns die Freiheit versprochen, du hast uns Glück versprochen, aber du bist auch nur ein Mann, der uns allen sagt, was wir tun sollen, damit du bekommst, was *du* willst. Du bist gierig und selbstsüchtig, und dein Kopf ist zu groß für deinen Körper. So, jetzt ist es raus.«

»Oh, Schwester Suky«, sagte Pumpkinhead, nahm seinen Zylinder in die Hand und bürstete den Schmutz ab, bevor er ihn wieder aufsetzte. »Gierig? Selbstsüchtig? Habe ich euch nicht das Leben geschenkt? Habe ich euch nicht einen Daseinszweck gegeben? Hm? Brüder? Schwestern?« Er wandte sich an die anderen, die zustimmend murmelten, wenn auch nicht alle. »Habe ich euch nicht Hoffnung gegeben? Habe ich nicht versprochen, euch eure Träume zu erfüllen? Habe ich nicht jeden Augenblick geopfert, um sie wahr werden zu lassen?«

»Nein.« Sukys Scham wurde zu brodelnder Wut. »Das Buch interessiert dich viel mehr. Aber es ist gar nicht für uns, oder? Es ist für dich, allein für dich. Du willst seine Magie für dich, du bekommst den Hals nicht voll. Nun, ich für meinen Teil werde dir nicht mehr helfen.«

»Du widersetzt dich mir, Schwester Suky.«

»Ja.«

»Ich verstehe.« Pumpkinhead gab der Vogelscheuche mit

dem Clowngesicht ein Zeichen. »Bruder, komm zu mir. Ich habe etwas wiedergutzumachen.«

»Nicht«, warnte ihn Suky, doch Clowngesicht löste sich aus ihren Armen und stakste zu seinem Meister.

Pumpkinhead legte die Hände um den Kopf der Vogelscheuche und drückte fest zu, immer fester. Sukys Geist war leicht und luftig, während Pumpkinhead ihre und die Kraft ihrer Geschwister anzapfte. Suky wehrte sich, schob ihn mit Gedanken und alten Erinnerungen weg. Sie waren geisterhaft und verschwommen, doch es reichte, um Herrin über ihren Geist zu bleiben. Die anderen waren nicht so stark, und Suky musste hilflos dabei zusehen, wie das Leben aus Clowngesicht wich wie die Luft aus einem Ballon. Er fiel zu Boden, das Stroh aus seinem Inneren wurde aufgewirbelt und weggeweht, und der Regen trommelte auf sein Hemd und seine Hose.

Suky ging in die Hocke und nahm das leere Sackleinen, das einmal Clowngesichts Kopf gewesen war, in die Hände. Sein rotes Filzlächeln war für immer eingefroren. Sie drückte den Sack an die Brust, richtete sich auf und wich zurück. »Was bist du?«

»Ich bin euer Retter«, erwiderte Pumpkinhead. »Ich bin euer Gott.«

»Nein.« Suky schüttelte den Kopf. »Gott bedeutet Güte und Vergebung und ewige Liebe oben im Himmel. Er ist nicht wie du.«

»Wo ist er dann? Dieser gütige und vergebende Gott?« Pumpkinhead sah zu den über den Himmel zuckenden Blitzen hinauf. »Ist er das? Nein, ich glaube nicht. Ich bin hier. Ich bin echt. Der Gott der Vogelscheuchen – ja, das gefällt mir –, der Gott der Vogelscheuchen steht vor dir, Suky. Und ohne mich bist du gar nichts.«

»Das stimmt nicht.« Suky packte den Sack fester.

»Nein? Wohin willst du gehen, Schwester? Wer wird einer jämmerlichen Gestalt wie dir Unterschlupf gewähren? Ein feuchtes Bündel Stroh in einem schäbigen Kleid wird sicher keinen Verehrer in dem ganzen Dorf finden. Keine Wirtin wird dich über ihre Schwelle lassen, so wie du aussiehst. In einer Nacht wie heute wird es kein Zimmer für dich im Gasthaus geben. Vielleicht kannst du in einem Stall bleiben? Ja. Du kannst meine Liebe und meinen Schutz genießen, oder du kannst bei den Schweinen und Kühen in irgendeiner Scheune verfaulen. Du hast die Wahl.«

Suky sah zu den anderen Vogelscheuchen hinüber, die alle stumm hinter Pumpkinhead standen. »Warum sagt denn keiner von euch etwas?«, rief sie.

»Sie können es nicht«, antwortete Pumpkinhead, und sie erkannte, dass ihre Brüder und Schwestern zu sprechen versuchten, sich krümmten, als würden sie würgen. Sie hoben die Hände zu Mündern und Hälsen, brachten jedoch keinen Ton heraus. »Verehre mich, Suky, danke mir für alles, was ich dir gegeben habe, und du wirst weiterleben.«

Er reichte ihr seine behandschuhte Hand. Suky sah von ihr zu den anderen, die ihre Köpfe hielten und stumm stöhnten, und wieder zurück zu Pumpkinhead. »Lieber würde ich zu Staub zerfallen«, erklärte sie.

»Schade. Schließ Frieden mit deinem Gott, Kind.« Pumpkinhead packte ihren Kopf. Er zog sie näher zu sich, und Suky spürte, wie er sich in ihren Geist krallen wollte. Schmerz durchzuckte sie, gefolgt von Wolken, die drohten, ihren Geist fortzureißen.

Suky dachte an Narzissen. An Blüten. An das liebevolle Lächeln ihrer Mutter, an getoastete Crumpets mit salziger Butter und Stachelbeermarmelade, an Sommermärkte und Blätter im Herbst, an frischen Schnee im Winter. Die Erinnerungen ihres alten Selbsts, die sie zuvor verleugnet hatte, waren jetzt viel deutlicher. Suky ließ sie durch sich hindurchströmen. Sie erinnerte sich, wie der Geruch nach dem Tabak ihres Vaters noch lange, nachdem er zur Arbeit gegangen war, in der Luft gehangen hatte, und daran, dass das Weinen und Husten ihrer kleinen Brüder sie wach gehalten hatte. Sie erinnerte sich an diese letzte Nacht, als der Junge, den sie mehr als den Sonnenschein liebte, ihr das Herz brach, und wie sie ihren Tee vergiftet hatte, und wie der Tod sie im Schlaf geholt hatte.

Sukys Liebe und Schmerz strömten durch sie hindurch und drängten Pumpkinhead aus ihrem Geist.

Er wich stolpernd zurück und grinste anerkennend. »Nicht so dumm wie deine Familie, Schwester Suky, hm?«

»Ich bin nicht deine Schwester. Ich bin nicht deine Suky, ich bin Susannah Gabriel«, sagte Suky atemlos, ihre Stimme klang rau.

»Nein«, entgegnete Pumpkinhead und ragte drohend über ihr auf. »Du bist nichts, und du wirst wieder zu nichts werden.« Er hob die Hand, als wollte er sie schlagen, doch Suky war schneller. Sie stieß ihm den Zylinder vom Kopf und zog den Sack in ihrer Hand über seinen Schädel. Er schlug um sich, doch sie duckte sich unter seinem Arm, dann schubste sie ihn wieder und rannte ein Stück die Straße entlang. Sie drehte sich um und sah, wie er herumtaumelte und gegen sein neues Gesicht ankämpfte. »Zieht ihn runter, ihr Narren!«, brüllte er dem Krähenvolk zu. Ein paar Vogelscheuchen versuchten ihm zu helfen, die anderen hatten zu große Angst.

»Ich kann vielleicht nirgendwo hin«, rief Suky in dem prasselnden Regen, »aber ich verbringe meine Zeit lieber mit glücklichen Schweinen und Kühen in einer Scheune als mit dir.« Sie drehte sich um und rannte Richtung Dorf.

Die anderen Vogelscheuchen starrten ihr mit leerem Geist nach.

»Tötet sie«, ertönte Pumpkinheads gedämpfte Stimme unter dem Sack über seinem Kopf. »Tötet sie, tötet sie alle und bringt mir das Buch, ihr Narren.«

33

Mrs. Teachs Geständnis

Du hast ihm das Buch gegeben.« Mrs. Teach und Charlotte warteten am Friedhofstor auf Faye, die Arme verschränkt und vereint in ihrer Wut. »Du hast es getan, nicht wahr, du kleines Biest? Du hast uns alle dem Untergang geweiht.« Mrs. Teachs Lippen waren fest zusammengepresst. Charlotte hatte verächtlich die Nase erhoben.

Als Faye und ihr Vater das Fahrrad klappernd zum Stehen brachten, fühlte sie einen kalten Tropfen auf der Hand, und noch einen und noch einen. Der Regen war ihr bis zum Dorf gefolgt.

»Antworte«, befahl Mrs. Teach, doch Faye drehte sich zu ihrem Vater.

»Wie geht es dir, Dad?«

»Gut, Faye, alles in Ordnung. Du hättest nicht nach mir suchen sollen, Mädchen. Das war zu gefährlich.«

»Was hast du mit dem Buch gemacht?«, beharrte Mrs. Teach. »Du hast es ihm gegeben, nicht wahr?«

Faye lehnte das Fahrrad gegen einen Laternenpfahl. »Ich habe ihm *ein* Buch gegeben«, antwortete sie. »Nicht *das* Buch.«

Mrs. Teach verengte die Augen. »Wie bitte?«

»Als ich über Ihre Truhe gestolpert bin, bin ich auf Ihrem Buch gelandet«, erklärte Faye an Charlotte gewandt. »Da wusste ich sofort, was ich zu tun hatte. Ich habe das einmal in einem Detektivroman gelesen. Darin nannte man das *switcheroo*, ein Tauschmanöver.« Faye griff in ihre Tasche, holte das unversehrte Buch ihrer Mutter heraus. Sie machte ein prustendes Geräusch und sagte: »Reingelegt.«

»Du hast ihm mein Buch mit den Holzschnitten gegeben?«, fragte Charlotte, und ein leises Lächeln der Bewunderung spielte um ihre Lippen.

»Genau, auch wenn ich befürchte, dass Sie es nicht wiedersehen werden. Ich habe gehört, wie Seiten zerrissen wurden, als der Kürbisschädel kapiert hat, dass man ihn hinters Licht geführt hat. Tut mir leid.«

»Das Buch war über zweihundert Jahre alt.«

»Dann wird's Zeit für ein neues«, bemerkte Terrence.

»Sehr witzig«, sagte Mrs. Teach. »Aber der Dämon wird wütend sein, und er wird auf uns Jagd machen.«

»Dämon?« Terrence sah von Faye zu Mrs. Teach und wieder zurück. »Niemand hat etwas von einem Dämon gesagt.«

»Dad, erinnerst du dich, als ich behauptet habe, er wäre eine Vogelscheuche?«

»Ja?«

»Weit gefehlt. Er ist ein elender Mistkerl, der ...«, begann Faye, dann wandte sie sich an Charlotte und Mrs. Teach. »Dieser Pumpkinhead heißt eigentlich Kefapepo, nicht wahr?«

Charlotte nickte.

»Hat er meine Mum gekannt?«

»Wie bitte?« Charlotte verengte die Augen.

»Dieser Kefapepo, hat er meine Mum gekannt? Hatte sie je …« Faye blickte zu ihrem Dad, der sie aus dem Augenwinkel ansah, »Kontakt zu Dämonen?«

»Was zur Hölle redest du da, Faye?«, fragte Terrence.

»Mum war eine Hexe, Dad«, antwortete Faye und wedelte mit den Händen. »Auch wenn ich nicht verstehe, wie du so lange mit ihr verheiratet gewesen sein konntest und nicht gewusst …«

»Ich wusste, was sie war«, unterbrach Terrence sie. Der Regen wurde stärker, klebte sein Haar an den Kopf und rann ihm übers Gesicht.

Fayes Brillengläser beschlugen. »Du hast gesagt, es sei ein Hobby gewesen. Eine alberne Laune.«

»Ich bin nicht dumm, Faye«, sagte Terrence. »Sie hat mir genug erzählt, als wir verlobt waren. Auch wenn sie sich selbst nie eine Hexe genannt hat. Aber ich wusste, dass sie so eine Art … Gabe hatte. Ja, so nennt man das wohl. Sie hat es geheim gehalten, wie alle Frauen in ihrer Familie. Aber sie war keine Hexe wie in den Märchen. Sie hat Menschen geholfen. Hat sie geheilt, sie fröhlich gemacht, wenn sie traurig waren. Sie hat bei den Sterbenden gesessen, Tee für die Trauernden gekocht. Und ja, sie hat Tränke angerührt und kleine Rituale durchgeführt und den ganzen Unsinn, aber meistens war sie einfach bloß ein guter Mensch, Faye, und sie hatte ganz bestimmt keinen Kontakt zu irgendwelchen Dämonen.«

»Wenn das hier vorbei ist«, antwortete Faye, als sie wieder sprechen konnte, »werden wir – du und ich – ein langes Gespräch über Mum führen.«

»Alles, was du wissen musst, steht in ihrem Buch«, erwiderte Terrence. »Sie hat es für dich geschrieben, Faye. Sie hat vermutet, dass du ihre Gabe geerbt hast, und sie wollte sichergehen, dass du dann weißt, was du tust.«

»Warum hast du mir nichts davon erzählt?«

»Ich bin noch nicht dazugekommen.« Terrence presste seine Hand auf die Brust. »Ich bin ein viel beschäftigter Mann, Mädchen. Ich betreibe ein Pub. Früher oder später hätte ich dir schon davon erzählt.«

»Warum glaube ich dir nicht?« Faye schüttelte den Kopf, während der Donner über ihr grollte.

»Glaub, was du willst.«

»Ich glaube, du bist ein Schwindler. Belügst deine eigene Tochter.«

»Ich würde meine Tochter nicht …«

»Dann warst du so geistesabwesend, dass du irgendwie in den siebzehn Jahren, die du mich kennst, vergessen hast, dass Mum eine Hexe war. Ich weiß, dass du viel Arbeit mit dem Pub hast, Dad, aber *so* beschäftigt bist du auch nicht.«

»Na gut, ich hatte Angst«, gab Terrence scharf zurück. »Reicht dir das? Ich habe gesehen, was es mit deiner Mutter gemacht hat, und ich wollte nicht, dass es dir genauso ergeht. Dass die Leute Angst vor dir haben. Dich anders behandeln. Gerüchte verbreiten. Ich wollte dich beschützen, Mädchen.«

»Angst? Du?«

»Ja. Vor allem wollte ich nicht, dass du so wirst wie diese beiden hier«, sagte er und deutete auf Charlotte und Mrs. Teach. »Nehmen Sie es mir nicht übel.«

»Doch«, erwiderte Charlotte.

»Sei nicht zu hart zu ihm«, sagte Mrs. Teach zu Faye. »Die meisten verstehen nicht, was wir tun, selbst die, die uns nahestehen. Die Klugen – wie mein Ernie und dein Dad – lassen uns machen. Und er hat recht, was deine Mutter betrifft. Sie hat oft Ärger gemacht – wie du. Hatte zu allem eine *Meinung,* aber auf ihre Art war sie ein gutes Mädchen.«

»Warum steht dann Kefapepos Name in ihrem Buch?« Faye schlug es auf und blätterte zu der Seite mit den Zahlenreihen und Zickzacklinien. »Sie hat eine Glockenabfolge entworfen und sie nach ihm benannt.«

»Glocken? Wirklich?« Charlotte streckte die Hand aus. »Darf ich?«

Faye klappte das Buch zu und schob es zurück in ihre Tasche, um es vor dem Regen zu schützen. »Erst wenn ihr mir gesagt habt, woher meine Mum von dem Dämon wusste.«

Charlotte sah Mrs. Teach an. »Willst du es ihr erzählen, oder soll ich?«

»Ihr was erzählen?« Mrs. Teach blinzelte unschuldig.

»Du *weißt,* was.«

»Nein, bestimmt nicht.«

»Dann sage ich es ihr.«

»Wag es ja nicht.«

»Dann weißt du ja *doch,* was ich meine.«

»Vielleicht, aber das heißt noch nicht, dass wir …«

»Oh, zum Donnerwetter«, unterbrach Faye die beiden so laut, dass eine Eule im Glockenturm vor Schreck aus ihrem Nest fiel. »Ich will die Wahrheit hören. Sofort.«

Charlotte warf Mrs. Teach einen bösen Blick zu, die die Lippen aufeinanderpresste und schließlich die Hände in die

Luft warf. »Na gut, aber das hat nichts mit unserem gegenwärtigen Dilemma zu tun, da bin ich mir ganz sicher.«

»Das entscheide ich«, sagte Charlotte.

Mrs. Teach kaute auf ihrer Lippe wie ein kleines Kind, das man mit der Hand im Bonbonglas erwischt hatte. »Bevor ich es dir erzähle«, sagte sie zu Faye, »sollst du wissen, dass es sehr lange her ist und ich damals eine junge Frau war und …«

»Jetzt spucken Sie's schon aus.« Faye wischte sich den Regen aus den Haaren.

»Als ich meinen Ernie kennenlernte, hatte er den besten Garten im Dorf. Er gewann immer Preise beim Erntedankfest, und über seine Kürbisse wurde im ganzen County geredet, nicht wahr, Terrence?«

»Wenn Sie es sagen.« Terrence zuckte mit den Schultern.

»Wir gingen noch nicht lange miteinander aus, als er den Preis für den größten Kürbis an diesen listigen Mistkerl Jack Neame verlor. Mein Ernie war am Boden zerstört, der Arme, und ich bin damals eine kleine Angeberin gewesen, weshalb ich … ein klitzekleines bisschen gezaubert habe, damit das nicht wieder passiert.«

Terrence war entsetzt. »Sie haben betrogen, um das Erntedankfest zu gewinnen?«

»Wie gesagt, das ist lange her. Ich wollte Ernie beeindrucken. Und dabei habe ich möglicherweise *versehentlich* … Kefapepo beschworen.«

»Was?«, fragte Faye scharf. Über ihr zuckten Blitze.

»Keine Manifestation«, verteidigte sich Mrs. Teach. »Nur eine Stimme. Er sagte, er könne uns helfen, aber ich habe ihn weggeschickt, sobald ich herausgefunden hatte, was er war.

Dafür habe ich dann allerdings einen hohen Preis gezahlt. Jemand hat mich verraten, und seither bin ich auf Bewährung und darf keine Magie praktizieren.« Sie warf Charlotte einen vielsagenden Blick zu.

»Stell mich nicht als die böse Hexe hin.« Charlotte schnaubte empört. »Wir haben Regeln, und du weißt, was passiert, wenn wir sie brechen.«

Mrs. Teach formte mit ihrer Hand einen kleinen Mund. »Ja, ja, ja.«

Charlotte verschränkte die Arme. »Du bist diejenige, die einen Dämoneneinfall riskiert hat, um den Preis für den größten Kürbis beim Dorffest zu gewinnen.«

»Meine Damen, bitte«, schaltete sich Faye aufgebracht ein. »Sie haben versehentlich einen Dämon beschworen, Mrs. Teach. Was ist dann passiert?«

»Ich habe es deiner Mutter erzählt, Faye«, fuhr Mrs. Teach fort, »und sie hat ein wenig in ein paar Grimoires herumgelesen, und ausgehend von dem, was ich ihr über ihn gesagt hatte und was sie über Glocken wusste, hat sie eine Abfolge ausgearbeitet, mit der wir ihn verjagen können, sollte er je zurückkommen.«

»Warum Glocken?«, fragte Faye.

»Geweihte Glocken verwendet man schon lange, um böse Geister zu vertreiben«, antwortete Charlotte. »Ihre Abfolge wurde allerdings nie geläutet, und jetzt ist er wieder unter uns.«

»*Ich bezähme den Donner, ich peinige das Böse, ich vertreibe die Dunkelheit*«, murmelte Faye leise die Worte, die ihre Mutter unter die Anleitung geschrieben hatte. »Aber warum ist er jetzt zurück?«, fragte sie. Dann fiel der Groschen. Schockiert öffnete sie den Mund und deutete anklagend mit dem Finger auf Mrs. Teach. »Ihr Ernie. Sie haben ihn überredet, dass er Ihren Ernie zurückbringt, nicht wahr? Deshalb hat er Sie als Vogelscheuche besucht und wollte Ihnen an die Wäsche.«

Mrs. Teachs Wangen färbten sich rot, als Charlotte sie aufgebracht anstarrte. »Du hast mich angelogen. Du hast mich tatsächlich angelogen.«

Mrs. Teach mied Charlottes Blick.

»Du alte Närrin.« Charlotte warf die Hände in die Luft. »Was hast du dir nur dabei gedacht?«

»Er hatte mir ein Gespräch versprochen. Mehr wollte ich gar nicht. Ein paar Worte mit meinem Ernie sprechen, um mich richtig von ihm verabschieden zu können. Er war so plötzlich gestorben.«

»Und dafür beschwörst du einen Dämon?«, wütete Charlotte.

»Nein. Ich habe eine Seance abgehalten, und er kam zu mir. Hat sich wie ein uneingeladener Gast hereingedrängt. Ich habe ihn weggejagt. Ich wollte damit nichts zu tun haben, und ich wollte nicht, dass mein Ernie als Strohpuppe zurückkommt, aber er hat ihn trotzdem zu mir geschickt.«

»Das ist jetzt alles nicht wichtig«, sagte Faye.

»Doch, verdammt noch mal«, entgegnete Terrence. »Sie und Ernie haben beim Erntedankfest betrogen. Das ist unerhört.«

»Dad, bitte. Wir tun alle komische Dinge, wenn wir jemanden vermissen.«

Charlottes Blick zu Mrs. Teach war mörderisch. »Wenn Vera Fivetrees das herausfindet …«

»Das wird sie nicht«, unterbrach Mrs. Teach sie.

»Wer?«, fragte Faye.

»Das ist unwichtig«, antwortete Charlotte.

»Ich wollte nur seine Stimme wieder hören.« Tränen glänzten in Mrs. Teachs Augen, und sie waren echt, nicht ihr übliches Theater. »Er hatte so eine schöne Stimme. Für sie habe ich gelebt. Bitte vergebt mir.« Mrs. Teach streckte die Hände aus.

»Ich verstehe Sie, wirklich.« Faye nahm Mrs. Teachs Hand und drückte sie, streckte ihre eigene Hand nach Charlotte aus. »Miss Charlotte?«

Charlotte hatte immer noch die Arme vor der Brust verschränkt und wandte den Blick ab.

»Wenn ich was dazu sagen dürfte?«, meldete sich Terrence zu Wort und räusperte sich. »Wenn es einen Weg gäbe, damit ich noch einmal das Lachen meiner Kathy hören könnte, dann würde ich es mit dem Teufel persönlich aufnehmen. Niemand weiß, wie er reagiert, bis es so weit ist, deshalb urteile ich hier nicht. Miss Charlotte, Sie würden doch bestimmt auch gern die Stimme eines geliebten Menschen noch einmal hören?«

Charlotte versteifte sich und zuckte schließlich mit den Schultern. »Ja, gut möglich. Aber sie ist schon zu lange nicht mehr unter uns. Die Vergangenheit ist tot, und das sollte sie auch bleiben.«

»Das Wichtigste ist doch, dass wir jetzt diesen Dämon loswerden«, sagte Faye. »Wenn wir die Glocken nach dieser Abfolge läuten, verscheuchen wir dann den Kürbistrottel?«

»Es könnte unsere einzige Chance sein«, meinte Charlotte. »Und ich würde das hier gern aus der Welt schaffen, bevor Vera Fivetrees es herausfindet und Kleinholz aus uns macht.«

»Wer ist diese Vera Fivetrees?«, fragte Faye noch einmal.

»Das erzähle ich dir später. Wir haben gerade größere Probleme«, sagte Mrs. Teach, als sie etwas hinter Faye entdeckte.

Stumme Blitze zuckten hinter der Kirche, Umrisse wurden sichtbar, die sich rasch die Wode Road entlang Richtung Dorf bewegten. Das Licht fiel auf ihre Sackleinengesichter, die aufgestickten, lächelnden Münder und die Knopfaugen.

»Dad.« Faye holte ihr Fahrrad vom Laternenpfahl und schob es zu ihrem Vater. »Treib alle Local Defence Volunteers auf, die du finden kannst, und bring sie hierher. Ich glaube, du wirst Heugabeln und brennende Fackeln brauchen, und wenn sie ihre Gewehre mitbringen, sollen sie Bajonette aufstecken.«

»Und was ist mit dir?«

»Kümmer dich nicht um mich, beeil dich.« Faye wandte sich an Charlotte und Mrs. Teach. »Ihr beiden weckt die Glöckner. Fangt bei Bertie an, er wohnt am nächsten. Wir treffen uns am Glockenturm. Gebt Mr. H das hier.« Sie reichte Charlotte die Seite mit der Abfolge. »Beeilt euch. Ich lenke sie ab, bis ihr wieder hier seid. Los jetzt!« Faye schickte die Hexen weg, dann wandte sie sich zu den Vogelscheuchen um, die die Straße entlang auf sie zu kamen. »Hey! Sucht ihr das hier?« Sie hielt das Buch ihrer Mutter über den Kopf. »Dann kommt und holt es euch.«

34

Abgang, mit einem Haufen Vogelscheuchen auf den Fersen

Warum in Herrgottsnamen steht ihr mitten in der Nacht vor meiner Tür?« Mr. Hodgson geriet schnell in Rage. Rechtschreibfehler in der *Times,* plappernde Kinder, zu vertrauliche Ladenbesitzer und pfeifende Frauen standen auf seiner langen Liste von Ärgernissen. Doch zwei Hexen vor seiner Tür – mitten in einer dunklen und stürmischen Nacht – hatten sich gerade an die Spitze gesetzt.

»Sie kommen mit uns«, erklärte ihm Charlotte Southill. Das vom strömenden Regen strähnige weiße Haar zerstörte ein wenig ihre sonstige geheimnisvolle Aura, was sie allerdings nicht davon abhielt, sofort zum Punkt zu kommen. »Wir müssen Ihre Glöckner zusammentrommeln und zur Kirche, wo Sie alle dann Kathryn Brights Anleitung zur Abwehr eines Dämons läuten sollen.«

»Das werde ich ganz gewiss nicht tun. Jetzt verschwindet, sonst rufe ich den Constable.« Mr. Hodgson wollte die Tür schließen, doch da humpelte Bertie Butterworth den Gartenweg entlang. Wegen der Verdunkelungen war es stockfinster, doch Mr. Hodgson erkannte die anderen Glöckner, die im

Regen an seinem Gartentor standen. Die Roberts-Zwillinge, die auch Rettungsschwimmer waren, trugen die gleichen gelben Regenmäntel. Miss Burgess stand mit in die Hüften gestemmten Händen in dreiviertellangen Wanderhosen und grünen Gummistiefeln da, Miss Gordon trug ihre Reitjacke samt Stiefel, und die alte Mrs. Pritchett hatte sich ihren pelzgesäumten Mantel übergeworfen. Sie hatten auch Reverend Jacobs eingesammelt, der ihnen früher schon ausgeholfen hatte, wenn sie zu wenige Glöckner gewesen waren. Er winkte Mr. Hodgson fröhlich zu.

Bertie, der immer noch seinen gestreiften Schlafanzug und Pantoffeln trug, drängte sich zwischen den beiden Hexen hindurch und sah Mr. Hodgson flehend an.

»Wie viele Peals haben Sie schon geläutet, Mr. H?«, fragte Bertie. »Vierzig? Fünfzig?«

»Hunderte, zu deiner Information.«

»Junger Mann.« Charlotte stieß ihm in die Rippen. »Komm zum Punkt.«

»Schon gut.« Bertie runzelte die Stirn und sagte zu Mr. Hodgson: »Und wie viele davon waren von echter Bedeutung?«

»Wie bitte?«

»Wie viele haben das Leben von allen hier im Dorf gerettet?« Bertie wischte sich den Regen aus dem Gesicht. »Keins, vermute ich.«

»Was zur Hölle redest du da, Junge?«, fragte Mr. Hodgson.

»Sie haben im Ersten Weltkrieg gekämpft, nicht wahr?«, fuhr Bertie fort. »Sie sind ein tapferer und mutiger Mann. Mit Medaillen und Auszeichnungen und so was. Ich weiß, dass Sie jetzt mit unseren Jungs kämpfen würden, wenn Sie könnten, und mir geht es genauso. Sie sind zu alt, ich bin zu verkrüppelt, aber möchten Sie nicht auf Ihre Weise Ihren Beitrag leisten?«

»Sie brauchen doch nur ein paar Glocken zu läuten«, sagte Mrs. Teach.

»Wer hat euch geschickt?«, wollte Mr. Hodgson mit zitternder Stimme wissen. »Dahinter steckt doch Faye Bright, oder? Das ist irgendeine Hexerei.«

»Natürlich«, erwiderte Charlotte. »Wir sind Hexen.«

»Ja, Faye hat uns geschickt«, fügte Mrs. Teach hinzu, »weil sie vermutet hat, dass Sie ihr nicht zuhören würden, weil sie so ein kleines, junges Ding ist. Aber uns vielleicht. Mr. Hodgson, Sie und Ihre Glöckner sind möglicherweise das Einzige, was zwischen diesem Dorf und einem bösartigen Dämon steht. Und das sage ich nicht so dahin.«

»Bitte, Mr. H.« Bertie umklammerte seine Hände. »Wir brauchen Sie.«

»Wer ist es denn, Schatz?«, ertönte die Stimme von Mrs. Hodgson aus dem Schlafzimmer.

»Die Glöckner und zwei Hexen. Ich soll ein Quarter Peal läuten, um einen Dämon zu verjagen oder so was.«

»Dann mach schon«, rief Mrs. Hodgson. »Es zieht, wenn die Haustür offen ist.«

Mr. Hodgson sah von seinem Wohnzimmer zu den zuckenden Blitzen am Himmel, zu den Glöcknern im Regen und zu den Hexen vor seiner Tür. »Ich hole meinen Mantel«, sagte er.

Suky fand sich auf dem Friedhof wieder. Sie war blind von der Auseinandersetzung mit Pumpkinhead an der Kreuzung weggerannt und hatte sich in den Straßen des dunklen Dorfes verirrt. Manche Windungen waren ihr vertraut, andere aber neu und fremdartig, mit Häusern an Stellen, wo früher Felder gewesen waren. Doch eins hatte sich überhaupt nicht verändert: St. Irene, die man von jedem Punkt im Dorf aus sah. Wie eine verfluchte Heldin aus einem ihrer liebsten Groschenromane rannte Suky durch Regen und Blitze auf den Glockenturm zu.

Die Vögel versuchten, sie zu verjagen. Schwarzgraue Dohlen hatten sich mit gespreizten Flügeln auf den Zinnen des Glockenturms niedergelassen, bereit zur Flucht, und stießen warnende Rufe aus.

»Ich tue euch nichts, versprochen«, rief Suky ihnen zu. »Ich bin mit euch geflohen, wisst ihr noch? Zumindest in meinem Geist. Wir sind hoch über das Kloster aufgestiegen, mit den Spatzen, den Staren, den Rotkehlchen und noch vielen mehr. Wisst ihr das noch?«

Die Vögel verstummten und senkten die Flügel.

»Ich habe gespürt, dass noch ein anderer Geist bei uns war. Er war wie ich. Ein Geist, der tot gewesen ist und dann wieder zurückgebracht wurde, falls das Sinn ergibt? Jemand, der noch etwas zu erledigen hat, glaube ich. Ist sie jetzt da?«

Die Dohlen flogen geschlossen auf und kreisten mit bebenden Flügeln über dem Glockenturm. Ihre Rufe klangen nun wie ein »tschak-tschak-tschak«.

»Ich weiß nicht, ob wir ihn aufhalten können, allein schaffe ich es nicht, das weiß ich, aber wenn wir wieder eins werden könnten …? Ihr, ich und sie. Dann haben wir vielleicht eine Chance.«

Die Dohlen riefen jetzt aufgebracht »kaw, kaw« und kreisten über Sukys Kopf.

»Ich weiß«, sagte Suky. »Ich kenne den Preis, den ich dafür zahlen muss, und das nehme ich in Kauf. Werdet ihr mir helfen?«

Faye gab Gas. Zwanzig Vogelscheuchen waren ihr auf den Fersen, als sie im Regen durch das Dorf rannte und um den Friedhof herum. Sie kannte das Dorf wie ihre Westentasche, selbst bei Verdunkelung, und hatte schon bald etwas Abstand zwischen sich und das Krähenvolk gebracht. Sie sprang über die Kirchenmauer und huschte an einer Vogelscheuche vorbei, die zwischen den Gräbern herumging.

Suky.

Faye hatte keine Zeit, sich zu fragen, warum sie nicht wie die anderen hinter ihr her war, doch sie winkte ihr kurz im Vorbeilaufen zu. Suky winkte zurück, und da bemerkte Faye die Dohlen, die über dem Vogelscheuchenmädchen kreisten. Faye war neugierig, doch zuerst musste sie ihre Verfolger abschütteln.

Im Zickzack rannte sie über das Kirchengelände und wagte ab und zu einen Blick über die Schulter. Das Krähenvolk folgte ihr wie eine Schafherde, taumelte gegeneinander und stolperte über Maulwurfshügel im Gras. Sie waren ungeschickt, aber unerbittlich, und Faye schauderte bei der Vorstellung, was sie ihr antun könnten, sollten sie sie erwischen. Die Bilder von Craddock als Vogelscheuche am Kreuz verliehen ihr die nötige Kraft, wieder über die Steinmauer zu springen und von der Kirche wegzurennen.

Sie lief an den Schrebergärten vorbei, bog an der Perry Lane ab. Das Krähenvolk trieb Faye die schmale Gasse entlang, wobei sie gegeneinanderstießen und taumelten wie die Keystone Cops aus den Stummfilmen. Ein halbes Dutzend Gestalten blockierte den Weg, der Rest kletterte über sie hinweg, die Arme nach Fayes Tasche und dem Buch ausgestreckt.

Faye rannte weiter und kam am Ende der Gasse auf der Wode Road beim Kriegsdenkmal heraus. Mondlicht glänzte auf dem rutschigen Kopfsteinpflaster. Faye verlor den Halt, kippte wie ein Stepptänzer nach vorn und stürzte hart auf den Boden, wobei sie sich den Ellbogen aufschürfte und den Kopf anschlug. Sie rollte sich herum, schüttelte kurz den Kopf und kam wieder auf die Füße, als die Vogelscheuchen hinter ihr auf die Straße stolperten.

Faye war noch nie so viel an einem Tag gerannt, und das letzte Stück die Wode Road entlang zur Kirche führte bergauf. Ihre Lungen schmerzten, ihre Beine, ihre Arme, ihr Rücken und – wie merkwürdig – auch ihre Finger. Doch sie musste weiterlaufen. Das überdachte Friedhofstor war schon zu sehen, doch weder ihr Dad noch die Local Defence Volunteers standen davor, und die Glocken waren immer noch stumm. Das restliche Dorf schlief und merkte nichts von der seltsamen Jagd auf seinen Straßen.

Eine vertraute Furcht breitete sich in Fayes Bauch aus. Sie rührte nicht nur von dem her, was passieren würde, sollten die Vogelscheuchen sie erwischen, sondern sie fragte sich auch, was wäre, wenn niemand auf sie gehört hatte? Faye konnte leicht Befehle erteilen, aber wer sagte, dass sie nicht alle einfach nach Hause gegangen waren, sich einen heißen Kakao gekocht und sich sofort schlafen gelegt hatten? Dad und die Local Defence Volunteers lachten vielleicht gerade über einem unerlaubten Pint nach der Sperrstunde. Mrs. Teach und Charlotte hatten sich sehr wahrscheinlich getrennt, nachdem sie übereingekommen waren, dass sie es besser wussten als ein Mädchen, das mit Magie herumspielte, weil es seine Mutter vermisste.

Und was sollte sie tun, falls das wirklich zutraf? Weiterrennen? Noch eine Runde durchs Dorf drehen mit der Meute auf ihren Fersen – worauf sie gewiss nicht scharf war. Oder zum Glockenturm laufen und sich dort einsperren, bis die anderen Glöckner eintrafen, was vielleicht nie passierte?

Die schlurfenden Schritte der Vogelscheuchen kamen näher. Sie wurden nie müde, und sie würden erst anhalten, wenn sie Faye und das Buch in ihrer Gewalt hatten. Fayes Beine wurden immer schwerer, ihr Atem ging abgehackt, und der Regen prasselte auf ihren Kopf. Eine Vogelscheuche stöhnte, während sie näher rückten. Das Geräusch war ganz nah an ihrem Ohr.

»Mist, Mist, Mist«, sagte Faye verängstigt, knirschte mit den Zähnen und zwang sich, ihre Arme und Beine trotz ihrer Erschöpfung weiter zu bewegen. Noch ein Stöhnen, noch eins. Immer näher, immer schneller.

»ATTACKE!«, ertönte ein Schrei aus dem *Green Man.* Die Türen flogen auf, und plötzlich strömten Männer mit Armbinden und Blechhelmen auf die Straße. Sie hielten brennende

Fackeln in Händen, die im Regen zischten, und bildeten eine Front zwischen Faye und den Vogelscheuchen.

Mr. Paine führte die Gruppe in seiner ARP-Uniform und dem Stahlhelm an und hielt seine Fackel hocherhoben.

»Mr. Paine«, brachte Faye keuchend und leicht hysterisch heraus. »Licht aus!«

»In diesem Fall, junge Dame, werde ich eine Ausnahme machen.«

»Lauf, Faye«, rief Terrence, »wir haben sie abgedrängt.«

Faye warf einen Blick über die Schulter, die Vogelscheuchen wichen tatsächlich zurück und rannten die Wode Road zurück, flohen vor der Blockade aus Local Defence Volunteers. Mr. Marshall hob sein Gewehr und schoss auf eine Vogelscheuche. Die Kugel schlug durch sie hindurch und prallte vom Kriegsdenkmal ab. Die Vogelscheuche sah auf das Loch in ihrer Brust, schrie auf und nahm Reißaus. Grinsend mobilisierte Faye neue Kräfte und bog von der Wode Road ab, sprang über die Kirchenmauer und rannte über den Friedhof zum Glockenturm.

Genau in die Arme von Pumpkinhead.

35

Die Glocken von St. Irene

Wie nett von dir, es mir zu bringen.« Pumpkinhead hielt Faye mit einem Arm fest, während er mit der anderen Hand nach dem Verschluss ihrer Tasche griff. Faye wand sich, doch seine Arme waren unglaublich stark und drückten sie fest an sich.

»Dad! Dad, Hilfe!«, schrie sie, und zu ihrer Erleichterung sah sie, wie die Männer mit flackernden Fackeln und gezogenen Waffen gerade über die Mauer kletterten.

Pumpkinhead warf Faye und ihre Tasche auf den Boden. Er griff in seinen Frack, holte die Kuhglocke heraus und läutete sie in Richtung der Angreifer. Die Luft erbebte, die brennenden Fackeln erloschen, und sogar der Regen ließ ein wenig nach.

Das schreckliche Läuten ertönte noch immer, als Terrence seine Lee-Enfield-Büchse anlegte. Er zog den Verschluss zurück, um nachzuladen, doch das Gewehr brach einfach auseinander. Andere wollten ihre Waffen ebenfalls laden, und diese fielen in nutzlosen Stücken auf den nassen Boden. Die scharfen Spitzen der Heugabeln bogen sich wie Widderhörner zurück. Pumpkinhead verstaute die Kuhglocke grinsend wieder in seinem Frack.

Faye krabbelte nach hinten, als er auf sie zukam. Doch mit seinen langen Beinen war der Dämon sofort über ihr und versuchte, sie nach unten zu drücken. Faye wand und wehrte sich, rollte sich auf den Bauch und hielt die Tasche unter sich fest. Pumpkinhead stellte mit seinem ganzen Gewicht einen Fuß auf ihren Rücken, nahm seinen Zylinder ab und legte ihn auf Fayes Kopf. Plötzlich wurde ihr Geist taub, und sie konnte sich nicht mehr bewegen. Er drückte auf den Hut und presste ihr Gesicht in die durchweichte Erde.

Bertie mochte es, wenn alles seine Ordnung hatte. Das Fliesenmuster in der Küche, die Karotten- und Kohlkopfreihen im Gemüsegarten seines Vaters und seine alphabetisch sortierte Sammlung von Fußballkarten aus Zigarettenschachteln – das alles machte ihn glücklich. Nichts kam jedoch gegen die Pracht einer gut durchdachten Glockenabfolge an. Dass er und die anderen Glöckner sechs, acht, zehn oder mehr Glocken so nacheinander läuten konnten, dass sie damit die unfassbare Schönheit des Himmels bewusst machen konnten, kam für Bertie einem Wunder gleich. Um diesen wundersamen Klang zu erzeugen, folgten die Glöckner gewöhnlich einer Abfolge. Vielfach bewährten Abfolgen, die von Generation zu Generation weitergegeben und so sorgfältig wie eine Symphonie in klaren und präzisen Tabellen aufgezeichnet wurden. Zahlenreihen symbolisierten die Glocken, rote und blaue Linien leiteten die Glöckner an.

Bertie läutete, seit er zwölf war, und hatte erst jetzt den

Dreh raus. Mr. Hodgson dagegen war so erfahren, dass er kaum einen Blick auf eine blaue Linie werfen musste, um die Abfolge zu kennen und die Glocken im Kopf zu hören. Als er Kathryn Wynters Tabelle betrachtete, verzog er das Gesicht, als würde er an einem Zitronenbonbon lutschen.

»Das funktioniert nicht«, sagte er, während er die Zahlenreihen studierte und im Kreis durch die Glockenstube im Turm von St. Irene ging. »Es ist nicht symmetrisch, das ist keine echte Abfolge. Sie hat keine Anmut, keine Andacht, um die Anwesenheit von Gott zu ehren, sie ist zu hektisch und unmöglich auszuführen.«

»Es wird bestimmt funktionieren, Mr. H«, beharrte Bertie und gestikulierte dann zu den anderen Glöcknern hinüber, die nach ihrem Lauf durch den Sturm alle von Kopf bis Fuß durchnässt waren. »Wir sind bereit für die Herausforderung. Sie sagen uns immer, dass wir die beste Gruppe in Kent seien, vielleicht sogar in ganz Großbritannien. Wir haben uns die Abfolge alle angesehen, und wir wissen auch, dass sie ziemlich bescheuert wirkt, aber Sie müssen doch zugeben, dass sie etwas hat.«

»Das ist das Werk eines Genies«, bemerkte Mrs. Pritchett.

»So etwas haben wir noch nie gesehen«, sagten die Roberts-Zwillinge gleichzeitig.

»Wirklich ausgezeichnet«, fügte Reverend Jacobs dazu.

»Brillant.« Miss Gordon klatschte aufgeregt in die Hände.

»Na los, Männer, fangen wir an.« Miss Burgess marschierte zu einem Seil.

Bertie wagte sich näher an Mr. Hodgson heran und sagte leise: »Wir haben auf dem Weg hierher ein paar seltsame Dinge auf dem Friedhof gesehen. Faye braucht unsere Hilfe, und wir haben nicht viel Zeit. Was sagen Sie, Mr. Hodgson?« Berties Frage hing in der Luft, während der Tower Captain weiter stirnrunzelnd und verwirrt Kathryn Wynters Abfolge musterte.

Faye konnte sich nicht bewegen, war von der Magie gelähmt, die der Zylinder ausstrahlte. Pumpkinhead drückte fester gegen ihren Rücken und presste ihr Gesicht tiefer in die Erde. Die Brille fiel von ihrer Nase. Alles war verschwommen. Sie konnte nur Regentropfen erkennen, die auf Grashalme fielen, auf Gräser, Gänseblümchen und winzige Pilze. Regenwasser aus einer Pfütze drang in ihren Mund und ihre Nase. Sie würde sterben, ertränkt wie eine Ratte auf dem Friedhof.

Da begannen die Kirchenglocken zu läuten.

Faye erlaubte sich eine leise Hoffnung. Tatsächlich. Mr. Hodgson und die anderen würden die Anleitung ihrer Mutter läuten, und der Dämon würde verängstigt fliehen. Doch dann erkannte sie, dass sie nur die Glocken aufschwangen. Also keine Magie. Mr. Hodgson läutete nicht die Abfolge ihrer Mutter, und darum würde Faye jetzt in einer Pfütze ertrinken.

Pumpkinhead flüsterte ihr unverständliche Worte ins Ohr, die über ihre Haut krochen und sie mit Taubheit überzogen. Ihre Augen waren schwer, ihre Gedanken zerstreut wie Blätter im Wind. Sie verlor den Verstand.

Bertie läutete die Tenorglocke und fragte sich, wann Mr. Hodgson aufhören würde, Runden zu läuten, und mit Kathryn Wynters Abfolge anfinge. Das Rundenläuten war natürlich wichtig, sie mussten die Glocken aufschwingen, aber das machten sie jetzt schon länger als sonst, und Bertie erkannte Angst in Mr. Hodgsons Augen. Der Tower Captain wollte die Abfolge nicht läuten, und sie verschwendeten ihre Zeit. Bertie fragte sich, ob er einschreiten sollte, als eine vertraute Gestalt durch die Eichentür in die Glockenstube trat.

»Sofort aufhören.« Constable Muldoon stand mit erhobener Hand da und brüllte über das Läuten hinweg. »Ich befehle euch, sofort mit dem Läuten aufzuhören.«

»Halt!«, rief Mr. Hodgson, und die anderen Glöckner hielten abrupt inne.

»Also, das ist ja wohl unerhört«, sagte Constable Muldoon und trat in die Mitte des Raumes. »Nur wenige Tage nach der Verordnung, die jegliches Glockenläuten untersagt, haltet ihr hier mitten in der Nacht euer Gebimmel ab.«

»Constable, lassen Sie mich bitte erklären …«, begann Mr. Hodgson.

»Erklären können Sie es mir auf dem Revier. Das ist ein Verstoß gemäß Artikel …«

»Ach, halt den Mund, Noel«, unterbrach ihn Mrs. Pritchett und sprang von der Kiste, auf der sie beim Läuten immer stand. Sie marschierte zu ihm und stieß ihm den Finger in den Bauch. »Dreh dich um und kümmer dich um deine eigenen Angelegenheiten, du …«

»So kannst du nicht mit mir sprechen. Ich bin ein Gesetzeshüter.«

»Und ich bin immer noch deine Tante, Noel, und du bist noch nicht zu alt für ein paar hinter die Löffel. Ich hole nur schnell meine Kiste.«

»Constable, könnten Sie nicht eine Ausnahme machen?«, bat Reverend Jacobs.

»Officer, ich bitte um Entschuldigung«, begann Mr. Hodgson und strich eine Haarsträhne zur Seite. »Wir verstoßen natürlich irgendwie gegen die Verordnung des Kriegsministeriums, dass keine Glocken mehr geläutet werden dürfen, doch *gewisse* Mitglieder der Gemeinschaft haben mir versichert, dass es von äußerster Wichtigkeit sei, dass wir jetzt die neue Abfolge der verstorbenen Mrs. Bright, Mitglied dieser Gemeinde, läuten und …«

»Das ist mir egal«, fiel ihm der Constable ins Wort. »Gesetz ist Gesetz. Verlasst den Raum, oder ich lasse jeden von euch verhaften.«

»Nein!«, platzte Bertie heraus. Alle sahen zu ihm. Der wütende Blick von Constable Muldoon war wie eine lebenslängliche Gefängnisstrafe, und normalerweise hätte Bertie einen Rückzieher gemacht, sich entschuldigt und versprochen, nie wieder das Wort zu ergreifen. Doch er dachte an Faye da draußen im Regen mit den Vogelscheuchen. Er dachte auch daran, dass sie sich von nichts und niemandem etwas gefallen ließ. Deshalb humpelte er zu dem Polizeibeamten und baute sich vor ihm auf. »Wir wissen, dass wir gegen das Gesetz verstoßen, und das tut uns leid, aber wir müssen es tun. Diese Abfolge zu läuten wird Leben retten.«

»Unsinn. Sei still, du dummer Junge.«

»Bitte, hören Sie doch zu …«

»Ruhe. Wir haben hier wichtige Dinge zu besprechen.«

»Wenn wir das nicht tun …«

»Junge, ich warne dich …«

»Constable, es tut mir wirklich leid, aber wenn Sie nicht zuhören wollen, dann muss es sein.«

Bertie wusste, dass er nicht nach dem Helm des Polizisten greifen sollte – und tat es trotzdem. Bertie wusste, dass er dem Polizisten nicht den Helm vom Kopf reißen sollte – und tat es trotzdem. Bertie wusste ganz sicher, dass er den Helm des Polizisten nicht durch die Tür die Wendeltreppe hinunterschleudern sollte – und tat es trotzdem. Und Bertie wusste mit hundertprozentiger Sicherheit, dass er den Polizisten nicht hätte durch die Tür schubsen, diese zuknallen und mit dem Eisenschlüssel verschließen sollen.

Und er tat es trotzdem.

»Oh Gott, was habe ich getan?«, krächzte er danach mit trockenem Mund.

»Was du tun musstest, Bertie«, sagte Mrs. Pritchett und eilte zur Sopranglocke. Sie stieg auf ihre Kiste, nahm ihr Seil und rief: »Die Kefapepo-Abfolge, los. Auf die Plätze.«

Die anderen Glöckner eilten zu ihren Seilen, während Constable Muldoon an die verschlossene Tür hämmerte und ihnen lautstark Gefängnis und Erschießungskommandos androhte. Bertie packte das Sally der Tenorglocke. »Sopran geht«, sagte Mrs. Pritchett und zog am Seil. »Und ist weg.«

Pumpkinheads Zylinder presste Fayes Gesicht tiefer in die nasse Friedhofserde, während sie um sich trat und sich zu befreien versuchte. Ihr Geist war umnebelt, Dunkelheit umschloss sie, als er die magischen Worte flüsterte. Geräusche kamen wie aus weiter Ferne, ihre Sicht war getrübt.

Wasser floss in Fayes Mund, und sie versuchte, es wieder

auszuhusten, doch dafür war kein Platz, und so rann es in ihre Kehle. Da bemerkte sie, dass die Glocken nicht mehr läuteten, vielleicht schon länger nicht mehr. Zeit wird unwichtig, wenn man mit so grundlegenden Dingen wie Atmen beschäftigt ist. Und versucht, nicht den Verstand zu verlieren.

Ab und zu hörte sie einen Schrei, und der Druck ließ nach, wenn Pumpkinhead angegriffen wurde – Faye nahm an, von ihrem Vater und den Local Defence Volunteers. Der Dämon ließ von ihr ab, stieß die Angreifer zurück und versuchte dann wieder, sie zu töten.

Die Glocken begannen erneut zu läuten.

Auch wenn Faye die Abfolge nie gehört hatte, erkannte sie sie sofort. So sollten Glocken nicht geläutet werden. Es war nicht symmetrisch, und sie ertönten zu dicht nacheinander, erzeugten ein misstönendes Summen in der Luft.

Es musste die Anleitung ihrer Mutter sein. Die Kefapepo-Abfolge.

Berties Blick zuckte von Miss Burgess zu Miss Gordon und zu Mr. Hodgson und dann zu den Roberts-Zwillingen und zu Mrs. Pritchett und wieder zu Miss Burgess, während er die Glocken im Kopf zählte. Er horchte und zählte, wenn auch nicht laut, als die Glocken sich zu schnell bewegten, und sie hatten sich noch nie so schnell wie bei dieser Abfolge bewegt.

Bei jedem Handzug folgte er einem der Zwillinge auf der fünften Glocke, und bei jedem Rückzug folgte er Mr. Hodgson auf der siebten. Von der ständigen Bewegung und der Geschwindigkeit wurde ihm übel. Er schloss die Augen und horchte stattdessen. Es wäre ein Fehler, der Glocke vor ihm blind zu folgen; er musste aufhören zu versuchen, diese Abfolge seinem Willen zu unterwerfen, und sollte ihr lieber die Führung überlassen. Er musste die Kontrolle abgeben.

Die Glocken wurden eins. Ein hypnotisches Summen stieg aus dem dissonanten Chaos auf, ein Geräusch, das allen Glöcknern vom Abschwingen der Glocken bekannt war, nun jedoch weit über den Punkt hinausging, an dem sie normalerweise aufhörten. Das unwirkliche Summen hallte von den Steinmauern des Turms, von jedem Menschen im Raum wider und setzte sich in Berties Kopf fest, entband ihn von allen Pflichten. Er fühlte sich schwerelos, heiter, er liebte alles und jeden, als der Klang den Turm hinter sich ließ, die Luft zum Erbeben brachte und jedes Atom verrückte, auf das er traf.

Bertie und die anderen bewegten sich ekstatisch durch das Lärmspektrum, dessen Stimme direkt in ihre Gehirne drang. *Ich bezähme den Donner,* sprach sie, *ich peinige das Böse, ich vertreibe die Dunkelheit.* Immer wieder ertönte sie und benutzte Menschen, Vögel, Tiere und Vogelscheuchen als Resonanzkörper, wie eine Fledermaus auf Beutesuche.

Und schon bald fand sie, wonach sie suchte.

36

Die Kefapepo-Abfolge

Der Dämon gab Faye frei und wich vor dem Klang der geweihten Glocken zurück. Faye hustete Wasser und schnappte mit schlammverschmiertem Gesicht nach Luft. Als sich der Nebel in ihrem Gehirn lichtete, schüttelte sie die Taubheit aus Armen und Beinen. Sie setzte sich auf und sah, wie sich Pumpkinhead im Dröhnen der Glocken die Schläfen hielt.

Ich bezähme den Donner, sagte eine Stimme in Fayes Kopf, *ich peinige das Böse, ich vertreibe die Dunkelheit.*

Pumpkinhead wehrte sich gegen die Lärmwand, und ein feuchtes Knirschen ertönte, bei dem Faye an den Löffel denken musste, mit dem sie die Schale der weichgekochten Eier aufklopfte, die sie manchmal zum Abendessen aß. Faye fand ihre Brille im Gras, wischte sie rasch an ihrem Hemd ab und schob sie sich wieder auf die Nase.

Sie sah, wie Pumpkinhead schwankte und die Hand auf einen Riss an seinem Kopf presste, der vom Auge bis zum Ohr verlief und aus dem etwas herauszurinnen begann. Faye rechnete fast mit Kürbiskernen und orangefarbener Flüssigkeit, doch etwas Schwarzes glänzte im Mondlicht, wie zähflüssige Marmelade.

Ich bezähme den Donner, ich peinige das Böse, ich vertreibe die Dunkelheit.

Faye spürte, wie zwei Hände sie unter den Achseln packten. »Alles in Ordnung, junge Dame«, sagte Mrs. Teach und schleppte Faye in Sicherheit. »Ich habe dich.« Die ältere Frau baute sich vor dem Dämon auf und holte ein Kreuz aus Birkenholz aus ihrer Handtasche. Pumpkinhead zuckte einen Moment zurück, dann schlug er dagegen und brachte Mrs. Teach aus dem Gleichgewicht. Er wollte sich gerade auf sie stürzen, als Charlotte hinzueilte, eine Handvoll schwarzer Asche aus der Tasche ihres Kleides holte und sie dem Dämon ins Gesicht warf.

Ich bezähme den Donner, ich peinige das Böse, ich vertreibe die Dunkelheit.

Er brüllte vor Schmerz, als seine Haut zu zischen begann und sein Kopf sich in große, schmierige Klumpen auflöste, die zwischen seinen Fingern hervortropften. Eine schwarze, ölige Masse strömte aus den Rissen in dem Kürbis, und wie ein Betrunkener stolperte er nach vorn.

Das Krähenvolk kauerte hinter einem Grab und beobachtete, wie Pumpkinhead sich verkrampfte, seine Arme zuckten und der Frack an den Säumen aufriss und zu Boden fiel. Seine Beine knickten wie Zweige und beugten sich wie die eines Grashüpfers zurück. Die Kürbisstücke fielen zu Boden, und ein glänzender, schwarzer Kopf mit Greifern als Mund kam zum Vorschein, der eine klare Flüssigkeit aushustete. Sein Rückgrat knackte und wurde zu einem um sich schlagenden Schwanz mit gezackter Spitze.

»Kefapepo«, flüsterte Faye.

»Nun, der Milchmann ist es ganz sicher nicht, Liebes«, sagte Mrs. Teach und tupfte sich die verletzte Wange ab, als sie wieder auf die Füße kam.

Ich bezähme den Donner, ich peinige das Böse, ich vertreibe die Dunkelheit.

»Faye, zurück«, rief Terrence und rannte mit einer Gartenschaufel herbei, mit der er das Wesen entzweischlagen wollte. Er schwang die flache Seite der Schaufel herum, als der Dämon einen Arm hob, um sich zu verteidigen. Die Schaufel schnitt ihn entzwei, und die eine Hälfte flog davon. Gelber Eiter spritzte aus dem Stumpf, und Terrence wich angeekelt zurück. Die gelbe Masse wurde so dick wie Senf, dann fest wie Reifengummi, und schon war der Arm nachgewachsen. Terrence hob die Schaufel zu einem weiteren Schlag.

»Dad, nicht.« Faye wollte sich zwischen ihn und das widerliche Wesen stürzen, doch er war zu schnell und schlug dem Dämon die Schaufel auf den Kopf.

»Wir müssen ihn töten, Faye.« Wieder hob Terrence die Schaufel, doch Faye packte seine Arme.

Die äußere Hülle des Dämons war gerissen, doch wieder sickerte gelber Eiter hervor und verschloss die Wunde wie Klebstoff.

»Das schaffen nur die Glocken«, sagte sie. »Lass sie ihre Arbeit beenden.«

Ich bezähme den Donner, ich peinige das Böse, ich vertreibe die Dunkelheit.

Der Dämon kauerte auf dem Boden und hustete eine schwarze, zähe Flüssigkeit aus.

»Kommt alle her und seht die Wirkung der Glocken«, rief Faye.

Ich bezähme den Donner, ich peinige das Böse, ich vertreibe die Dunkelheit.

Der Dämon erbebte, als die Glocken weiterläuteten, die Luft war von ihrem allmächtigen Summen erfüllt. Die äußere Hülle des Dämons riss wieder auf. Die sensenartigen Klauen zitterten und streckten sich nach Faye aus.

»Er stirbt«, sagte sie.

Der Dämon taumelte nach vorn, und alle wichen eilig zurück. Alle außer Faye.

»Hilf mir«, flehte der Dämon. Sein Atem stank nach Schwefel, als er den Mund öffnete. »Hilf mir, es zu Ende zu bringen.«

»Oh Gott, das ist furchtbar.« Faye verzog das Gesicht. »Was sollen wir tun?«

»Stell Teewasser auf und verkauf Eintrittskarten«, schlug Terrence vor.

»Dad, wir sind keine Monster. Wir müssen uns besser verhalten.«

Ich bezähme den Donner, ich peinige das Böse, ich vertreibe die Dunkelheit.

»Er war eine Vogelscheuche«, meinte Mrs. Teach. »Verbrennen wir ihn?«

»Nein«, rief der Dämon. »Kein Feuer mehr.«

»Ich weiß, was ich zu tun habe«, sagte eine andere Stimme.

Faye drehte sich um. Suky kam zwischen den Grabsteinen auf sie zu. Das Vogelscheuchenmädchen blieb vor dem zusammengekauerten Dämon stehen.

»Suky«, krächzte er. »Meine Suky, du bist so schlau gewesen, aber an alles hast du nicht gedacht. Wie willst du ohne mich leben? Hm? Wenn ich dich nicht versorge, wirst du zu Staub zerfallen. Brüder und Schwestern«, rief er dem Krähenvolk zu. »Suky hat mich verraten. Suky hat uns alle dem Tod geweiht. Bei Sonnenaufgang werdet ihr alle tot sein. Ich hoffe, du bist glücklich, du dummes Mädchen. Denn du …«

»Ach, halt die Klappe«, unterbrach Faye ihn kurzerhand und drehte sich zu Suky. »Stimmt das? Wenn er stirbt, stirbst du auch?«

»Er hat schon viele Lügen erzählt«, antwortete Suky, »aber er hat uns erschaffen, und ich vermute, dass er uns deshalb mit sich nimmt, wenn er diese Welt verlässt.«

»Was sollen wir dann …«

»Er darf nicht hierbleiben. Er muss für immer vernichtet werden, und ich weiß auch, wie.«

»Aber dann wirst du sterben.«

»Ich war zuvor schon tot«, erwiderte Suky. »Es ist nicht so schlimm, wie alle immer sagen.«

»Nein, nein, nein, es muss noch eine andere Möglichkeit geben.« Faye wandte sich an Mrs. Teach und Charlotte. »Kommt schon, ihr zwei. Denkt nach. Was können wir tun?«

Mrs. Teach umklammerte schweigend ihre Handtasche fester.

»Sie alle sollten eigentlich nicht hier sein, Faye«, sagte Charlotte. »Es tut mir leid.«

»Brüder und Schwestern«, rief Suky, und das Krähenvolk spähte aus seinem sicheren Versteck hervor. »Kommt zu mir, schnell.« Sie streckte eine Hand aus.

Unsicher wagten sie sich heraus. Eine Vogelscheuche mit einem Sonnenblumengesicht nahm ihre Hand. Die anderen taten es ihr nach und bildeten einen Kreis um den Dämon.

»Du weißt, was zu tun ist?«, fragte Faye.

»Ja«, antwortete Suky. »Oder besser gesagt, sie wissen es.« Sie hob das Gesicht zum Nachthimmel.

Faye folgte ihrem Blick nach oben. Die Wolken teilten sich, das Mondlicht fiel hindurch. Ein Dohlenschwarm sammelte sich und kreiste laut rufend über ihnen. Die Local Defence Volunteers wichen zurück, doch die drei Hexen drängten sich aneinander, als die Vögel zu den Vogelscheuchen herabstießen und einen Wirbel um den Dämon herum bildeten.

Suky sprach, doch ihre Stimme klang jetzt anders. »*Ich bezähme den Donner, ich peinige das Böse, ich vertreibe die Dunkelheit.*«

Die anderen Vogelscheuchen stimmten ein: »*Ich bezähme den Donner, ich peinige das Böse, ich vertreibe die Dunkelheit.*«

Immer schneller sprachen sie, im Takt mit den Glocken, und die Vögel flatterten ebenfalls immer schneller, ein Tornado aus Schnäbeln und Flügeln, in dessen Zentrum sich der Dämon befand. Zuerst fiel seine äußere Hülle ab und wurde vom Wind davongerissen. Dann folgte der Rest, Fühler, Greifer und Klauen wurden zu Flocken im Wind, während die Dohlen um ihn herumwirbelten. Faye blinzelte und musste die Augen schließen, sie vor den herumfliegenden Teilen schützen. Sie spuckte kleine Dämonenbröckchen von den Lippen. Der Dohlenschwarm zerstreute sich und flog über die Baumwipfel davon.

Der Dämon war verschwunden. Zurück blieben ein Friedhof voller Vogelscheuchen, die nirgendwohin konnten, und die Glocken, die immer noch ihre hypnotischen Runden läuteten.

»Auslassen und Zupacken nach der Drei.« Mr. Hodgsons Stimme schlug in Berties Bewusstsein ein wie ein Ziegel durch ein Fenster. Die Schwerkraft zog an seinen Muskeln, Luft füllte seine Lungen, und seine Ohren knackten.

»Eins, zwei, drei«, rief Mr. Hodgson. »Auslassen und Zupacken.«

Die Glocken läuteten noch einmal in absteigender Tonfolge und verstummten dann. Bertie wischte sich die Stirn ab und holte Atem. Sein Mund war trocken, und sein Herz schlug so schnell, als wäre er durch das Dorf gerannt.

Die Glöckner sahen einander an, waren unsicher, was gerade passiert war. Irgendwie wussten alle, dass es Zeit war aufzuhören. Was hatte getan werden müssen, war getan. Allen standen die Haare zu Berge, und einen Augenblick lang konnten sie nur sprachlos blinzeln.

Mrs. Pritchett ergriff als Erste das Wort. »Ich weiß nicht, wie es euch geht«, sagte sie, »aber ich könnte jetzt ein Gläschen vertragen.« Sie hüpfte von ihrer Kiste, ging durch den Raum und öffnete die Holztür zur Wendeltreppe.

»Ihr seid alle verhaftet!« Constable Muldoon stand mit weit aufgerissenen Augen und zerrauftem Haar vor der Tür.

Mrs. Pritchett schob ihn zur Seite. »Nicht jetzt, Noel.«

37

Die Namen des Krähenvolks

Sie suchten den Friedhof nach Namen und Daten ab, die vielleicht bekannt waren. Der Regen hatte aufgehört, die Luft roch süß. Vögel kreisten über ihnen, während der Mond heller wurde.

»Suky«, rief Faye. Alle sahen zu ihr, und sie deutete auf den Grabstein, den sie vor Kurzem mit Mrs. Teach zusammen gefunden hatte. »Suky, Liebes, deiner ist hier.«

Suky zögerte. Ihrem Sackleinengesicht war nicht anzusehen, ob es ängstlich oder verärgert war. Suky wrang die Hände. Faye nahm ihre behandschuhte Hand. Sie war kalt und nass, die Finger schlossen sich jedoch fest um Fayes Hand.

»Hier, Liebes«, sagte Faye, und schweigend lasen sie die Inschrift:

Susannah Gabriel

Geboren 1868, gestorben 1890 in der Gnade Gottes

Unsere »Suky«

»Ich habe einige ihrer Erinnerungen, und auch Schmerz«, sagte Suky. »Ich bin etwas geworden, das sie sich nicht einmal in ihren wildesten Träumen hätte vorstellen können, und ich weiß nicht genau, was das ist.«

»Du kannst sein, was du willst«, erwiderte Faye. »Wenn du Suky sein möchtest, dann bist du Suky.«

»Das ist gerade das Problem.« Suky drehte knarzend den Kopf zu Faye. »Ich glaube nicht, dass ich sie sein möchte.«

Wehklagen erklang vom anderen Ende des Friedhofs herüber. »Ich will meine Mama!«

Faye und Suky eilten in die Richtung. Eine Vogelscheuche in einem schlammverschmierten Nachthemd kniete vor einem Grabstein. Sie trommelte mit den Fäusten auf den Boden und trat mit den Füßen. Faye las die Inschrift: »Agnes Shoesmith, geboren 1593, gestorben 1600«.

»Ich will meine Mama«, jammerte Agnes wieder. Einige Vogelscheuchen eilten zu ihr, um sie zu trösten.

»Hier ist meiner«, rief eine andere Stimme, und Faye wirbelte herum. Die Amselvogelscheuche deutete auf einen Marmorgrabstein. »Benjamin Wexford, das bin ich. Geboren 1829, gestorben ... gestorben 1871.« Benjamin sank mit überkreuzten Beinen zu Boden und legte eine Hand auf den Marmor. »Ich hatte eine Familie.«

Mehr klagende Schreie ertönten, als weitere Vogelscheuchen ihre Namen erkannten und sich erinnerten.

»Was wird aus uns werden?«, fragte Suky Faye. »Wir gehören nicht hierher, oder?«

»Nein, Liebes«, antwortete Faye. »Ihr dürft gern bleiben, aber ...«

»Er hat gesagt, uns bleibt Zeit bis Sonnenaufgang.« Suky sah zu dem hellen Schimmer am Horizont.

Nur sehr wenige Menschen kamen durch Woodville, vor allem nachts. Wären sie gekommen, so hätte sich ihnen ein merkwürdiger Anblick geboten. Eine Reihe von Dorfbewohnern ging Hand in Hand mit Vogelscheuchen die Wode Road entlang und zurück zu den Feldern, wo Kefapepo sie gefunden hatte.

Sukys Kreuz auf Harry Newtons Feld war von Craddocks Vogelscheuche belegt, weshalb Terrence, Bertie und Faye ihr ein neues bauten. Suky wählte einen Platz auf einer Anhöhe, von dem aus sie die Therfield Abbey und das Meer sehen konnte.

Faye nahm eine Thermoskanne Tee mit und blieb während der restlichen Nacht bei ihr. Sie hielt die ganze Zeit ihre Hand.

»Ich erinnere mich kaum daran, wer ich gewesen bin«, sagte Suky, »aber ich weiß, dass ich gelebt habe und geliebt wurde, und das reicht. Das Herz erinnert sich.«

Im Morgengrauen setzte ein Chor aus Spatzen, Amseln, Zaunkönigen und Dohlen ein.

»Ich glaube, ich habe noch nie etwas so Schönes gehört. Glück erfüllt mich«, sagte Suky und verzog die Fäden zu einem Lächeln. »Ich möchte, dass dieser Moment ewig ...«

Die Sonne ging über dem Meer auf und tauchte es in goldenes Licht. Sukys Hand in Fayes wurde schlaff. Ihr Kreuzstichlächeln erstarrte.

38

Vera Fivetrees

Faye stapfte über die Felder zurück ins Dorf. Jeder Schritt war schwerer als der vorhergehende, und sie freute sich schon auf ihr Bett. Sie wollte all diese sonderbaren Dinge hinter sich lassen und sich nie wieder mit Magie beschäftigen. Andere schlossen sich ihr an, darunter ihr Vater, Bertie und Charlotte. Niemand sprach, doch sie schob ihre Hand in die ihres Dads, und er drückte sie kurz.

»Ich habe dir noch gar nicht gedankt«, sagte sie schließlich zu Bertie.

»Wofür?«

»Dass du auf mich gewartet hast«, erklärte Faye. »Als ich mich im Wald verirrt hatte. Alle anderen sind nach Hause gegangen, aber du hast auf mich gewartet. Das werde ich dir nie vergessen, Bertie Butterworth.«

Bertie brauchte ein paar gestotterte Anläufe, bis er eine Antwort hervorbrachte. »Gern geschehen.« Er wischte sich Schweißtropfen von der Oberlippe und schmatzte mit den Lippen.

»Alles in Ordnung, Bertie?«, fragte Faye. Er sah auf einmal so blass aus, als könnte er jeden Moment ohnmächtig werden.

»Hm? Oh, mein Mund ist bloß trocken. Sonst ist alles prima, danke, Faye.« Er ballte die Fäuste und lockerte sie wieder. »Ich dachte nur ... also, das Abenteuer heute hat mir klargemacht, dass es vielleicht nie wieder einen besseren Zeitpunkt geben könnte, um zu fragen. Ich schiebe es schon seit Monaten auf. Jahren. Also.« Bertie holte tief Luft. »F... Faye, könntest du dir vorstellen ...«

Das Dröhnen von Flugzeugmotoren zerriss die Luft, als eine schwarze Spitfire tief über die Felder schoss.

Berties Mut verpuffte, und der Moment war vorbei.

»Sie hat keine Markierungen«, sagte Faye und folgte der Spitfire mit dem Blick, wie sie übers Dorf und in der Nähe des Cricketfeldes außer Sicht flog.

»Nazispione?«, überlegte Terrence. »Vielleicht haben sie eines unserer Flugzeuge gestohlen und ...«

»Nein, nein, nein, es ist viel schlimmer«, unterbrach ihn Charlotte und zündete ihre Pfeife mit der Begeisterung eines Menschen an, der gleich zum Galgen geführt wird. »Das ist Vera Fivetrees.« Sie schob die Pfeife zwischen die Zähne und warf Faye ein verbissenes Grinsen zu, während sie weißen Rauch ausstieß. »Ich glaube, jetzt bekommen wir Ärger.«

Faye kräuselte die Nase. »Wer ist diese Vera noch mal?«

Die schwarze Spitfire war auf der Dorfwiese gelandet und hatte dabei den Rasen aufgewühlt, sehr zum Entsetzen von Constable Muldoon. Der hatte die Ereignisse der Nacht – und eine Standpauke von seiner Tante – immer noch nicht verarbeitet und bemühte sich nun nach Kräften, die Dorfbewohner mit Schlagstock und Trillerpfeife zurückzuhalten.

Die Spitfire war vom Propeller bis zum hinteren Ende schwarz gestrichen und hatte keine einzige Markierung. Die merkwürdige Cockpithaube, die aus zwei Teilen statt einem bestand, fuhr zurück und gab den Blick auf zwei Personen frei. Die erste, eine schlanke junge Frau in einem Overall der Air Transport Auxiliary, der zivilen Lufttransportunterstützung, und Fliegerbrille, sprang vom Pilotensitz auf die Tragfläche. Sie bot der Passagierin eine Hand an. Die zweite Frau hatte dunkle Haut und trug ein gelbes Kleid mit schwarzem Vogelmuster sowie ein schwarzes Tuch um den Kopf. Sie stieg mit der Haltung einer Königin aus dem Kampfjet und marschierte mit ihrer gelben Lederhandtasche über die Dorfwiese, als hätte sie angehalten, um ihre Einkäufe abzuholen. Mit hocherhobenem Kopf ignorierte sie die neugierigen Blicke der Dorfbewohner, die Menschen mit dunkler Hautfarbe bisher nur in der Wochenschau oder in Büchern und Zeitschriften gesehen hatten.

Faye ließ die Hand ihres Vaters los und eilte Charlotte nach, die auf Mrs. Teach zusteuerte, die am Ententeich auf sie wartete. Ihr Lächeln war zwar strahlend, doch in ihren Augen stand Panik.

»Wappnet euch«, sagte Mrs. Teach mit zusammengebissenen Zähnen.

»Warum?«, flüsterte Faye so laut, dass es alle hören konnten. »Wer ist sie denn?«

Mrs. Teach bedeutete Faye mit einem Blick, den Mund zu halten, und verbeugte sich dann tief. Charlotte tat es ihr nach.

»Ich bin Vera Fivetrees, junge Dame«, verkündete die Frau und blieb vor den drei Hexen stehen. Hinter ihr versammelte sich das ganze Dorf und freute sich auf die Auseinandersetzung. »Die Oberste Hexe des British Empire.«

Faye wusste nicht genau, wie sie reagieren sollte, und ging in einem ungeschickten Knicks in die Knie. »Sehr erfreut.«

»Das kann ich nicht gerade behaupten.« Vera Fivetrees wandte sich an Charlotte, die an ihrer Pfeife paffte, und an Mrs. Teach, die ihre Handtasche fest umklammerte. »Meine Damen«, sagte sie, und die beiden erstarrten. »So viel magische Aktivität an einem Tag gab es in diesem Land seit 1692 nicht mehr, und dazu kommt noch etwas, das sich für mich wie der Einfall eines Dämons angefühlt hat. Dergleichen ist seit dem Mittelalter nicht mehr vorgefallen. Möchtet ihr mir das erklären?«

»Ich glaube, für einen Großteil bin ich verantwortlich«, meldete sich Faye zu Wort und hob wie ein schuldbewusstes Kind den Finger. »Sehen Sie, ich habe das Buch meiner Mutter gefunden ...« Sie sah, wie Charlotte und Mrs. Teach den Kopf schüttelten. »Es ist das Einzige, was ich von ihr habe – sie starb, als ich noch ein kleines Kind war –, und ich habe es durchgeblättert und Zeichnungen und Zaubersprüche und Rituale und all das gefunden, und ich dachte mir, Potzblitz, was ist das denn? Ist Mum etwa eine Hexe gewesen? Das wäre ja was. Also habe ich mich davongeschlichen und meinem Vater lieber nichts davon erzählt. Er hat schließlich genug mit dem Pub und allem zu tun. Dann habe ich angefangen, mit kleinen Ritualen und Zaubersprüchen herumzuspielen, ein bisschen Kerzenmagie, und ich dachte wirklich nicht, dass das so viel Ärger verursachen würde, aber na ja, das könnte vielleicht der Auslöser für diesen ganzen Schlamassel mit dem Dämon und so gewesen sein. Das tut mir unendlich leid, und ich kann Ihnen versichern, dass es nie wieder vorkommen wird, bei meiner Ehre, und ich hoffe, dass damit alles geklärt wäre.« Faye verstummte und holte Luft. Charlotte und Mrs. Teach sahen sie in stummer Dankbarkeit an.

Vera Fivetrees musterte Faye aus dem Augenwinkel. »Du musst Kathryn Wynters Tochter sein.«

»Die bin ich.«

»Sie hat auch ständig Ärger gemacht«, sagte Vera. »Sie hat dir ein Buch hinterlassen?«

»Nicht direkt. Ich habe es gefunden.«

»Und es enthält Zaubersprüche und Rituale?«

»Und ein Rezept für Marmeladenrolle, aber das war, glaube ich, nur so nebenbei ...«

»Dir ist klar, dass es genau aus diesem Grund verboten ist?«

»Die Marmeladenrolle?«

»Die Zaubersprüche, Mädchen«, erwiderte Vera scharf. »Sei nicht so frech.«

»Man hat es mir mitgeteilt, ja«, sagte Faye und nickte in Richtung von Charlotte und Mrs. Teach. »Aber ich verspreche, dass es nicht wieder vorkommen wird und ...«

»Vernichte das Buch«, befahl Vera Fivetrees.

»Aber ...«

»Wir können nicht riskieren, dass unsere Geheimnisse in die falschen Hände geraten, junge Dame. Unsere Rituale werden unter vier Augen von einer Generation an die nächste überliefert, von Lehrerin zu Schülerin. So wahren wir seit fast zweihundertfünfzig Jahren den Frieden mit der Unterwelt. Sie fürchten uns, weil sie nicht über unser Wissen verfügen. Wir haben die Oberhand, und ich werde nicht zulassen, dass wir sie verlieren. Wie dir vielleicht aufgefallen ist, herrscht zudem Krieg, und die Gegenseite hat ihre eigenen Zaubersprüche und Rituale, gegen die wir kämpfen müssen, ich kann also keine zusätzliche Arbeit gebrauchen.«

»Ich könnte es verstecken.«

»Vernichte es.« Vera wandte sich an Charlotte und Mrs. Teach. »Philomena, deine Bewährung ist beendet. Ihr beiden kümmert euch darum, dass das Mädchen die Hilfe bekommt, die es benötigt. Wenn sie wirklich Kathryn Wynters Tochter ist, könnte sie ausgesprochen nützlich sein. Dieser Krieg wird bestimmt nicht so schnell vorbei sein, und da können wir jede Hilfe gebrauchen. Lehrt sie alles, was ihr wisst.«

»Ja, Ma'am«, antworteten Charlotte und Mrs. Teach und knicksten.

»Und du«, sagte Vera zu Faye. »Keine unbeaufsichtigte Magie. Keine Geheimnisse mehr, verstanden?«

»Ja, äh, Ma'am.«

»Gut.« Vera drehte sich zu der Frau auf der Tragfläche um und winkte ihr zu. »Ginny, wir brechen auf.« Die Pilotin salutierte und sprang auf den Pilotensitz zurück. Die Propeller der Spitfire jaulten und begannen sich zu drehen. Das Flugzeug stieß Abgase aus, die kurz aufflammten, bevor die Motoren grollend zum Leben erwachten und Qualm über die Dorfwiese husteten.

Die Zuschauer wandten sich mit einem kollektiven »Ooh!« und vereinzeltem Applaus von den Hexen zu der prachtvollen Maschine.

Vera Fivetrees hob die Arme und schloss die Augen, wobei sie Worte murmelte, die Faye nicht verstand.

»Was tut sie da?«, fragte Faye.

»Obeah«, flüsterte Charlotte. »Alte Magie. Ist sehr mächtig.«

»Schh«, schimpfte Mrs. Teach. Vera Fivetrees öffnete wieder die Augen und ging zum Ententeich. Sie nahm eine kleine blaue Glasflasche aus ihrer Handtasche und ließ vorsichtig zwei Tropfen einer roten Flüssigkeit ins Wasser fallen. Sofort stieg Rauch auf und trieb über die Dorfwiese zwischen die Zuschauer.

Zufrieden ging Vera Fivetrees zu den drei Hexen zurück.

»Sie werden alles vergessen?«, fragte Charlotte.

»Sie werden sich an etwas anderes erinnern«, antwortete Vera. »Fremde sind im Ort gewesen. Ein Wanderzirkus vielleicht.«

Faye dachte an ihren Dad und seine Zirkusgeschichten, von denen sie jetzt sicher unfreiwillig noch mehr zu hören bekommen würde.

»Sie werden ihre eigenen Geschichten erschaffen, die zu Erinnerungen werden.« Vera deutete mit dem Finger auf die drei. »Wehe, ich muss noch einmal herkommen.«

»Auf keinen Fall, Ma'am«, antworteten die drei Hexen gleichzeitig und knicksten.

»Gut, ich muss mittags in Stonehenge sein. Die verflixten Druiden bechern schon wieder. Viel Glück! Und macht keine

Schwierigkeiten.« Vera marschierte durch die Menge, erklomm die Spitfire und setzte sich auf den hinteren Sitz. Die Pilotin gab Gas, und das Flugzeug holperte über die Wiese, hob ab und flog in den hellen Morgenhimmel.

39

Ein brennendes Buch

Sie hatten vereinbart, sich am Vormittag bei Charlotte zu treffen. Faye nahm einen anderen Weg durch den Wald, der am Fluss entlangführte und auf dem es nach Geißblatt roch. Sie fuhr an zwei dahingleitenden Schwänen vorbei und erschreckte einen Damhirsch beim Trinken. Er sprang davon, Licht fiel durch die Bäume auf die weißen Flecken in seinem Fell und vermischte sich damit. Bienen umschwärmten den Fingerhut am Fuß einer Lärche, und Zilpzalps, Fitisse und Amseln wetteiferten um ihre Aufmerksamkeit. Sie schlug eine Bremse weg, als sie abstieg und das Rad gegen einen Baum lehnte, der vom Sommersaft klebrig war. Faye packte ihre Tasche, die über ihrer Schulter hing, und stapfte durch den Farn.

Die Welt wirkte so normal wie immer, doch Faye wusste, dass sie selbst sich verändert haben würde, wenn sie den Heimweg antrat.

Als sie die Lichtung erreichte, brannte bereits ein Lagerfeuer, und Charlotte und Mrs. Teach erwarteten sie.

Kiefernnadeln knirschten unter Fayes Schuhen, während sie wie eine verurteilte Gefangene auf das Cottage zuging, unter den Augen von zwei Hexen, einer Kröte und einer herrenlosen Ziege.

»Guten Morgen, Faye«, sagte Charlotte. »Es tut mir leid, dass es so weit gekommen ist, aber du verstehst hoffentlich, warum es getan werden muss.«

Faye presste die Lippen aufeinander und zuckte mit den Schultern.

»Du hast unser Wort«, sagte Mrs. Teach, »dass wir dir alles beibringen, was wir wissen. Wenn du nur die Hälfte der Gabe deiner Mutter hast, besitzt du das Potenzial, eine große Hexe zu werden.«

»Und wir danken dir, dass du heute Morgen vor der Obersten Hexe die Schuld auf dich genommen hast«, fügte Charlotte hinzu. »Das hättest du nicht tun müssen.«

»Tatsächlich sind wir alle irgendwie schuld«, sagte Mrs. Teach.

»Aber vor allem du, Mrs. Teach«, erwiderte Charlotte.

»Ja, ja, vor allem ich.« Mrs. Teach schürzte die Lippen.

»Es tut mir leid, Faye, aber das ist der Preis, den du für deine Freundlichkeit zahlen musst.« Charlotte streckte die Hand nach dem Buch aus.

»*Ich* werde es tun.« Faye holte das Buch aus der Tasche.

»Nimm's mir nicht übel, Schatz«, sagte Mrs. Teach mit einem unsicheren Lächeln, »aber wir würden gern überprüfen, ob es auch das richtige Buch ist.«

»Falls du noch einmal einen *switcheroo* probieren möchtest«, fügte Charlotte mit hochgezogener Augenbraue hinzu.

Zähneknirschend gab Faye ihnen das Buch, und Charlotte blätterte hindurch.

»Wir müssen lernen, einander zu vertrauen«, sagte Mrs. Teach. »Wo wären wir denn ohne Vertrauen? Vor allem jetzt im Krieg. Ist es das richtige?«, fragte sie Charlotte, die nickte und das Buch zuklappte.

»Willst du es immer noch selbst tun?«, fragte Charlotte Faye.

Faye brachte keinen Ton heraus und nickte nur.

Charlotte gab ihr das Buch zurück und trat von dem knisternden Feuer zurück.

Faye umklammerte das Buch.

Das Buch ihrer Mutter.

Abgesehen von ein paar Kleinigkeiten zu Hause besaß Faye sonst nichts von ihrer Mutter. Jedes Wort, jede Zeichnung, jeder Fleck auf einer Seite bedeutete einen Moment im Leben ihrer Mutter. Faye hatte gehofft, für immer in dem Buch lesen zu können. Es in Ehren zu halten und zu versuchen, so klug und neugierig wie ihre Mutter zu werden.

Die Welt verstummte. Überall in den Bäumen saßen Vögel. Zeugen einer Hinrichtung.

»Wenn ich es tun soll«, sagte Faye, »müsst ihr mir erst etwas versprechen.«

Charlotte und Mrs. Teach tauschten zweifelnde Blicke.

»Keine Geheimnisse mehr«, verlangte Faye. »Zumindest nicht zwischen uns. Ihr seid nicht mehr so arrogant zu den Dorfbewohnern, ihr schaut auf solche Leute wie Craddock nicht mehr herab.«

Mrs. Teach schnaubte. »Also wirklich, junge Dame. Er war so ein abscheulicher ...«

»Er war einer von uns«, unterbrach Faye sie scharf. »Unser Nachbar, Stammgast in unserem Pub, ein Mann, der einem ein

Stück Kaninchen besorgte, wenn man eins haben wollte. Und ja, er war ein alter Griesgram, und er hasste Frauen, und ein Rassist war er wahrscheinlich auch, aber er stammte nun mal aus dem Dorf. Und ich denke, wenn wir mit ihm geredet oder ihm auch nur ein bisschen mehr zugehört hätten, dann hätte er vielleicht auch uns zugehört, und wir wären vielleicht bessere Menschen, und er wäre vielleicht sogar noch am Leben. Wenn wir mit diesem Hexenzirkel anfangen wollen, oder was auch immer das ist, dann müssen uns die Leute aus dem Dorf vertrauen. Wir können nicht so tun, als seien wir besser als sie, sonst ignorieren sie uns bloß. Der Krieg gegen die Nazis steht in Frankreich vor unserer Haustür, und wir haben hier Ärger mit Dämonen oder Kobolden oder was auch immer.«

»Es gibt keine Kobolde«, korrigierte sie Charlotte.

»Wir fangen ganz vorn an.« Faye blähte die Wangen. »Heute. Wir legen unsere Differenzen bei und arbeiten miteinander. Reiner Tisch, neue Besen, ihr wisst schon. In Ordnung?«

Mrs. Teach und Charlotte sahen sich an. »Ja«, antworteten sie gleichzeitig.

»Gut.« Faye warf das Buch ins Feuer.

Es war so einfach. Eine kleine Bewegung ihres Arms, und schon flog das Buch durch die Luft und landete mit einem dumpfen Geräusch in den Flammen. Sie konnte nicht hinsehen, es würde ihr das Herz brechen.

»Na schön«, sagte sie leise. »Dann sehen wir uns morgen.«

40

Der hohle Baum

Faye fuhr nicht auf dem kürzesten Weg nach Hause. Nachdem sie ihr Fahrrad geholt hatte, machte sie sich zu der hohlen Eiche mitten im Wald auf und saß eine Weile zwischen ihren Wurzeln, wo sie sich ein paar Tränen gestattete. Dann wischte sie sie weg, schniefte und holte ein gefaltetes Stück Papier aus ihrer Tasche.

Es war eine herausgerissene Seite aus dem Buch ihrer Mutter.

Auf einer Seite stand das Rezept für Marmeladenrollen.

Auf der anderen stand etwas ganz anderes.

Faye las laut vor: *»Ein Ritual, um Kontakt mit geliebten Menschen aufzunehmen, die auf die andere Seite übergetreten sind.«*

Magie.

Sie durfte nicht unbeaufsichtigt Magie wirken. Das hatte sie gerade der Obersten Hexe des British Empire versprochen. Faye legte die Seite auf den Boden.

Dann nahm sie sie wieder auf. Las weiter. *Lesen* war ja nicht verboten. Sie blickte lediglich auf die Wörter, die auf einer

Buchseite standen, und zauberte ganz eindeutig nicht. »*Such persönliche Gegenstände des geliebten Menschen zusammen, mit dem du Kontakt aufnehmen möchtest, und breite sie vor dir aus.*«

Faye atmete tief ein und schlug die Klappe ihrer Tasche um. Sie holte eine Haarbürste mit Elfenbeingriff heraus, ein paar billige Ketten und Ohrringe und eine Grammophonplatte mit Riss von »Graveyard Dream Blues« von Bessie Smith. Sie breitete sie auf der laubbedeckten Erde vor sich aus. Das war keine Magie. Sie sah sich die Sachen nur an. Und las.

»*Als Nächstes brauchst du eine grüne Kerze und Olivenöl.*« Faye griff wieder in die Tasche und holte eine gewöhnliche Wachskerze und eine kleine Flasche Speiseöl heraus. »Das passt bestimmt«, versicherte sie sich und rückte die Brille zurecht, während sie wieder einen Blick auf die Buchseite warf. »*Geh an einen einsamen Ort, an dem du allein mit deinen Gedanken sein kannst.*« Erledigt. »*Ritze diese Rune in die Kerze.*«

Die Rune auf der Buchseite sah wie eine umgedrehte Sieben mit einigen Querlinien aus.

Faye konnte es nicht tun. Sie hatte es versprochen. Sie würde keine Magie wirken. Sie könnte unbeabsichtigt einen anderen Dämon beschwören oder wer weiß was.

Still las sie die restlichen Anweisungen. Sie ritzte keine Runen, sie hielt die Kerze nicht nach Norden, Süden, Osten oder Westen. Doch sie zündete sie an und stellte sie in den hohlen Baum. Welchen Schaden konnte das schon anrichten? Hier war es sowieso dunkel. Sie brauchte das Licht.

Faye kam zur letzten Anweisung. »*Nimm den Spiegel und halte ihn so, dass er das Kerzenlicht reflektiert.*« Eine Weile suchte Faye in ihrer Tasche nach einem kleinen Handspiegel. Das

Glas war zerkratzt, der Elfenbeingriff passte zur Bürste ihrer Mutter. Sie hielt ihn so, dass er die Flamme der Kerze in dem hohlen Baum spiegelte, dann schielte sie zu der Buchseite.

»Als Letztes entspann dich und atme tief ein und aus. Deine Arme fühlen sich vielleicht schwer an, dein Kopf leicht, das Spiegelglas beschlägt, doch bald wirst du den geliebten Menschen darin sehen, und du wirst mit ihm sprechen können.«

Faye holte ein paarmal tief Luft und sah in den Spiegel. Verzweifelt suchte sie nach einer Bewegung, bemerkte jedoch nichts. Natürlich war da nichts. Sie zauberte ja schließlich nicht.

Das einzige Geräusch war der Wind, der leise durchs Laub raschelte.

Die letzten Tage holten Faye ein. Ihr Herz war schwer, ihre Schulten sanken nach unten, und Tränen stiegen ihr in die Augen. Es war Zeit, nach Hause zu fahren.

Es begann zu regnen, und Faye packte die Sachen wieder ein.

Sie würde ihrer Mutter so gern sagen, dass sie nicht mehr wütend war. Dass sie jetzt warme Liebe spürte, wenn sie an sie dachte. Sie wollte ihrer Mutter sagen, dass alles gut werden würde. Ihr Leben hatte jetzt einen Sinn: Sie konnte nützlich sein.

Faye griff nach dem Spiegel und sah den zuckenden Kopf eines Spatzen im Glas.

Eine Blaumeise kam hinzu. Und ein Rotkehlchen.

Zwischen Fayes Schulterblättern kribbelte es. Sie senkte den Spiegel und drehte sich langsam um. Die alte Eiche war voller Vögel. Von den untersten Ästen bis zu den obersten

Zweigen saßen überall Schwalben, Fitisse, Finken, Specht-
meisen, Wintergoldhähnchen, Dohlen und Baumläufer. Alle
starrten sie an.

Flatternd stiegen sie auf und kreisten zwitschernd um Faye
herum. Atemlos lachend und mit roten Wangen tanzte sie mit
ihnen, drehte sich mit wie Flügel ausgestreckten Armen im
Kreis. Ihr Herz war mit einer Freude angefüllt, die sie seit
ihrer Kindheit nicht mehr empfunden hatte. Atemlos brachte
sie zwei Wörter heraus.

»Hallo, Mum.«

Bonusgeschichte

Mrs. Teachs Séance

Juni 1940

Vor und während der Ereignisse in *Rabenzauber*

1

Ihr Ernie war tot, und nichts konnte ihn zurückbringen. Das wusste Philomena Teach. Es war ihr so klar, wie sie wusste, dass die Sonne jeden Tag am Abend unterging. Sie akzeptierte es, wie sie Regengüsse im April und bittere Kälte im Winter hinnahm, doch das alles half nicht gegen den Schmerz in ihrem Herzen. So sehr sie es auch versuchte, die Trauer lastete immer noch schwer auf ihr. Morgens aufzustehen erforderte viel mehr Kraft, Butter und Marmelade auf ihrem Toast hatten allen Geschmack verloren, der Tee zum Frühstück war milchig und schwach. Die Trauer verging nicht. Sie war jetzt ein Teil von ihr.

Auch wenn das in Woodville niemand bemerkte. Mrs. Teach war größer als die meisten Männer und hielt in der Schlange beim Bäcker immer das Kinn hocherhoben. Sie war rundlicher als die meisten anderen, schritt jedoch in anmutigen Sling-Pumps über die Kopfsteinpflasterstraßen des Dorfes. Wenn sie aus der Tür ihres Reihenhauses trat, lächelte sie.

Allein im Haus musste sie die Fassade nicht wahren.

»Ich habe dir doch gesagt, du sollst nicht so viel arbeiten.

Habe ich nicht gesagt, du sollst dich am Wochenende ausruhen? Denk an dein schwaches Herz.«

Sie unterhielt sich mit ihm, wenn sie im Haus herumging. Erzählte ihm von ihrem Tag, als wäre er immer noch da. Als säße er am Küchentisch mit den Einzelteilen eines Automotors vor sich, den er mit schwarz verschmierten Fingern reparierte. Das war seine Gabe. Ernie konnte alles reparieren.

»Bis auf dein Herz. Das konntest du nicht reparieren, oder?«

Es ging so schnell. Am Nachmittag klagte er über Schmerzen in der Brust, ging ins Bett und wachte nicht mehr auf.

Ihre letzten Worte an ihn waren gewesen: »Das ist bestimmt das Steak und die Nierenpastete, die du hinuntergeschlungen hast. Du musst gründlicher kauen, Ernie Teach.«

Er hatte gelacht und ihr einen Gutenachtkuss gegeben. Irgendwann hatte sie gemerkt, dass seine Hand aus ihrer gerutscht war. Als sie aufwachte, war er tot.

Der Tod war nichts Neues für Mrs. Teach. Sie hatte schon viele Menschen während ihrer letzten Stunden gepflegt, doch dass Ernie ihr in ihrem Ehebett entglitten war, schmerzte am meisten.

Sein Lächeln war das Erste gewesen, was sie morgens gesehen hatte, und abends war es das Letzte. Sie vermisste seinen warmen Körper, die Berührung seiner Hände und ihr Liebesspiel, das so leidenschaftlich war, dass Mrs. Nesbitt nebenan davon aufwachte.

Der Tod war nichts Ungewöhnliches in Woodville, und seit Kriegsbeginn kam er noch häufiger zu Besuch. Drei Söhne des Dorfes waren in Dünkirchen gefallen, und erst in der letzten Woche hatte die arme Mrs. Rogers ein Telegramm erhalten, dass ihr Danny irgendwo bei Norwegen auf See verschollen war. Ernie war Gott sei Dank zu alt, um an der Front zu kämpfen, hatte sich jedoch auf dem Polizeirevier bei den Local Defence Volunteers angemeldet. Er hatte seinen Beitrag leisten wollen.

Seine Armbinde hatte sie am Tag der Beerdigung bekommen.

Mrs. Teachs einziger Trost war, dass der Tod nicht automatisch das Ende bedeuten musste.

Wenn man die Gabe hatte, konnten die Toten sprechen.

Natürlich verbot der Hexenrat dies ausdrücklich. Außerdem wusste niemand, ob man *wirklich* mit den Toten sprach. Vera Fivetrees, die Oberste Hexe des British Empire, vertrat die Theorie, dass die Stimmen, die bei man Séancen hörte, von Dämonen stammten, die die armen Seelen quälen wollten, die in dieser Welt trauerten. Die Stimme von der anderen Seite gehörte dann nicht der geliebten verstorbenen Großmutter, sondern einem niederträchtigen Inkubus, der sie dilettantisch nachahmte und sich köstlich darüber amüsierte. Veras Theorie basierte auf ihrer eigenen Kindheitserfahrung, als sie einen solchen Dämon einmal in einer vorgeblichen Séance mit ihrer Mutter erwischt hatte, die nicht nur *nicht* tot, sondern zu dem Zeitpunkt auch mit ihr im Raum gewesen war und einen Schal gestrickt hatte.

Séancen waren auch aus dem ganz einfachen Grund verboten, dass man dadurch eine Tür zur Unterwelt öffnete. Eine Tür, die am besten verschlossen und verriegelt blieb, die im tiefsten Brunnen versenkt und schließlich unter mehreren Schichten Zement vergraben sein sollte.

Jahrhundertelang hatte sich nichts aus der Unterwelt befreien können, und so sollte es auch bleiben.

Vor allem nach dem, was beim letzten Mal geschehen war.

In ihrer Jugend hatte Mrs. Teach *versehentlich* einen Dämon beschworen, während eines Zaubervorgangs, der damit überhaupt nichts zu tun gehabt hatte und völlig unschuldig gewesen war, wegen dem sie jedoch trotzdem fast zwei Jahrzehnte auf Bewährung war und keine Magie praktizieren durfte.

Zum Glück hatte Kathryn Wynter ihr geholfen, das zu klären, und jetzt lag alles weit in der Vergangenheit. Am besten dachte man überhaupt nicht mehr daran.

Philomena Teach wusste, dass sie es nicht riskieren sollte, Charlottes und Vera Fivetrees' Wut wieder auf sich zu ziehen, doch diese Séance wäre eine einmalige Angelegenheit, von der niemand erfahren musste. Sie schloss die Vorhänge und verteilte vier silberne Spiegel im Raum. Einen auf dem Kaminsims, einen auf dem Fensterbrett, einen bei der Tür und einen in Ernies altem Sessel. Alle zeigten zu dem kleinen Tisch in der Mitte des Raums. Philomena zog die Tischseiten aus und legte damit einen Mittelteil frei, in den ein Pentagramm eingearbeitet war. Wenn ihre Bridgedamen wüssten, dass sie auf einem Tisch gespielt hatten, mit dem man Geister rufen konnte, hätten sie einen Anfall bekommen, doch der Tisch befand sich seit drei Generationen im Besitz ihrer Familie, und auch wenn Mrs. Teach keine Magie praktizieren durfte, behielt sie ihn. Warum einen guten Kartentisch entsorgen, auch wenn darin genug Runen eingeschnitzt waren, um Dämonen zu beschwören?

Sie stellte eine Kupferschale in die Mitte des Pentagramms und schüttete eine genau abgemessene kleine Menge Asche aus Erlen- und Lorbeerholz hinein. Dazu sprach sie ein paar Worte, die nur Hexen kannten, dann glühte die Asche auf, und schon bald war der Raum von weißem Rauch durchzogen.

Mrs. Teach nahm etwas vom Kaminsims, das wie ein Brieföffner aussah, mit einem Obsidiangriff und einer Klinge, die zwischen die Welten schneiden konnte, und legte es so auf den Tisch, dass die Spitze auf Ernies Sessel zeigte. Dann holte sie ein Salzfässchen aus der Tasche ihres Morgenmantels und zog auf dem Teppich einen Salzkreis um den Tisch.

Mrs. Teach wedelte sich den Rauch ins Gesicht, setzte sich in Ernies Sessel und legte den Spiegel in ihren Schoß.

Das Ritual begann mit einer monotonen Wiederholung alter Worte, um die Tür zur anderen Seite aufzustoßen. Früher hatte Philomena für eine so einfache Zeremonie nur Minuten gebraucht, doch inzwischen war sie außer Übung und musste all ihre Konzentration aufwenden.

Während sich ihre Lippen bewegten und die Worte ohne nachzudenken hervorströmten, verlor sie das Zeitgefühl. Sie hörte, wie Faye Bright und Freddie Paine auf ihrer Patrouille vorbeigingen. Die gleichmäßigen Schritte von zwei Paar Stiefeln auf Kopfsteinpflaster, gelegentlich von »Licht aus!«-Rufen unterbrochen, waren eine willkommene Ablenkung, doch dann hörte die Kirchenglocke um elf Uhr auf zu läuten, und

Mrs. Teach wusste, dass sie erst wieder um sechs Uhr morgens ertönen würde. Stille hüllte das Dorf ein, und Mrs. Teachs Augen wollten nicht mehr offen bleiben. Ein Schläfchen konnte nicht schaden. Danach würde sie wieder klarer denken. Sie könnte es noch einmal versuchen ...

2

Philomena Teach wachte auf. Das Radio gab ein statisches Rauschen und Knistern von sich, unterbrochen von Piepen und Quietschen. Schlaftrunken fragte sich Mrs. Teach kurz, ob sie das Radio angelassen hatte, bevor sie eingeschlafen war, doch eine Séance erforderte absolute Stille, und ein solcher Fehler sähe ihr nicht ähnlich.

»Phee-Phee?«, flüsterte eine Stimme aus dem Radio. »Phee-Phee, bist du da, Liebling?«

Phee-Phee.

So hatte Ernie sie immer genannt.

Er hatte viele Namen für sie gehabt. Phee-Phee, mein Herz oder Spatz. Nur in ihrem Haus und unter vier Augen hatte er sie verwendet.

»Phee-Phee, Liebling, sprich mit mir. Bitte.« Seine Stimme drang durch das Zischen und Knistern, wurde mit den Radiowellen lauter und wieder leiser.

Das erste Licht des Morgens drang durch die Vorhänge, der Rauch hatte sich verzogen. Die Asche in der Schale glomm noch. Die Tür stand offen, jemand war hindurchgetreten.

»Phee-Phee? Sprich mit mir, Liebling.«

Woher sollte sie wissen, ob das wirklich ihr Ernie war?

»Mein Herz? Spatz? Hast du mich gerufen? Bitte sprich mit mir.«

Eine Bewegung erregte Philomenas Aufmerksamkeit. Da war ein Gesicht in dem Spiegel in ihrer Hand. Ein Auge im Spiegel auf dem Kaminsims. Sich bewegende Lippen in einem anderen. Ernie hatte sich manifestiert.

Mrs. Teach wollte seinen Namen sagen, doch ihr Mund war ausgedörrt, sie konnte nur krächzen. Sie räusperte sich und versuchte es noch einmal. »Ernie, bist du das?«

»Ich bin es, Liebling. Ich freue mich so, dich wieder zu hören.«

Wärme durchströmte Mrs. Teach und erfüllte ihr Herz. »Ernie, oh Ernie, ich habe dich so vermisst.« Sie wusste, das war zu schön, um wahr zu sein, doch alle rationalen Gedanken wurden verdrängt. Ihr kamen die Tränen, ihre Lippen zitterten. »Ich habe dich so vermisst.«

»Ich dich auch, Phee-Phee.« Die Stimme erklang immer noch undeutlich und kam wie aus weiter Ferne, doch sie hörte sich wirklich wie Ernies an. »Ich sehne mich danach, dich wiederzusehen.«

»Wo ... Wo bist du?« Auf diese Frage wollte jeder eine Antwort. Als sie noch ein Mädchen gewesen war und ihre ersten Séancen durchgeführt hatte, hatte ihre Großmutter ihr gesagt, dass die Menschen solche Fragen stellen würden. Ihre Großmutter warnte sie davor, darauf eine Antwort zu geben, da diese niemandem gefiel. Doch Philomena Teach hatte keine Angst vor dem Tod. Sie wollte nur die Stimme ihres Ernie hören.

»Ich weiß es nicht, Phee-Phee«, sagte er. »Es ist dunkel. Dunkel und kalt. Ich habe Angst. Kannst du mir helfen?«

»Ja, mein geliebter Ernie, hör auf meine Stimme«, sagte sie. »Meine Liebe soll dich im Dunkeln wärmen.«

»Ich möchte, dass du bei mir bist, Phee-Phee«, sagte Ernie. »Komm zu mir. Komm auf meine Seite, und wir können für immer zusammen sein.«

»Äh.« Mrs. Teach hörte eine leise Alarmglocke in ihrem Hinterkopf. Irgendetwas stimmte hier nicht.

»Wir sind so viele hier im Dunkeln«, fuhr die Stimme fort.

»Ich dachte, du wärst allein?«, antwortete Mrs. Teach und versuchte, nicht allzu misstrauisch zu klingen.

»Das sind wir. Wir alle.«

»Alle?« Mrs. Teach war sich ganz sicher, dass da jemand prustend versuchte, durch das statische Knistern sein Lachen zu unterdrücken. »Du frecher Mistkerl. Du bist nicht mein Ernie.«

»Ah, du hast meine kleine Scharade durchschaut«, sagte die Stimme, die plötzlich den Raum erfüllte und deren Tonfall zu einem Teil aus Öl und zu zwei Teilen aus Schwefel bestand. »Ich bin überrascht, dass du mir nicht schon früher auf die Schliche gekommen bist, Philomena Teach.«

»Wer bist du?«

»Wer …? Ich muss schon sagen, es verletzt mich, dass du dich nicht an mich erinnerst. Schließlich haben wir uns beim letzten Mal so gut verstanden.«

»Beim letzten Mal?« Mrs. Teach brauchte nicht lang, um im Kopf ihr Adressbuch mit Dämonenbekanntschaften durchzugehen. Es hatte nur einen Eintrag. »Kefapepo, oder?«

»Zu Ihren Diensten, Madam.«

»Komm mir nicht so. Hinfort mit dir, du widerlicher Dämon.« Mrs. Teach beugte sich vor, um das Radio auszuschalten.

»Ich kann dir Ernie zurückbringen«, platzte Kefapepo heraus.

Mrs. Teach zögerte mit den Fingern auf dem Ausschaltknopf. »Lügner«, sagte sie.

»Du weißt, dass ich dazu fähig bin.« Kefapepo senkte die Stimme wieder zu einem Flüstern, und Mrs. Teach neigte den Kopf, um ihn besser zu verstehen. »Natürlich nicht für lange, aber ich kann ihn zurückbringen, und ihr könnt euch dann endlich voneinander verabschieden. Das möchtest du doch, nicht wahr? Einen ordentlichen Abschied von der Liebe deines Lebens. Das wollen wir doch alle, oder? Nur ein paar Momente mehr. Die kann ich dir geben.«

»Wie?«, krächzte sie und verfluchte sich, weil sie es ausgesprochen hatte. Jetzt wusste er, dass sie interessiert war. »Eine Séance?«

»Mrs. Teach, Sie beleidigen mich. Du gibst dich doch nicht mit den Narren ab, die aus der Handfläche gelesen haben wollen. Nein, nein, nein. Ich werde eine Form für Ernie auswählen, und er wird zu dir kommen.«

»Eine Form?«

»Einen Körper. Einen Wirt. Eines Abends wird er dich besuchen. Du hast dann bis Schlag Mitternacht Zeit, dich zu verabschieden und ihm alles zu sagen, was du ihm zu seinen Lebzeiten schon hattest sagen wollen.«

»Nein.«

»Das ist ein einzigartiges und großzügiges Angebot, das ich nur einmal mache. Ich würde dringend empfehlen, dass du zustimmst, und zwar schnell.«

»Warum tust du das? Du hast mich schon mal angelogen, warum sollte ich dir jetzt glauben?«

»Wie kannst du es wagen, meine Absicht anzuzweifeln ...«

»Du bist ein Dämon, dir kann man nicht vertrauen. Lebwohl.«

»Er wird der Erste von vielen sein«, sagte Kefapepo. »Mein Geschenk an die Welt.«

»Was soll das heißen?«

»Die Toten sind überall um mich herum. Ich rufe sie an und kann ihre Geister beschwören. Das ist eine meiner Gaben. Ich habe die alte Kunst studiert und herausgefunden, wie ich ... es fertigbringe, ihnen neues Leben einzuhauchen.«

»Das wirst du nicht bei meinem Ernie machen«, sagte Mrs. Teach. »Und jetzt fort!«

Sie schaltete das Radio aus, und der Dämon war verschwunden. Der Raum erwärmte sich wieder, die Funken in der Schale verglühten. Mrs. Teach zog die Vorhänge zurück. Die Sonne spähte über den Glockenturm von St. Irene.

3

Nach Tee und Toast pflückte Mrs. Teach einen Strauß himmelblauer Hortensien im Garten. Sie hielt ihn fest umklammert und machte sich auf den Weg an den Ort, den sie seit Ernies Beerdigung gemieden hatte: sein Grab auf dem Friedhof von St. Irene.

Er ruhte im Schatten einer Eiche, inmitten von Fremden. Mrs. Teach hatte in ihrem Leben genügend merkwürdige Phänomene gesehen, um zu wissen, dass ein Leben nach dem Tod sicher möglich war, aber die Vorstellung, dass Ernie auf einer Wolke saß und Harfe spielte, fand sie lächerlich. Sie fürchtete, dass der Tod kalt, dunkel und einsam war.

»Hallo, Liebling«, sagte sie und ging in die Hocke, um die Hortensien an seinen Grabstein zu legen. »Die habe ich dir mitgebracht. Ich weiß nicht, warum man den Toten Blumen bringt. Wahrscheinlich, um das Grab freundlicher zu machen. Herkommen, reden, Blumen und Gebete. Alles, was wir für die Toten tun, tun wir eigentlich für uns, nicht wahr?«

Mrs. Teach richtete sich auf und strich ihren Rock glatt. »Es sind genau drei Monate und drei Wochen, Liebling«, sagte sie. »Tut mir leid, dass ich erst jetzt komme, auch wenn ich vermute, dass du es gar nicht weißt und es dich auch nicht kümmert. Ich werde jetzt aufhören, mir selbst leidzutun, und Dinge in Angriff nehmen. Mit deinem Garten fange ich an, Schatz. Ich war nicht mehr dort seit … Ich weiß, ich habe deinen grünen Daumen nicht, aber überall hängen die Plakate, dass man jetzt im Krieg sein Gemüse selbst anbauen soll, deshalb werde ich es mal versuchen. Das ist bestimmt besser, als der Vergangenheit nachzutrauern, und ich weiß, du hattest keine Zeit für solchen Unsinn. Aber ich verspreche dir, dass ich regelmäßig vorbeikommen werde. Dann bringe ich frische Blumen mit und rede mit mir selbst. Doch, ich glaube, das wird uns beiden guttun.«

4

Philomena Teach war im Dorf für viele Dinge bekannt, vor allem für ihre Aufmerksamkeit – was eine höfliche Umschreibung für Neugier war. Das würde sie natürlich weit von sich weisen. Ihr lag einfach das Wohlergehen der anderen am Herzen, und sie war immer bereit, eine Schulter zum Ausweinen anzubieten. Dass sie oft schon vor den Betroffenen wusste, dass sie einen Grund zum Weinen haben würden, war nebensächlich. Kaum etwas geschah ohne ihr Wissen in Woodville.

Weshalb sie schockiert feststellte, dass sie den ganzen Morgen über nicht bemerkt hatte, was in Ernies Garten fehlte. Sie begann mit ein bisschen Unkrautjäten – in seiner Abwesenheit war die Gartenparzelle etwas verwildert –, dann goss und düngte sie alles und erntete die paar Radieschen und Salate, die überlebt hatten.

Erst als sie mit einer Tasse Tee auf einem Klappstuhl saß und ihr Werk betrachtete, fiel es ihr auf. »Wo zum Teufel ist Bernie?«, rief sie, worauf Mr. Loaf, der in der Nähe in der Erde grub, zusammenzuckte, sich eine Hand auf die Brust legte und sich dann die Stirn mit seinem rot gepunkteten Halstuch abwischte.

Bernie – so hatten sie und Ernie die Vogelscheuche in seinem Garten genannt. Sie hatte Ernies alten Zylinder und seinen alten Frack getragen – Überbleibsel vom Anfang ihrer Beziehung. So waren sie auch auf den Namen gekommen. Sie nannten sie erst »Ernie 2«, woraus dann »Ernie B« wurde und eine Weile später »Ernib«. Und dann hieß sie irgendwann »Bernie«.

Von Bernie war nur noch seine Holzstange übrig.

»Haben Sie was verloren, Mrs. Teach?«, fragte Mr. Loaf, während er um die Bohnenstangen und Sonnenblumen auf seiner Parzelle herumging. Mr. Loaf war immer übertrieben fröhlich und vermutlich der einzige Dorfbewohner, der Philomena den Rang als »neugierigste Einwohnerin« ablaufen konnte, auch wenn sein Interesse beruflich bedingt war. Als der einzige Bestatter des Dorfes hielt er immer Ausschau nach neuen Aufträgen.

»Jemand hat unsere Vogelscheuche gestohlen«, erzählte Mrs. Teach. »Warum sollte jemand eine Vogelscheuche entwenden, frage ich Sie?«

Mr. Loaf, ein kleiner, drahtiger Mann, der nur aus Ellbogen und Knien zu bestehen schien, rückte seine runde Brille zurecht und musterte die leere Holzstange. »Oh, Sie glauben gar nicht, was manche Menschen heutzutage so alles treiben, Mrs. Teach«, sagte er. »Ich weiß, wir müssen zusammenhalten und so, aber da draußen treiben sich ein paar schändliche Gestalten herum, das kann ich Ihnen sagen. Schwarzmarkthändler, Einbrecher, Räuber und Schurken – und zwar in diesem Dorf! Ist das zu glauben?« Er überlegte einen Moment.

»Vielleicht waren sie auf den Zylinder und den Frack aus? Beides war ja noch in gutem Zustand, und jetzt mit der Kleiderrationierung und allem machen manche vor nichts Halt, um an gute Kleidung zu kommen.«

»Warum haben sie dann aber das ganze Ding mitgenommen, samt Strohfüllung?«, erwiderte Mrs. Teach. Ihr kam ein Gedanke, und sie versuchte, sich darauf zu konzentrieren, doch Mr. Loaf ließ sich nicht beirren.

»Wer weiß schon, wie dieser Abschaum denkt«, sagte er und tätschelte ihre Hand. »Und das bei Ihnen, Mrs. Teach, wo Sie doch noch trauern. Die Schurken sollten sich wirklich was schämen. Was würden ihre Mütter dazu sagen? Das würde mich mal interessieren. Wo sind ihre Mütter eigentlich, hm? Und die Väter? Ich gebe ja den Eltern die Schuld. Man darf seine Kinder nicht verzärteln. Jemand müsste ihnen mal das Fell gerben und ihnen beibringen …«

»Mr. Loaf, wenn Sie entschuldigen«, unterbrach ihn Philomena so höflich wie möglich. »Erinnern Sie sich, ob sie gestern noch hier war?«

Mr. Loaf schürzte die Lippen und sah nachdenklich zum Himmel. »Das Problem ist, Mrs. Teach, so etwas wie eine Vogelscheuche … Die gehört so zur Landschaft, das ist etwas, das man erst bemerkt, wenn es … na ja, wenn es irgendwer mitnimmt. Aber ich hätte schwören können, dass sie gestern noch da war.«

»Sind Sie sicher?«

»So sicher ich mir bei so etwas sein kann, was nicht besonders sicher ist.« Dann fügte er wenig hilfreich hinzu: »Aber grundsätzlich ja.«

»Sie waren den ganzen Morgen da? Bevor ich kam?«

»Bin in der Dämmerung aufgestanden«, antwortete er. »Heute ist mein freier Tag, und ich versuche, so viel wie möglich zu erledigen, weil jetzt doch die Radieschen reif werden.«

»Also wurde sie nicht heute Morgen gestohlen«, überlegte Mrs. Teach. Sie dachte an die Séance vom gestrigen Abend zurück. Kefapepos Versprechen, einen Körper für Ernie zu finden, ihn in irgendeiner Art Wirt wieder zum Leben zu erwecken. War die Tür lange genug offen gewesen, damit jemand wie Kefapepo hindurchgelangen und seine Drohungen in die Tat umsetzen konnte?

»Mrs. Teach?« Mr. Loafs Stimme durchbrach ihre Gedanken. »Geht es Ihnen gut, meine Liebe? Sie wirken etwas verwirrt.«

Unsinn. Ein Dämon der niederen Ordnung hätte gar nicht die nötige Macht. Mehr als dreihundert Jahre lang war so etwas nicht passiert. Undenkbar.

»Mrs. Teach?«

»Hm? Bitte entschuldigen Sie, Mr. Loaf. Das hat mich sehr aufgewühlt, und jetzt ist mein Tee kalt geworden.« Sie goss den Tee auf die Erde und schraubte den Becher zurück auf die Thermoskanne. »Dann mach ich mich mal wieder an die Arbeit.« Sie hob die Gießkanne auf und ging zum Wasserhahn in der Mitte der Gartenparzellen.

Mr. Loaf sah ihr nach, der Wind zerzauste seine dünner werdenden Haarsträhnen. »Ich gebe Ihnen Bescheid, wenn ich etwas höre«, rief er ihr nach. »So viele Vogelscheuchen mit Zylinder und Frack und einem Kürbis als Kopf wird es ja wohl nicht geben!«

5

Mrs. Teach nippte still an ihrem Sherry, während die anderen im *Green Man* versuchten, aus dem schlau zu werden, was sie gerade gesehen hatten. Eine Truppe Vogelscheuchen, angeführt von einem großen Mann mit einem Kürbis als Kopf, war wie ein Haufen Gaukler einfach ins Dorf spaziert und hatte allen Angst eingejagt. Sie nannten ihn schon Pumpkinhead, doch sie wusste, dass das nicht sein richtiger Name war. Mrs. Teach hatte die Vogelscheuche sofort erkannt. Es war die, die aus Ernies Garten gestohlen worden war.

Nur dass sie eben gar nicht gestohlen worden war. Sie war aus eigenem Antrieb zum Leben erwacht und davongelaufen, und das alles nur wegen ihrer dummen Séance.

Kefapepo war hier. Ein Dämon wandelte auf Erden, um Chaos anzurichten. Sie dachte an die Geschichten, die Charlotte über ihn erzählt hatte. Vor Jahrhunderten tauchte er jedes Jahr von Ostern bis Lammas am ersten August auf, ging in Gestalt einer Vogelscheuche von Farm zu Farm, verbrannte die Ernte, tötete Schafe und Rinder. Damals war er allein gewesen und hatte sich leicht verjagen lassen, ein einzelner

Quälgeist. Doch jetzt kam er in Begleitung einer kleinen Armee aus Vogelscheuchen, die er irgendwie um sich versammelt hatte.

Am schlimmsten war jedoch, dass er dieses Mal ehrgeiziger war. Es ging ihm nicht darum, Bauern zu erschrecken oder Vieh zu töten. Er äußerte Drohungen.

Der Sherry half. Langsam spülte er ihre Sorgen weg, und sie dachte nicht länger über die Konsequenzen nach. Die überwältigend waren. Der Gedanke, Charlotte zu erzählen, was wirklich passiert war, schien unerträglich. Sie würde ausflippen, und das konnte Mrs. Teach gerade überhaupt nicht gebrauchen.

Kefapepo wollte Craddock. Wenn er bekam, was er wollte, verschwand er vielleicht wieder. Ja. Das würde dem Spuk ein Ende setzen.

Mrs. Teach trank von ihrem Sherry. Jemand brachte das Gespräch auf den Wilderer. Faye nannte ihn »den armen Mr. Craddock«. Dem Mädchen würde sie noch das eine oder andere dazu erzählen müssen.

6

Letzte Nacht war Ernie zurückgekommen.

Die Erinnerung daran verschwamm bereits. Er war als Vogelscheuche gekommen, in seinem alten Pullover und Latzhosen. Sein Gesicht war ein schlaffer Sack, seine Augen Knöpfe, sein Haar aus Stroh, und sie war zuerst so erschrocken, dass sie ihn für einen Einbrecher hielt und ihm mit einem Schürhaken eins überzog. Erst nach seiner Flucht wurde ihr klar, dass Kefapepo sein zweifelhaftes Versprechen eingehalten und Ernie zurückgebracht hatte. Doch das konnte nicht Ernie gewesen sein, oder? Dieses traurige Wesen, das sich in den Händen von Terrence, Bertie und den anderen Freiwilligen wand, während sie es mit sich zerrten.

Und dann nannte es sie Philomena, und ihr wurde das Herz schwer.

Endlich wurde ihr der Wunsch erfüllt. Ernie war zurückgekommen, oder zumindest irgendein trauriges Echo, das in einem Strohkörper gefangen war. Er war verwirrt und verängstigt, und er brauchte Hilfe. Philomena war die Einzige, die seinen Schmerz lindern konnte.

An diesem Punkt übernahm sie das Kommando. Faye wollte die Polizei rufen, doch hier ging es um Mrs. Teachs Mann, und sie musste sich selbst darum kümmern. Sanft drückte sie das Wesen an sich, und es nahm ihre Hand.

Mrs. Teach beugte sich dicht an die Stelle, an der sein Ohr gewesen wäre, und flüsterte drei Fragen.

»Verzeihst du mir?« Sie hielt ihn fester, das Stroh in seinem Körper knarzte. »Es tut mir so leid, dass ich dich geschlagen habe. Ich wusste nicht, dass du es bist. Ich hatte Angst. Bitte verzeih mir.«

Sanft drückte er ihre Hand.

»Pumpkinhead. Bernie, die Vogelscheuche. Hat er dich zurückgebracht?«

Er drückte ihre Hand fester.

»Es tut mir leid, Liebling. Es tut mir so leid. Das ist alles meine Schuld.«

Er drückte ein letztes Mal ihre Hand.

»Ruh dich aus, Liebling«, sagte sie. »Es wird nicht wehtun. Ruh dich aus, mach dir keine Gedanken um mich. Ich komme zurecht. Es geht mir gut.«

Sie umarmte ihn lang und legte ihn auf die Steinstufen des Kriegerdenkmals. Sie riss sein Hemd auf, Knöpfe rollten auf die Stufen und das Kopfsteinpflaster, und schob ihre Hand tief in seine Brust.

Da ist nur Stroh. Nur Stroh.

Sie zerpflückte ihn und warf eine Handvoll Stroh nach der anderen hinter sich, wie ein Kind, das ein Weihnachtsgeschenk auspackt.

Da ist nur Stroh. Nur Stroh.

Er lag da wie eine Puppe, seine Knopfaugen starrten ins Leere. Sie riss den Sack von seinem Kopf, unter dem fest zusammengebundenes Stroh zum Vorschein kam. Auch das zerpflückte sie. Kurz darauf waren nur noch schlaffe Kleidungsstücke und Maisstängel übrig.

Mrs. Teach war sich bewusst, dass Faye und die Local Defence Volunteers sie erschrocken beobachteten. Darum würde sie sich noch kümmern müssen. Die Männer würden kein Problem sein – ihre Erinnerungen konnte sie leicht vernebeln –, aber Faye … Das Mädchen hatte so etwas an sich. Vielleicht hatte sie die Gabe ihrer Mutter doch geerbt? Faye konnte man nichts vormachen. Sie musste sich gut überlegen, was sie ihr erzählen würde.

Mrs. Teach wollte gerade etwas sagen, schluchzte jedoch nur leise auf. Sie drängte die Tränen zurück. Dafür war später noch Zeit.

7

Am Sonntag ging Mrs. Teach nicht in die Kirche. Sie brauchte Zeit, um nachzudenken. Sie hatte versprochen, sich am Montag mit Faye zu treffen, und sie überlegte allen Ernstes, dem Mädchen die Wahrheit zu sagen. Verrückt. Doch warum Zeit mit Lügen verschwenden? Das Mädchen war gewiss nicht so schlau, wie es das von sich dachte, aber auch nicht so dumm wie das halbe Dorf, und Mrs. Teach war überzeugt, dass Faye über einiges an Magie verfügte. Sie würde ihr die Wahrheit über die Séance erzählen, wenn Faye ihr versprach, Charlotte gegenüber kein Wort zu verlieren. Die durfte es nie erfahren.

Ach, wem machte sie etwas vor? Charlotte wusste es wahrscheinlich bereits – sie hatte Mrs. Teach schon befragt – und suchte zweifellos nach jemandem, dem sie die Schuld geben konnte. Kurz überlegte Mrs. Teach, ob sie Faye für alles verantwortlich machen könnte. Das Mädchen hatte ja schließlich schon mit Magie herumgespielt und dabei die Tür geöffnet. Vielleicht war Kefapepos Erscheinen bei Mrs. Teachs Séance das Ergebnis der unabsichtlichen Zauberversuche des

Mädchens? Warum hätte sie denn sonst zu Charlotte in den Wald fahren sollen?

Der gemeine Impuls verflog. Sie allein war für alles verantwortlich. Sie würde Frieden mit Charlotte schließen – ja, Charlotte wäre bestimmt verärgert, aber das war sie immer –, und dann würden sie den Dämon gemeinsam bekämpfen.

Vielleicht. Mrs. Teach musste erst in Ruhe darüber nachdenken. Sie würde noch mehr Blumen pflücken, zu Ernies Grab gehen und ein paar Worte mit ihm sprechen.

Als sie an diesem Morgen das Haus verließ, sah sie endlich klarer und hatte Lösungen gefunden. Ja, ein Dämon war auf diese Seite gelangt, ja, er konnte großen Schaden anrichten, und ja, sehr wahrscheinlich war das die Folge von verbotener Magie, die entweder sie selbst oder vielleicht sogar Faye Bright ausgeübt hatte, auch wenn Mrs. Teach das bezweifelte. Aber das war es dann auch. Zwei Hexen konnten einen Dämon loswerden. Es würde vielleicht nicht einfach werden, aber doch möglich. Sie würden das Mädchen außen vor lassen. Zuerst einmal. Sie war noch nicht so weit. Wenn dieses Problem gelöst war, konnten sie Faye richtig ausbilden. Es gab nichts Schlimmeres als eine nicht ausgebildete Hexe, wenn es darum ging, Chaos anzurichten. Sie würden dem Mädchen zeigen, wie man eine Hexe war. Sie würden das Wissen von einer Generation an die nächste weitergeben, so wie früher.

Gott sei Dank hat sie nicht das Buch ihrer Mutter, dachte Mrs. Teach, als sie die Tür absperrte. *Dann hätten wir ein echtes Problem.*

Danksagung

Wenn Ihnen dieses Buch gefallen hat und Sie den neuesten Dorfklatsch nicht verpassen wollen, werfen Sie doch einen Blick auf witchesofwoodville.com mit kostenlosen und exklusiven Kurzgeschichten, Miss Burgess' Rezept für Marmeladenrolle und dem Gemeindebrief von Woodville.

Im Namen des Gemeinderats von Woodville möchte Mr. Mark Stay (Schriftführer) sich bei folgenden Personen für ihren Beitrag bedanken:

Anne Perry, weil sie Faye geholfen hat, ihre Stimme zu finden, und weil sie Mr. Stay bei seinen Aufzeichnungen unterstützt hat. Wir wünschen Anne alles Gute bei ihrem nächsten Projekt, und im Dorf wird sie jederzeit wieder herzlich willkommen sein.

Bethan Jones, weil sie das Buch durch die letzten Phasen des Lektorats und der Herstellung gelotst hat, und wir freuen uns auf die Zusammenarbeit mit Bethan bei zukünftigen Aufzeichnungen.

Lisa Rogers, weil sie etwa zweitausend kleinere Fehler im Text gefunden hat, ohne sich die Haare auszureißen. Wir danken ihr auch für ihre Expertise in Sachen Zitronenbrausebonbons.

Matthew Johnson für sein Designtalent und Harry Goldhawk für sein überragendes Artwork.

Den großartigen Menschen bei Simon & Schuster für ihre Sorgfalt und Entschlossenheit in diesen herausfordernden Zeiten.

Hélène Butler und jedem bei Johnson & Alcock, weil sie überall ein gutes Wort einlegen.

Claire Burgess für ihre genauen Erklärungen zum Wechselläuten und seiner hypnotischen Wirkung.

Julian Barr, Rhoda Baxter, Lorna Cook, Sage Gordon-Davis, Ian W. Sainsbury und Robyn Sarty, weil sie frühe Versionen des Texts gelesen und umfassende und äußerst hilfreiche Anmerkungen zu Verbesserungen gemacht haben.

Paddy Eason, weil er uns Ginny Albion einen Tag geliehen hat.

Steve Mayhew, weil er den John-Wayne-Film identifiziert hat, in dem dieser durch ein Schilfrohr atmet (*Sein Freund, der Desperado,* für die Filmfans).

Matt Dench, weil er das passende historische Setting vorgeschlagen hat.

Sue Strachan, Christopher Johnson, Anstey Harris und Busters Bits für ihr Geschichtswissen zu Pubs und Toiletten.

Zu guter Letzt danken wir noch Mr. Ed Wilson für sein hervorragendes Verhandlungsgeschick und seinen guten Geschmack. Vielen Dank auch, Mr. Wilson, für Ihr Angebot,

Hosen für den Kirchenflohmarkt zu spenden. Doch leider müssen wir Ihnen mitteilen, dass die Farben ein wenig zu extravagant für Reverend Jacobs waren. Er hat allerdings vorgeschlagen, sie den Local Defence Volunteers anzubieten, die sie vielleicht zerschneiden und für ihre Signalübungen verwenden können.

Die Hexen von Woodville
kehren zurück in:

MARK STAY

DIE HEXEN VON WOODVILLE

NACHTZAUBER

Leseprobe

1

Die zahlreichen Verdienste des George Formby

Faye und Bertie saßen gerade im Bus auf der Rückfahrt aus Canterbury und unterhielten sich, als ein Flugzeug vom Himmel fiel.

In jedem anderen Jahr hätten die Glöckner von St. Irene bei ihrem Sommerausflug Glockentürme in ganz Kent besucht, dort die Glocken geläutet und neue Abfolgen ausprobiert. Vor allem aber hätten sie die hiesigen Biere und Cider verköstigt und hausgemachte Scones und Kuchen gefuttert. Doch im Juni hatte die Regierung das Läuten von Kirchenglocken verboten und damit ihre Pläne zunichtegemacht. Mr. Hodgson, der Tower Captain, hatte vorgeschlagen, die Glockentürme trotzdem zu besuchen und stattdessen Handglocken zu läuten – was allerdings auf wenig Gegenliebe stieß, besonders bei Faye.

»Das ist nicht dasselbe«, beschwerte sie sich, und der Rest der Gruppe stimmte ihr murmelnd zu. »Das ist ja, wie wenn man jemanden bittet, ein Konzert auf einem Flügel zu spielen, und dann gibt man ihm ein Akkordeon.«

Mr. Hodgson schlug daraufhin das Läuten von fixierten Glocken vor – der Schlegel ist dabei festgebunden, um kein

Geräusch zu verursachen –, was sie in St. Irene ein paarmal versucht hatten. Doch an einem Seil zu ziehen und nicht einmal das befriedigende Läuten einer Glocke zu hören hatten alle völlig sinnlos gefunden.

Als auch noch klar wurde, dass es bei den Glockentürmen auf der Route weder Bier noch Cider, Scones oder Kuchen geben würde, mussten sie den Ausflug neu überdenken.

Man sammelte Ideen, um darüber abzustimmen, ignorierte dann aber doch alles und diskutierte, bis man schließlich einen Kompromiss einging. Mr. Hodgson hatte so lange geschmollt, bis er seinen Willen bekam und Canterbury als Reiseziel beschlossen wurde. Er organisierte eine Besichtigung der Glocken der Kathedrale und versprach, dass es in den Pubs und Konditoreien der Stadt ausreichend Bier, Cider, Scones und Kuchen geben würde.

Der Tag wurde ein voller Erfolg, noch gekrönt durch den glamourösen Besuch des Friars-Kinos, in dem sich die Gruppe *Let George Do It!* ansah, den neuesten George-Formby-Film. Für Bertie – sicher der weltgrößte Fan des Banjolele spielenden Sängers mit dem enormen komödiantischen Talent – war das das Sahnehäubchen, und auf der Heimfahrt konnte er gar nicht aufhören, darüber zu sprechen.

»Ich glaube, am besten gefallen hat mir die Szene am Ende, als er aus dem Torpedorohr geflogen ist«, schwärmte Bertie und lachte prustend. Er und Faye saßen auf ihren Lieblingsplätzen in der oberen Etage des Busses, ganz vorn in der ersten Sitzreihe. Vor dem Krieg hatten sie von dort aus die Aussicht genossen, jetzt waren alle Fenster mit Schutznetzen überzogen, die bei einem Bombenangriff herumfliegende Glassplitter abhalten sollten. Manche Netze hatten aber zumindest einen kleinen rautenförmigen Ausschnitt in der Mitte, durch den Neugierige nach draußen spähen konnten.

Außer den Glöcknern saßen vereinzelt auch noch andere Fahrgäste im Bus, die Einkäufe erledigt hatten. Die Roberts-Zwillinge verputzten immer noch Biskuitkuchen, Mrs. Pritchett schnarchte wie ein verstopfter Abfluss, und Miss Burgess und Miss Gordon strickten gemeinsam an einem Schal. Nur Faye hörte Berties aufgeregtem Plappern zu.

»Oder, nein, nein, *die* Stelle war am besten, als er ›Mr. Wu's A Window Cleaner Now‹ gesungen hat. Oder, nein, als er diesen Traum hatte und Hitler eins auf die Nase gegeben hat. *Das* war richtig lustig.« Bertie seufzte selig. »Hast du schon mal einen Tag erlebt, von dem du dir wünschst, er möge ewig dauern?«

Das hatte Faye tatsächlich, doch sie behielt es für sich. Vor gar nicht langer Zeit hatte sie mithilfe von Magie mit ihrer toten Mutter gesprochen. Also, zumindest war sie sich ziemlich sicher, dass es ihre Mutter gewesen war. Nur ein einfaches Kerzenritual bei der hohlen Eiche im Wald. Die Vögel in den umliegenden Bäumen hatten Faye mit Zwitschern und Pfeifen geantwortet, was sie als Worte der Liebe und des Trostes verstanden hatte.

Es hatte allerdings nur dieses eine Mal funktioniert. An den nächsten beiden Tagen hatte sie es noch einmal versucht, doch da hatten die Vögel nicht reagiert. Im Juli waren die Vögel sowieso immer ruhiger, hatte sie sich gesagt. Viele waren in der Mauser, was das Fliegen erschwerte, und Zwitschern würde nur Sperber auf sie aufmerksam machen.

Außerdem durfte sie nicht unbeaufsichtigt Magie wirken. Mittlerweile waren Mrs. Teach und Miss Charlotte für ihre magische Ausbildung zuständig, und die Hexen nahmen ihre Aufgabe sehr ernst, weshalb Faye alle Pläne verwarf, es noch einmal zu versuchen. Sie sollte mit dem zufrieden sein, was sie hatte, sagte sie sich, und nicht gierig werden. Wenigstens hatte sie die Möglichkeit gehabt, sich von ihrer Mutter zu verabschieden und ihr zu sagen, dass sie sie liebte. Nicht vielen war das vergönnt, vor allem in der heutigen Zeit.

»Ich glaube, ich werde ihn mir noch einmal anschauen«, verkündete Bertie und rutschte aufgeregt auf seinem Sitz herum. »Ich habe noch nie einen Film zweimal gesehen, aber den könnte ich mir immer wieder anschauen. So viel habe ich noch nie in meinem Leben gelacht.«

Faye freute sich, dass Bertie so aufgekratzt war. Seit den Ereignissen im letzten Monat war er gedrückter Stimmung gewesen, als das Dorf vom Krähenvolk belagert gewesen war, von einer Gruppe lebender Vogelscheuchen. Dank Vera Fivetrees Obeah-Zauber wusste niemand mehr so richtig, was mit dem Anführer Kefapepo passiert war, dem Dämon in Gestalt einer Vogelscheuche und mit einem Kürbis als Kopf. Manche konnten sich allerdings an mehr erinnern. Faye glaubte, dass Bertie – der den Hexen maßgeblich geholfen hatte, Kefapepo zu besiegen – etwas mehr wusste als die anderen. Sie sah noch immer den zutiefst verstörten Ausdruck in seinen Augen vor sich, als alles vorbei gewesen war. Vielleicht wusste er nicht genau, an was er sich da erinnerte, doch die Dunkelheit verfolgte ihn wie ein schlechter

Traum. George Formbys Albereien waren genau das, was er brauchte.

Faye hörte die Melodie von »Mr. Wu's A Window Cleaner Now« im Kopf und klopfte mit den Händen den Rhythmus auf ihren Oberschenkeln.

Dann begann sie zu pfeifen.

Und dann zu singen.

Bertie stimmte lächelnd ein, ebenso wie die Roberts-Zwillinge, Miss Burgess und Miss Gordon. Kurz darauf sang der ganze Bus mit.

Fast der ganze. Mrs. Pritchett schlief immer noch, und Mr. Hodgson – der Formbys Gesang mit einem Zahnarztbesuch verglich – hatte sich hinter seiner Zeitung verbarrikadiert, die er fest umklammert hielt.

Die Sonne versank hinter den Dächern, als der Bus auf die Wode Road einbog. Bald würden sie zu Hause sein. Als der Doppeldeckerbus langsam um eine enge Kurve bog, entdeckte Faye durch die rautenförmige Öffnung im Schutznetz einen Anschlag am Brett mit den örtlichen Bekanntmachungen:

Woodville Sommerfest
Zugunsten unserer verwundeten Männer

Zahlreiche Attraktionen:
Kuchen des Jahres
Dosenwerfen
Sackhüpfen
Kasperletheater
Morris-Tänzer

Miss Woodville 1940
Gartenausstellung
Und vieles mehr!

Hayward Lodge,

Samstag, 20. Juli von 12.00 Uhr bis Sonnenuntergang

»Das ist diesen Samstag.« Faye stupste Bertie an, der verstummte und einen Blick auf das Plakat erhaschte. »Gehst du hin?«

Bertie sah von der langsam außer Sichtweite verschwindenden Anschlagtafel zu Faye und wieder zurück. Er stammelte einige unvollständige Wörter, bis er schließlich nickte. »Bist du dort?«

»Dad organisiert das Bierzelt«, antwortete Faye. »Ich helfe ihm, aber wenn ich Pause habe, können wir zu den Buden gehen. Mr. Paine betreibt die Kokosnusswurfbude, und er wollte den Nüssen kleine Hitlerbärte ankleben. Gut für die Moral, hat er gemeint. Hättest du Lust?«

»Oh.« Bertie nickte errötend. »Ja, sehr sogar.«

Warum wurde er rot?

»Also«, fuhr Bertie fort. »Ich hatte gedacht, dass du und ich, du weißt schon, vielleicht … Wir könnten zusammen hingehen und …«

Er wurde noch röter, und Faye spürte ein Flattern im Magen, als ihr klar wurde, was sich schon länger vor ihrer Nase abspielte.

Bertie hatte ein Auge auf sie geworfen.

Aber sie waren Freunde. Für seine Freunde entwickelte man doch nicht plötzlich romantische Gefühle. Und Faye hatte noch nie ... so an ihn gedacht. Allerdings dachte sie generell kaum an so was wie Liebe und Turteleien. In Büchern überblätterte sie entsprechende Stellen und verzog das Gesicht, wenn in Filmen geküsst wurde, und sie hatte gesehen, wie sich alberne Mädchen wie Milly Baxter in Gegenwart von Jungen benahmen. Damit wollte sie nun wirklich nichts zu tun haben. Außerdem herrschte Krieg. Alle Männer waren an der Front.

Bis auf Bertie, der ein verkürztes Bein hatte. Er wollte kämpfen und hatte sich als Erster freiwillig gemeldet, nur hatte man ihn nicht genommen. Stattdessen hatte er sich den Local Defence Volunteers angeschlossen. Leistete mit den alten Haudegen seinen Beitrag zur Verteidigung des Landes.

»Und, was sagst du?«

Faye blinzelte und merkte, dass Bertie sie mit seinen großen Hündchenaugen ansah und auf eine Antwort auf eine Frage wartete, die ihr entgangen sein musste.

»Was ich sage?« Sie versuchte, Zeit zu schinden.

»Zu uns.« Bertie wurde unsicher. Er hatte all seinen Mut aufgebracht, um Faye zu fragen, ob sie mit ihm ausging, und sie glaubte nicht, dass er das noch einmal schaffen würde. »Dass wir gemeinsam zum Sommerfest gehen.«

Faye hatte keine Ahnung, was sie ihm antworten sollte. Wenn sie jetzt ablehnte, brach sie ihm das Herz und würde sich das nie verzeihen. Wenn sie aber zusagte ... Sie wusste, wie schnell sich Klatsch und Tratsch im Dorf verbreiteten, und im Handumdrehen wäre sie verheiratet und schwanger, und das wollte sie auf gar keinen Fall. Sie brauchte etwas Zeit zum Überlegen.

»Also, äh, Bertie, es ist so …«

Ein Schatten verdunkelte die Sonne. Faye sah schwarzen Qualm, einen Blitz und rote Flammen, als ein brennender Haufen aus Motor, Propeller, Tragflächen und Heck auf Mr. Allens Autowerkstatt an der Ecke zur Unthank Road stürzte.

Lesen Sie weiter in:

MARK STAY

DIE HEXEN VON WOODVILLE

NACHTZAUBER

Kass Morgan und Danielle Paige

Der Club der Rabenschwestern

Der Auftakt einer neuen Romanserie von der Bestseller-Autorin von *Die 100*

978-3-453-32162-5

Menna van Praag

Die Schwestern Grimm

Vier Schwestern müssen gemeinsam ihr magisches Erbe antreten, wenn sie die Welt retten wollen. Doch dazu müssten sie erst einmal voneinander wissen ...

978-3-453-32174-8

Leseprobe unter **www.heyne.de**